痴人谁解红楼梦　　入世修行大禅书

陈嘉许 ／著

下

上海古籍出版社

玖

两种「情」

从第43回到第47回，反思了男女恩爱之情；从第47回到第51回，描述了另一种情，人和人之间的真情。第43回「闲取乐偶攒金庆寿，不了情暂撮土为香」，大家庆祝凤姐的生日，宝玉则独自去焚香怀念死去的金钏。由贾母牵头，贾府上上下下一起凑钱，为凤姐庆祝生日，比喻佛经里经常说的：「我」是因缘假合。既然这样，「我」在哪里呢，众多因缘里的哪一个才是「我」呢？推测去推测来「我」是假的。

从第 43 回到第 47 回,反思了男女恩爱之情;从第 47 回到第 51 回,描述了另一种情,人和人之间的真情。

(一) 庆生,念死

第 43 回"闲取乐偶攒金庆寿,不了情暂撮土为香",大家庆祝凤姐的生日,宝玉则独自去焚香怀念死去的金钏。

> 贾母笑道:"我想着咱们也学那小家子,大家凑个分子,多少尽着这钱去办,你说好不好?"王夫人道:"这个很好,但不知怎么个凑法儿?"……没顿饭的工夫,老的少的,上的下的,乌压压挤了一屋子。……贾府风俗,年高伏侍过父母的家人,比年轻的主子还有体面呢,所以尤氏凤姐等只管地下站着,那赖大的母亲等三四个老嬷嬷告了罪,都坐在小杌子上。

由贾母牵头,贾府上上下下一起凑钱,为凤姐庆祝生日,比喻佛经里经常说的:"我"是因缘假合。既然这样,"我"在哪里呢,众多因缘里的哪一个才是"我"呢?推测去推测来,"我"是假的。

在投胎的时候,要父精、母血、我识三种因缘聚在一起,才能成胎。现代克隆技术虽然不需要精血,但也仍然是因缘和合。

在成长的过程中,更是各种因缘的和合。吃的、穿的、住的、用的、学的,没有一样不是社会各种因缘所成就的,所以人的成长,都是"赖大"的。

死了也不外乎因缘作用,尘归尘,土归土。

> 贾母道:"这件事,我交给珍哥媳妇了。越发叫凤丫头别操一点心儿,受用一日才算。"尤氏答应着。

生,跟色欲是密切相关的。所以安排"尤氏"来操办。就像《圆觉经》说的,"一切众生从无始际,由有种种恩爱贪欲故有轮回。若诸世界一切种性——卵生、胎生、湿生、化生,皆因淫欲而正性命。当知轮回,爱为根本。"

> 天亮了,只见宝玉遍体纯素,从角门出来,……宝玉道:"这条路是往那里去的?"焙茗道:"这是出北门的大道。出去了,冷清清,没有什么玩的。"宝玉听说,点头道:"正要冷清清的地方。"

"遍体纯素",素心,同时白色属金。金生水,北方属肾水方位,"冷清清"就是安静、淡泊。从北门出去,冷清清的,就是肾水安静,不随着淫欲瞎凑热闹。

>宝玉想道:"别的香不好,须得檀、芸、降三样。"焙茗笑道:"这三样可难得。"宝玉为难。……一句提醒了宝玉,便回手,衣襟上挂着个荷包,摸了一摸,竟有两星沉速,心内喜欢,只是不恭些;再想自己亲身带的倒比买的又好些。于是又问炉炭,焙茗道:"这可罢了,荒郊野外,那里有?……"

"檀、芸、降"都是烟雾缭绕的,其气升沉不定。修丹的常说,外求大药,岂知大药本来随身啊!于是,宝玉从自己身上摸出来两星"沉速"。这玩意儿不光"沉",而且沉的快,OK,就它了!这也多亏了"焙茗"改了名字,假如还是先前的"茗烟",遇事火急火燎的,哪能知道随身带着宝贝。

既是清心火,那就用不着"炉炭"了。

"沉"的意思,也暗合金钏沉井的事。从字面上,宝玉今儿之所以出来,就是要祭拜金钏的,也就是回目说的"不了情"。纪念金钏投井,就是修行人回想,当时我为什么要戒绝轻薄习气?

>宝玉道:"我素日最恨俗人不知原故,混供神,混盖庙。这都是当日有钱的老公们和那些有钱的愚妇们,听见有个神,就盖起庙来供着,也不知那神是何人,因听些野史小说,便信真了。比如这水仙庵里面,因供的是洛神,故名水仙庵。殊不知古来并没有个洛神,那原是曹子建的谎话。谁知这起愚人就塑了像供着。今儿却合我的心事,故借他一用。"

"水仙庵",就是水神正位。水神正位是什么呢?就是肾水安静呗。根据中医原理,人的神本来就一个,跟五脏六腑分别相互作用,就显得好像五脏六腑都有神了,丹道经典《黄庭经》就跟这个原理有关。比如忧愁的人,他的脾胃容易出问题,反过来说,脾胃出了问题,也容易导致莫名其妙的忧愁;发怒的人,他的肝容易出问题,反过来说,肝出了问题,也容易导致莫名其妙的发怒;欲望重的人(不一定是男女欲望),他的肾容易亏虚,反过来说,肾虚的人,他的欲望也会很重。

乱扯鬼神,胡乱祭祀,这是愚夫愚妇的行为。岂不知,这世上没有绝对的废物,一切都是有妙用的,砒霜还能治病呢,有人甚至说垃圾堆能防核辐射呢,就看你会用不会用。所以宝玉说,"今儿却合我的心事,故借他一用"。这是心量进一步放大了。

> 宝玉点头,一齐来至井台上,将炉放下。焙茗站过一旁。宝玉掏出香来焚上,含泪施了半礼,回身命收了去。焙茗答应,且不收,忙爬下磕了几个头,口内祝道:……宝玉听他没说完,便掌不住笑了,因踢他道:"别胡说,看人听见笑话!"

金钏投井这个死法的喻意,前面分析过了,今天再次纪念,就是对自己的再次提醒。

"含泪"祭拜,到底是悲伤的眼泪呢,还是喜悦的眼泪呢?读者自己判断。

> 宝玉只回说:"北静王的一个爱妾没了,今日给他道恼去。我见

他哭的那样，不好撇下他就回来，所以多等了会子。"贾母道："以后再私自出门，不先告诉我，一定叫你老子打你！"

这个字面上的借口，其实正是喻意上的实情。"北静王的一个爱妾没了"，北方肾水更安静了。

同样断淫，有佛门的断淫，有外道的断淫，道道多着哪！佛门是为了觉悟，好多外道是为了长生，差别很大。所以贾母警告说，以后再不走"佛"这道程序，乱玩什么法的，叫你老子揍你。

当日演的是《荆钗记》，贾母薛姨妈等都看的心酸落泪，也有笑的，也有恨的，也有骂的。

《荆钗记》，说的是南宋时期的士子王十朋，与钱玉莲青梅竹马，两人以木头荆钗为聘礼，山盟海誓结为夫妇。后来王十朋考中状元，丞相想招他为婿，他不干，丞相就把他的家书偷偷改成休妻书，钱玉莲一看，万念俱灰，就投江自尽，王十朋听说了之后发誓终生不娶。其实他老婆被人救起来了。然后又是一系列的曲折，最后两人再以荆钗为凭，终于破镜重圆。

恩爱都是一场戏啊！围绕着"生"，一切的作为，都不过是戏而已。所以大家也有笑的，也有恨的，也有骂的，总之，都在看戏。

已经结了婚，或者打算结婚的，怎么看待这个问题呢？婚姻模式千差万别，怎么摸索出自己的模式，这大概是每个人自己的事情。按照《大学》的原理，包括夫妻在内，亲人之间的良好关系，关键是在"修身"。

（二）为什么会吃醋

第44回的回目，叫"变生不测凤姐泼醋，喜出望外平儿理妆"。曹雪芹说，解决的办法，不是指责别人，而是平静下来，照照镜子，反省自己。

话说宝玉和姐妹一处坐着，同众人看演《荆钗记》，黛玉因看到《男祭》这出上，便和宝钗说道："这王十朋也不通的很：不管在那里祭一祭罢了，必定跑到江边上来做什么？俗语说：'睹物思人'，天下的水总归一源，不拘那里的水舀一碗，看着哭去，也就尽情了。"宝钗不答。宝玉听了却又发起呆来。

字面上，这是讽刺宝玉大老远的祭拜金钏，喻意上，这是在说不必太执著。

凤姐儿也难推脱，只得喝了两口。鸳鸯等也都来敬。凤姐儿真不能了，忙央告道：……凤姐儿自觉酒沉了，心里突突的往上撞，要往家去歇歇。

酒喝多了，比喻浓情醉人。醉了，就不清醒了。《诗经》有一首诗《氓》，描述了一位女子的心声，她被某位男子的求婚打动了，嫁了过去，谁知道是个火坑，于是感叹说："于嗟女兮，无与士耽。士之耽兮，犹可说也；女之耽兮，不可说也"，女孩子们哪，千万别沉醉于爱情，男的醉了还可以解脱出来，女的醉了就真的陷进去了。

凤姐听了，气的浑身乱战。又听他们都赞平儿，便疑平儿素日背地里自然也有怨言了。那酒越发涌上来了，也并不忖度，回身把平儿先打了两下子，一脚踢开了门进去，也不容分说，抓着鲍二家的就撕打。……又把平儿打了几下。打的平儿有冤无处诉，只气得干哭，骂道："你们做这些没脸的事，好好的又拉上我做什么！"说着，也把鲍二家的撕打起来。

遇到吃醋的事，"把平儿先打了两下子"，自家的气平不下来了，就失控了，甚至连"平儿"都参与打人了，这就严重了。

"鲍二家的"，"鲍二媳妇"，就是"抱二家的"，"抱二媳妇"。吃着碗里的望着锅里的。

为什么吃醋呢？曹公说，起因还是我自己想"抱二媳妇"，心虚。他分析的是他自己的情况，至于天底下吃醋的是不是都因为这个，就闹不清楚了。

他这么自我剖析，也是很有道理的。想偷人家东西的人，总是担心自己被偷，稍微一点风吹草动都觉得贼来了。老子说，"善闭无关楗而不可开"，不加锁，反而很安全。大概是他从来没想着偷人家的东西，所以才这么放心。当然也可以抬杠说,老子怕是家徒四壁才这么放心吧,那就不清楚了,死无对证。

宝玉便让了平儿到怡红院中来。袭人忙接着,笑道:"我先原要让你的,只因大奶奶和姑娘们都让你,我就不好让的了。"平儿也陪笑说:"多谢。"……宝玉忙劝道:……一面说,一面吩咐了小丫头子们舀洗脸水,烧熨斗来。

宝玉比喻"意",袭人比喻善自用心的"情识",平儿比喻遇事平心静气。这三个人凑在一起,这场吃醋风波可以平静结束了。宝玉又给平儿提供了上好的胭脂,帮她理好妆,比喻进一步开解自己。熨斗一来,什么伤痕都抚平了。

贾母又道:"凤丫头和平儿还不是个美人胎子?你还不足?成日家偷鸡摸狗,腥的臭的都拉了你屋里去!为这起娼妇打老婆,又打屋里的人,你还亏是大家子的公子出身,活打了嘴了!你若眼睛里有我,你起来,我饶了你!乖乖的替你媳妇赔个不是儿,拉了他家去,我就喜欢了。要不然,你只管出去,我也不敢受你的头!"

向三宝忏悔,对自己的妻妾知足。

正说着,只见一个媳妇来回话:"鲍二媳妇吊死了。"贾琏凤姐儿都吃了一惊。凤姐忙收了怯色,反喝道:"死了罢了!有什么大惊小怪的!"

死了"抱二媳妇"的心罢。修养又上了一层,所以是吊死。这是在讲喻意,不必当成真的悲剧看,所以"有什么大惊小怪的"。

贾琏一径出来,和林之孝来商议,着人去做好做歹,许了二百两发送才罢。

动了那种念,就是造业,就是欠世间的债。好汉做事好汉当,承受因果也就是了。

(三) 人伦与超越

第45回,"金兰契互剖金兰语,风雨夕闷制风雨词",前半回讲回到人伦上,后半回反思对于人伦的超越。佛教不反对一切世间人伦,也劝人修善,但是佛教的着眼点始终是"超越",手里做的事,心里不沾上。

话说凤姐儿正抚恤平儿,忽见众姐妹进来,忙让了坐,平儿斟上

> 茶来。凤姐儿笑道:"今儿来的这些人,倒像下帖子请了来的。"探春先笑道:"我们有两件事:一件是我的;一件是四妹妹的,还夹着老太太的话。"

进一步平心静气,还是回到人伦上,别在男女方面七想八想的。对上对下,怎么尽自己的人伦义务呢?

> 凤姐儿笑道:"你们别哄我,我早猜着了。那里是请我做监察御史?分明叫了我去做个进钱的铜商罢咧。你们弄什么社,必是要轮流着做东道儿。你们的钱不够花,想出这个法子来,勾了我去,好和我要钱。可是这个主意不是?"说的众人都笑道:"你猜着了。"李纨笑道:"真真你是个水晶心肝玻璃人儿!"

人伦义务,先是"钱"的问题。可见曹公也是很现实的,不是一个劲玩玄的。舍不舍得给亲人钱?不舍得钱,光是给老爸老妈一天一个电话,表示老爸老妈我爱你们,有什么用?

就像这个身体因缘假合一样,咱们的钱也是因缘法,财来财去,不过是暂时有一笔公共财产寄放在咱账户上了,别全部私吞了。账户上的钱,至少是这么几方公共的:我的,父母的,老婆孩子的,师尊的,下属的,社会的。明白这个,就是聪明人,就是"水晶心肝玻璃人",就可以向成功人士迈进了。据说成功的关键,就是你心里装着多少人。全靠炒作的话,也有助于成功,只是后劲不足,因为来得快的,去得一般也快。

《大学》上说，"财聚则人散，财散则人聚"，舍不舍得钱，这是处理各方关系的关键。

舍不舍得钱，是个态度问题；有多少钱，这是现实条件问题。现实条件只是其次，态度才是最重要的。

李纨笑道："你们听听。我说了一句，他就说了两车无赖的话。真真泥腿光棍，专会打细算盘，分金掰两的！你这个东西，亏了还托生在诗书仕宦人家做小姐，又是这么出了嫁，还是这么着；要生在贫寒小门小户人家，做了小子丫头，还不知怎么下作呢！天下人都叫你算计了去！……"说的众人都笑了。

舍不得钱，人之常情。修行人得回到"素心"上来，不再算计了，也不再犹豫了，所以李纨把凤姐批了一顿。回到素心，想一想，我本来就是要淡泊的，还把钱看那么重干吗呢？吃不过三餐，睡不过一榻，何况我是个追求精神高贵的人（"诗书仕宦人家"），不想再停留在凡夫层次。想到这里，也就释然了（"都笑了"）。

说着，才要回去，只见一个小丫头扶着赖嬷嬷进来。凤姐等忙站起来笑道："大娘坐下。"又都向他道喜。赖嬷嬷向炕沿上坐了，笑道："我也喜，主子们也喜。要不是主子们的恩典，我这喜打那里来呢？昨儿奶奶又打发彩哥赏东西，我孙子在门上朝上磕了头了。"

感恩,是人伦的内在要求。我活到今天,能有点出息,还不都是有赖众多因缘的成就?该磕头的磕头,该道谢的道谢。所以"赖嬷嬷""赖大家的"上演了一出回馈大行动。

周瑞家的忙跪下央求。赖嬷嬷忙道:"什么事?说给我评评。"凤姐儿道:"前儿我的生日,里头还没喝酒,他小子先醉了。……这样无法无天的忘八羔子,还不撵了做什么?"赖嬷嬷道:"我当什么事情,原来为这个。……"凤姐儿听了,便向赖大家的说道:"既这么着,明儿叫了他来,打他四十棍,以后不许他喝酒。"

"周瑞",表达了修行人慈悲一切、融洽各方面关系的善愿。做领导的,做父母的,对下面的人容易苛刻,只是自己经常不知道,还以为已经很大度了。孔子说,君子用人,量才而用,不会给下面的人分派超出能力的任务("及其使人也,器之"),小人用人,只考虑自己的喜好,对下面做的事横挑鼻子竖挑眼("及其使人也,求备焉")。

黛玉叹道:"你素日待人,固然是极好的,然我最是个多心的人,只当你有心藏奸。从前日你说看杂书不好,又劝我那些好话,竟大感激你。往日竟是我错了,实在误到如今……"

这就是回目里说的"金兰契互剖金兰语"。黛玉跟宝钗之间前嫌尽释,比喻兄弟姐妹之间义结金兰。孔子说,"朋友切切偲偲,兄弟怡怡",朋友之间可以讲是非,相互指责毛病共同进步,兄弟之间最重要的是感情。

  知宝钗不能来了,便在灯下,随便拿了一本书,却是《乐府杂稿》,有《秋闺怨》《别离怨》等词。黛玉不觉心有所感,不禁发于章句,遂成《代别离》一首,拟《春江花月夜》之格,乃名其词为《秋窗风雨夕》。

  亲情热闹之余,反思超越人伦的问题,于是黛玉写了别离、感慨的诗。有聚就有散,亲情一场,也就是这辈子的缘分,下辈子还不知道能不能聚在一起,就算聚在一起又不知道是个什么关系,想到这里,悲从中来,一曲新的、感动无数人的大作就这样诞生了。

  吟罢搁笔,方要安寝,丫鬟报说:"宝二爷来了。"一语未尽,只见宝玉头上戴着大箬笠,身上披着蓑衣。黛玉不觉笑道:"那里来的这么个渔翁?"……黛玉笑道:"我不要他。戴上那个,成了画儿上画的和戏上扮的那渔婆儿了。"及说了出来,方想起来这话恰与方才说宝玉的话相连了,后悔不迭,羞的脸飞红,伏在桌上,嗽个不住。

  亲情只是一世的缘分,修行、佛法却是我生生世世的宿命。生生世世与佛法为伴,这就是"渔翁"与"渔婆"配对的喻意。
  作为禅书,作者的见地是很彻底的,不留尾巴给明眼人嘲笑。说什

玖　两种"情"

么"生生世世与佛法为伴",这个说出来要笑死人,所以黛玉"羞的脸飞红"。

《指月录》有则公案,老师回答完了,也算是"羞的脸飞红"。说是一位老修行,整个夏天不给徒弟们讲开示,有个徒弟就感叹了,我这么空过了一夏,不敢指望您讲佛法,哪怕听到"正因"两个字也行啊!(所谓"正因",就是修行该从哪里开始。)老修行回答说,你别乱扯,要说到"正因","一字也无"。老修行刚说完这话就惭愧了,扣了扣齿说,哎呀,不该这么回答。(为什么呢?他的回答还落在"一字也无"上了,落在"空"上了,还是有把柄的。)他后悔的时候,正好隔壁有个老修行听到了,就嘲笑说,好一锅汤,被一颗老鼠屎给弄脏了。

(四)坚定道心

第46回,"尴尬人难免尴尬事,鸳鸯女誓绝鸳鸯偶",是跟世间恩爱相比,坚定了求佛的心。

贾赦想纳鸳鸯为妾,这是"假色"又在作怪了,对异性色相认假为真。鸳鸯比喻"偶",众生反正要抓一个东西的,要么抓世间的财色名食睡,要么抓佛法。第46回比喻坚定了要抓后者的决心。

平儿方欲说话,只听山石背后哈哈的笑道:"好个没脸的丫头!亏你不怕牙碜!"二人听了,不觉吃了一惊,忙起身向山后找寻,不是别人,却是袭人,……一语未了,又听身后笑道:……三人吓了一跳,回身一看,你道是谁?却是宝玉。……鸳鸯已知这话俱被宝玉听了,只伏在石头上装睡。宝玉推他笑道:"这石头上冷,咱们回屋里去睡,岂不好?"……宝玉将方才的话俱已听见,心中着实替鸳鸯不快,只默默的歪在床上,任他三人在外间说笑。

在这个时候,遇到平儿,就是平心静气地想一想,理个头绪。只要平静下来,灵感都来了,所以袭人突然冒了出来,根据平时学到的道理进一步开导自己,喝几口心灵鸡汤。再接着遇到宝玉,回到"意"上。这个"意"怎么样呢?一时也定不下主意(习气的力量),所以宝玉"只默默的歪在床上,任他三人在外间说笑"。

那边邢夫人因问凤姐儿鸳鸯的父亲。凤姐因说:"他爹的名字叫金彩,两口子都在南京看房子,不大上来。他哥哥文翔现在是老太太的买办,他嫂子也是老太太那边浆洗上的头儿。"

鸳鸯坚决跟定老太太,比喻要以三宝为"偶",她的爸爸叫"金彩",说明以三宝为偶,也是从利益派生出来的,要通过学佛获得很大的利益。她的哥哥叫"金文翔",现为老太太的"买办",比喻要通过文字功夫成龙成凤,这还是为了

玖 两种"情"

利益。她的嫂子是老太太那边"浆洗上的头儿","浆洗"就是"讲席",给别人谈点佛法也还是为了利益。

利益不是不好吗？鸳鸯怎么还成了正面人物了？且慢,佛法的利益是正面的,所以学佛做佛虽然是最大的功名事业,最大的利益,但是无可厚非,因为这种利益说到底可以"自利利他",是一种善的追求。咱们见到愚夫愚妇在庙里磕头,求佛菩萨保佑他各种好处,也不必讥笑（宋儒就是犯了这个错误）,他今天求的是世间福报,无形之中跟三宝的缘分也在加深,未来的诸佛里,就有今天磕头的这位。佛法接引人,叫"三根普被",不是跟谁都讲上乘的道理,梯子在那,会轻功的可以不用,但很多人也可以一层一层爬的。

不管怎样,《红楼梦》这里不客气地揭示了真相,因为它是禅书,不留情面的。禅的说法里,不管你求哪种利益,有求皆苦,无欲则刚。

> 他哥哥只得将贾赦的话说给他,又许他怎么体面,又怎么当家做姨娘。鸳鸯只咬定牙不愿意。

金文翔是执迷,跟他那个"痰迷心窍"的爸爸"金彩"一样,完全掉在利益里幻想,鸳鸯死活不答应,比喻修行人内在的思想斗争。

> 鸳鸯看见,忙拉了他嫂子,到贾母跟前跪下,一面哭一面说,……原来这鸳鸯一进来时,便袖内带了一把剪子,一面说着,一面回手打开头发就铰。众婆子丫鬟看见,忙来拉住,已剪下半绺来了。众人看

时,幸而他的头发极多,铰的不透,连忙替他挽上。

佛门把头发又叫"烦恼丝",确实如此。咱们要么剃光了头,要么把头发弄整齐些,头发乱糟糟的人一般心里也是乱糟糟的。

这里鸳鸯跪在老太太面前铰头发,比喻修行人跪在佛像前发誓,我生生世世以佛法为重,誓不与烦恼为伍。结果她"头发极多,铰的不透",比喻烦恼习气还很深重,虽跪在佛前发了誓,后面的路还长的很。

探春有心的人,想王夫人虽有委屈,如何敢辩?……窗外听了一听,便走进来,陪笑向贾母道:"这事与太太什么相干?老太太想一想,也有大伯子的事,小婶子如何知道?"

读书明理的好处出来了,遇到再复杂的情况,也懂得护持自己的"心",这个东西才是"王"。所以探春出面替王夫人辩白委屈。

(五) 藕虽断,丝尚连

第47回,"呆霸王调情遭苦打,冷郎君惧祸走他乡"。"呆"是痴情,"霸王"是仗着硬气。对情爱很烦了,但是也没有彻底死心,所以冷郎君只是走了,不像后文的"一冷入空门"。

> 宝玉便拉了柳湘莲到厅侧书房坐下,问他这几日可到秦钟的坟上去了。湘莲道:"怎么不去?前儿我们几个放鹰去,离他坟上还有二里,我想今年夏天雨水勤,恐怕他坟上站不住,我背着众人走到那里去瞧了一瞧,略又动了一点子。回家来就便弄了几百钱,第三日一早出去,雇了两个人收拾好了。"

柳湘莲,就是"柳相连",专喻男女情丝。夕阳西下,湖边垂柳,清风徐来,难免动人情思。

柳湘莲不忘了"情钟"(秦钟),还给秦钟修坟,比喻情丝的执著之深,死了也难放下。

柳湘莲这个情丝的特别之处在于,它是曹雪芹这位修行人的情丝,这可就要命了,执著的时候可以钟情得很,翻起脸来六亲不认,管他什么绝世美女,说断就要断,所以又号称"冷郎君""冷二郎"。这也是小说里说宝玉性情古怪的一个原因。

> 湘莲见他如此不堪,心中又恨又恼,……薛蟠的酒早已醒了大半,不觉得疼痛难禁,由不的"嗳哟"一声。湘莲冷笑道:"也只如此!我只当你是不怕打的!"

湘莲痛打薛蟠,比喻修行人对粗暴习气、好色习气的严重检讨。

(六) 苦志学诗

至次日,薛姨妈命人请了张德辉来,在书房中,命薛蟠款待酒饭。自己在后廊下,隔着窗子,千言万语,嘱托张德辉照管照管。张德辉满口应承,吃过饭,告辞,又回说:"十四日是上好出行日期,大世兄即刻打点行李,雇下骡子,十四日一早就长行了。"薛蟠喜之不尽,将此话告诉了薛姨妈。

薛蟠要出门学做生意,改邪归正了,比喻修行人粗暴习气的暂时远离,这就为下面香菱学诗作了铺垫。前面几回也有聚会写诗的,都还是比喻在学人家的诗,论人家的诗;香菱苦志学诗,比喻修行人专门花费心血,学习自己写诗。

"张德辉",本来品德的光辉要扬出来了。

有人可能要奇怪了,古人粗通文墨的,一般不都会写诗吗,还犯得着长大了在修行的半道上专门学诗?我是这么看的,第一,《红楼梦》写的是作者自己的经历,可能他原先确实不怎么会写诗,其实古人不会写诗的多了去了,像咱们看的段子里,那些不学无术的县太爷编两首打油诗,文笔不通,大约也是真有的。第二,性情里的粗暴习气,对写诗非常不利,浮躁的人写不出细腻的东西,哪怕他能背几百首古诗。

香菱笑道:"好姑娘!趁着这个工夫,你教给我做诗罢!"宝钗笑道:"我说你'得陇望蜀'呢。我劝你且缓一缓。今儿头一日进来,先出园东角门,从老太太起,各处各人,你都瞧瞧,问候一声儿,也不必特意告诉他们搬进园来。若有提起因由儿的,你只带口说我带了你进来做伴儿就完了。回来进了园,再到各姑娘房里走走。"

要学一门技术,先学做人,古人一直是这么教的。陆九渊说,有什么技艺,我喜欢教给君子,不喜欢教给小人,为什么呢?君子学了技艺可以帮人,小人学了技艺只是拿出来卖弄,甚至害人,从而更加迷失。像医学、武术这些东西,古人都强调"德"字优先,学医的不指望靠病人发财,练武的不老想着打人。至于诗歌、书画这些艺术,就是一个人人品境界的直接显现,所以宝钗对香菱有上述的提醒。

平儿笑道:"老爷把二爷打的动不得,难道姑娘就没听见吗?"宝钗道:"早起恍惚听见了一句,也信不真。我也正要瞧你奶奶去呢,不想你来。又是为了什么打他?"平儿咬牙骂道:"都是那什么贾雨村,半路途中,那里来的饿不死的野杂种!认了不到十年,生了多少事出来！……"

二爷是贾琏，即"假怜"，被他爸爸"打的动不得"。

前面说过，贾雨村比喻假清高、真功利。写诗之前，也先把这些假清高的情绪放一边，把"假怜"的情绪放一边。要不然写出来的诗也是酸得很，无病呻吟，故作忧怜之态而已。

黛玉道："什么难事，也值得去学？不过是起承转合。当中承转，是两副对子：平声的对仄声；虚的对实的，实的对虚的。若是果有了奇句，连平仄虚实不对都使得的。"……黛玉道："正是这个道理。词句究竟还是末事，第一是立意要紧。若意趣真了，连词句不用修饰，自是好的：这叫做'不为词害意'。"

明白人说明白话，三言两语就把要领说清楚了。

难的是"立意"，怎么"意趣真了"呢？前面从薛蟠改邪归正开始，一直到平儿骂贾雨村，都是为"立意"作准备的。

心态柔和下来，没有那些酸文假醋、无病呻吟，自然就容易有灵感了。

黛玉道："断不可看这样的诗。你们因不知诗，所以见了这浅近的就爱。一入了这个格局，再学不出来的。你只听我说：你若真心要学，我这里有《王摩诘全集》，你且把他的五言律一百首细心揣摩透熟了，然后再读一百二十首老杜的七言律，次之再李青莲的七言绝句读一二百首。肚子里先有了这三个人做了底子,然后再把陶渊明、应、刘、谢、阮、庾、鲍等人的一看。你又是这样一个极聪明伶俐的人,不用一年工夫,不愁不是诗翁了!"

在技术层面上,黛玉传授的写诗要诀有两个:

首先,你得小心陷阱,避免低俗的东西让你先入为主。

针对陆放翁的"重帘不卷留香久,古砚微凹聚墨多",她说,这些表面上浅近亲切的诗句,会让学习者落入肤浅的窠臼。诗虽然"第一是立意要紧",但是措辞用字也是非常重要的,过于直白的用词,会严重损害诗的含蓄美。入了这种窠臼之后,很难再跳出来。

其次,你要注意选择一些经典打好基础。熟读那些经典,再广泛扩展扩展,就训练出来了。

香菱听了,便拿了诗找黛玉。黛玉看时,只见写道是:……黛玉笑道:"意思却有,只是措词不雅。皆因你看的诗少,被他缚住了。把这首诗丢开,再做一首。只管放开胆子去做。"香菱听了,默默的回来。越发连房也不进去,只在池边树下,或坐在山石上出神,或蹲在地下抠地。来往的人都诧异。

香菱苦志学诗,一直到学出来,都是在给读者示范。刚开始肯定做得差劲,只要诚心,就能学好。

（七）晴明世界，朗朗乾坤

第49回"琉璃世界白雪红梅，脂粉香娃割腥啖膻"，诗学出来了，再来看世界，红是红的，白是白的，好一派晴明美景！好不潇洒快活！

古诗是帮助人跟世界沟通的另类工具。面对美景，有些人赶紧拿出相机，抓拍几张，或上传朋友圈，或回去导入电脑细细欣赏，这样也很好，但拍照这种东西有个问题，就是太写实了，无法记录当时的兴奋与襟怀。会诗的话，当场来几句，景也记录了（而且是选择性有重点的记录），情也记录了，跟大自然立马实现身与心的深度沟通。

说着，把诗递与黛玉及众人看时，只见写道是：

精华欲掩料应难，影自娟娟魄自寒。

一片砧敲千里白，半轮鸡唱五更残。

绿蓑江上秋闻笛，红袖楼头夜倚栏。

博得嫦娥应自问，何缘不使永团圆？

众人看了，笑道："这首不但好，而且新巧有意趣。可知俗语说：'天下无难事，只怕有心人。'社里一定请你了。"

香菱的成名作。措辞文雅,意境深远。

大家来至王夫人上房,只见黑压压的一地。又有邢夫人的嫂子,带了女儿岫烟进京来投邢夫人的,可巧凤姐之兄王仁也正进京,两亲家一处搭帮来了。走至半路,泊船时,遇见李纨寡婶,带着两个女儿,——长名李纹,次名李绮,——也上京。大家叙起来,又是亲戚,因此三家一路同行。后有薛蟠之从弟薛蝌,因当年父亲在京时,已将胞妹薛宝琴许配都中梅翰林之子为妻,正欲进京聘嫁,闻得王仁进京,他也随后带了妹子赶来。——所以今日会齐了来,访投各人亲戚。

这里的人名,有几个前文没有解释过的,再解释一下。

"王仁",就是"亡仁",不仁的意思。品行很差,第101回贾琏说他应该叫"忘仁",典型的特征是"六亲不和"。他是王熙凤的哥哥,比喻王熙凤强势的背后,隐藏着"不仁"。强势,多多少少是有些不仁的,仁者哪里会强势啊!以前他没出现,现在出现了,比喻修行人开始觉察到自己的这一面。

李纹、李绮,比喻学了诗以后,可以有文采地来观察世界了。

宝琴,即"宝情"。"梅翰林",又是梅又是翰林的,文雅之至。学了诗歌,通了灵,会发现人与人之间,人与大自然之间,有一种很可贵的"情",远远不是男欢女爱之情所能比的。这个东西说不清楚,用显微镜是看不到的,但是维持一个人身心健康的,维持人与世界和谐的,全靠这个东西在里面撑着。每个人,除了佛和精神错乱的,都多多少少有这个东西,只是自己未必发觉并加以维护。孔子讲了一系列的仁义道德,林黛玉教了一系列的古诗课程,其实也都是在维护这个东西。单独要找它,就会搞出心理问题,但是可以从外围去小心护持它,于是就有了各种圣贤道德、各种高雅艺术。孔子说过这么一句话,不大为后人注意,还以为他又在搞道德说教:"人之生也直,罔之生也幸而免。"人活着,就靠正气在里面撑着,心里充满邪气的话,不出意外算他侥幸。什么中医、算命,这句话都涉及了。孔子使用的字眼是"直",显得似乎还有道德含义,其实"直"再往里推寻,就是《红楼梦》这里的"宝情",一切的品德、一切的养生、一切的高雅艺术,都可以在这里找到渊源。

好人来了,坏人也来了,那些妄念,善的、恶的,显现了。

古诗,帮人灵明。

> 黛玉见了,先是欢喜,后想起众人皆有亲眷,独自己孤单无倚,不免又去垂泪。

禅门说的是"灵光独耀,迥脱根尘,体露真常,不拘文字,心性无染,本自圆成,但离妄缘,即如如佛",说的是"不与万法为侣"。跟禅师讲"情",告诉他说你心里有一种"宝情",那是纯扯淡、活见鬼。禅宗的见地就是佛的见地,一竿子插到底,没东西好留的。

细心的读者会发现,上面解释"宝情"的时候,使用了"除了佛和精神错乱的"这样的措辞。说"维持一个人身心健康的,维持人与世界和谐的",佛哪里有什么要维持的呢?

那为什么曹雪芹要隆重推介薛宝琴呢?答曰:咱们还在路上。在路上的人,你还是需要训练情识的,唯识宗称为"如理相续作意",这也是为什么袭人一直要侍候宝玉,直到最后才嫁人。

《红楼梦》毕竟是禅书,所以他在推介薛宝琴出场的时候,不忘了写林黛玉的孤单感伤。"不与万法为侣",有个侣就不叫解脱了。

接下来写了很多兄弟姐妹之间相亲相爱、毫无芥蒂的情节,主要都是围绕"宝情"的,就不多解释了。

出了院门,四顾一望,并无二色,远远的是青松翠竹,自己却似装在玻璃盆内一般。于是走至山坡之下,顺着山脚,刚转过去,已闻得一股寒香扑鼻。回头一看,却是妙玉那边栊翠庵中有十数枝红梅,如胭脂一般,映着雪色,分外显得精神,好不有趣。

雪色打底,一切都那么鲜明。比喻心里清凉了,看什么都明白,看世界也跟原来心地混浊的时候不一样了。

梅花香自苦寒来,多少辛苦,多少曲折,才有今天。

平儿也是个好玩的,素日跟着凤姐儿无所不至,见如此有趣,乐得玩笑,因而退去手上的镯子,三个人围着火,平儿便要先烧三块吃。

"镯子",就是"浊子"。"虾须镯",就是"虾须浊"。平儿退去手上的镯子,比喻浊气进一步退去。

"虾须镯"比"镯子"还形象,乱糟糟的。

（八）才华大爆发

第50回,"芦雪庭争联即景诗,暖香坞雅制春灯谜",属于才华大爆发的描写,写诗出口成章,跟三宝、众生的关系都近了一层。

> 说着,大家来细细评论一回,独湘云的多,都笑道:"这都是那块鹿肉的功劳。"

湘云比喻豪情,她对出的诗句最多。写诗这种事,有了豪情,就容易多了。

> 宝玉笑道:"我原不会联句,只好担待我罢。"李纨笑道:"也没有社社担待的。又说韵险了,又整误了,又不会联句,今日必罚你。我才看见栊翠庵的红梅有趣,我要折一枝插在瓶里,可厌妙玉为人,我不理他。如今罚你取一枝来,插着玩儿。"

妙玉比喻有为造作,其中包含了孤僻习气,觉得只有我行,你们都不行。但是在这里,宝玉出马,从她那里取来了红梅,比喻修行人的孤僻习气也有所减轻了。

宝玉笑道：

入世冷挑红雪去，离尘香割紫云来。

槎枒谁惜诗肩瘦？衣上犹沾佛院苔。

黛玉写毕，湘云大家才评论时，只见几个丫鬟跑进来道："老太太来了。"众人忙迎出来。大家又笑道："怎么这等高兴？"

刚吟完"衣上犹沾佛院苔"，老太太就来了，比喻跟三宝进一步亲近。

忽见薛姨妈也来了，说："好大雪！一日也没过来望候老太太。今日老太太倒不高兴？正该赏雪才是。"

薛姨妈来请老太太酒席，老太太反过来请她，大家乐和一场，比喻跟众生进一步亲近。

贾母因又说及宝琴雪下折梅，比画儿上还好；又细问他的年庚八字并家内景况。薛姨妈度其意思，大约是要给他求配。薛姨妈心中固也遂意，只是已许过梅家了，因贾母尚未说明，自己也不好拟定，遂半吐半露，告诉贾母道：……

跟众生亲近，不必求回报，更不必往男女上面打妄想。往清净的"情"上会,而不是染污的"情",所以强调宝琴已经许配给梅翰林家了。

后半回是在前面写诗的基础上,通过编谜语的方式,进一步看破红尘。为什么要用谜语呢?"谜"就是"迷",打破执迷,即看破红尘。前面的谜都简单,作者自己也揭了谜底,这一回结束时的宝钗、宝玉、黛玉的就复杂了,到现在还是众说纷纭,可见作者也不想交底,这跟他的行文有关系。行文到这里,离明白路头还差得远,换句话说,离"打破执迷"还差得远,那也就打破一些粗浅的执迷算了。

> 宝钗道:"这些虽好,不合老太太的意;不如做些浅近的物儿,大家雅俗共赏才好。"

李纨、李纹、李绮三个人的名字,带有"文采"的含义,编的谜语还是文绉绉的,这哪能帮助看破红尘呀,所以宝钗提议再去掉文绉绉的成分。

> 湘云想了一想,笑道:"我编了一支《点绛唇》,却真是个俗物,你们猜猜。"说着,便念道:
>
> 溪壑分离,红尘游戏,真何趣?名利犹虚,后事终难继。

猴子本来在山里逍遥自在,杂戏团捉来牵着耍,台上风光无限,其实后顾堪忧,下了台主人该打还是打,等有一天耍不动了,就惨了。

自以为叱咤风云的人,其实不知道是在被谁牵着耍啊!

玖 两种"情"

宝钗也有一个，念道：

　　镂檀镌梓一层层，岂系良工堆砌成？

　　虽是半天风雨过，何曾闻得梵铃声？

众人猜时，宝玉也有一个，念道：

　　天上人间两渺茫，琅玕节①过谨提防。

　　鸾音鹤信须凝睇，好把羲皇答上苍。

黛玉也有了一个，念道：

　　騄駬②何劳缚紫绳？驰城逐堑势狰狞。

　　主人指示风云动，鳌背三山③独立名。

（注：① 琅玕节：竹节。② 騄駬：音"录耳"，骏马，周穆王八骏之一。③ 鳌背三山：传说有巨鳌一直驮着东海的方丈、蓬莱、瀛洲三座仙山。）

这三首谜语的谜底，我觉得并不重要，重要的是字面含义，这才是跟前文的思想逻辑一脉相承的东西。

宝钗的谜语，就是《妙法莲华经》里说的，"是法住法位，世间相常住"，或者六祖说的，"色类自有道，各不相妨恼"。具体说来，"镂檀镌梓一层层，岂系良工堆砌成"，浑然天成，一切都是那么巧妙，却不是谁安排的；"虽是半天风雨过，何曾闻得梵铃声"，寒来暑往秋收冬藏，天道无言地运行着，没有佛教的术语，但是佛法尽在其中。

宝钗的喻象是不舍众生，跟名相上的佛法无关，所以"虽是半天风雨过，何曾闻得梵铃声"。以实际行动，不逃避轮回，不追求涅槃，生生世世地做着度众生的事业，这正是佛法。我们翻开禅宗公案，很多都是讲"虽是半天风雨过,何曾闻得梵铃声"的原理。一有了"梵铃声",落进了法执,见地上就不究竟了。

也正因为宝钗的这种喻象,所以宝玉和她才是真正的夫妻。

宝玉的谜语,表达了修行人追求做圣的意念。"天上人间两渺茫",虽然佛不在天上,不在地上,说起来好像虚无缥缈,成佛的道理也玄之又玄;"琅玕节过谨提防",但是世间一切真的靠不住,因缘一到死的死散的散;"鸾音鹤信须凝睇",所以我要专心修行那出世之法;"好把鞦韆答上苍",觉悟一切如梦,亦悲亦喜,一声叹息,不负此生。

黛玉的谜语,赞叹了心法的无上殊胜、无边法力。"騄駬何劳缚紫绳",骏马不需要绳子约束,我们的心也不要被框起来,就像佛经上说的"应无所住而生其心";"驰城逐堑势狰狞",不框起来,般若的力量就出来了,猛如风雷,锐不可当;"主人指示风云动",自在运用,感天动地;"鳌背三山独立名",遗世独立,就像古人说的"通玄峰顶,不似人间",又像古人说的"独坐大雄峰"。

三人的谜语都很难,不过也不妨一猜。

宝钗的谜底是塔像,就是宝塔的画像。

宝玉的谜底是竹筒烟花。引信烧到竹节的时候,就要开始喷烟花了,大人小孩都得离远点,所以是"琅玕节过谨提防"。

黛玉的谜底是毛笔。对于不会写毛笔字的人来说,毛笔当然不是骏马,应该算是劣马;可是对于会书法的人来说,这玩意儿就是自己的骏马,运用自如,指哪到哪。在书写的时候,仿佛就是在指挥千军万马,攻城略地,王羲之的老师卫夫人写过《笔阵图》,王羲之又进一步写了《题笔阵图后》,证明用笔与打仗是有些相似的,所以说"驰城逐堑势狰狞"。有道是"笔落惊风雨,诗成泣鬼

玖 两种"情"

神",毛笔一动,就是风云动,各种战斗檄文、禅让诏书、安邦之策,都是从这里出来的,所以是"主人指示风云动"。毛笔不用的时候,往"山"形笔架上一搁,这是"鳌背三山独立名"。

(九) 直觉 PK 情识

上面的谜已经很难了,作者还嫌不够,这不,让宝琴编了十首怀古的诗,"又暗隐俗物十件",让咱们继续猜。

作者的这个用意,并不是故意为难读者,而是接着前面的脉络,强调现在这个修行阶段,对于深层次的执迷无法打破。怀古的诗,谜底是"俗物",比喻古人说了那么多道理,其实就在身边,就在日用常行中,但是我们明白了吗?

谜底并不重要,重要的是他安排"宝情"来编谜语的良苦用心。"宝情"的含义,前面已经解释过了。

结合广大红迷的研究成果,让咱们来看看这十首谜语。

赤壁怀古

赤壁沉埋水不流,徒留名姓载空舟。

喧阗一炬悲风冷,无限英魂在内游。

土灶。灶壁是泥土的,锅嵌在里头,装上水以后锅显得埋在水下,锅里的水当然不是流动的。"灶"谐音"赵",正是《百家姓》第一个姓。柴火烧起来,还要用风箱鼓风,至于锅里的鸡鸭鱼、牛羊鳖,自然是有冤没处诉。

猜谜求的是大意,不必每个字都对上号,这里的直觉非常重要。"宝琴"编完十首怀古谜语诗,紧接着袭人的母亲死了,这是比喻修行到了一定阶段,直觉的重要性开始凸显,道理则开始退位了。

既然不必每个字都对号,那么有前人抓住"名姓载空舟",猜测这个谜底是"法船",我觉得就有点胶柱鼓瑟了,"法船"显然不是常见的东西。

交趾怀古

铜柱金城振纪纲,声传海外播戎羌。

马援自是功劳大,铁笛无烦说子房。

字。汉字的写法,除了极少数简单的独体字以外,一般都是横竖撇捺结构严密的,即"铜柱金城"。"纪纲"要靠文字表达。让四夷宾服,主要靠的是圣贤文化,朝鲜半岛长期使用汉字,穿戴大明衣冠,不是谁强迫的。"马援自是功劳大,铁笛无烦说子房",宝琴说,张良平定的是国内,而马援能征服蛮夷,马援功劳比张良大。从历史事实上看,当然是张良功劳比马援大,他帮助开创了汉家四百年天下,但是从喻义看,连蛮夷都能臣服,汉字太厉害了。马援有个门生善吹笛子,但这里的"铁笛"只是字面,强调马援的威势。一般笛子不可能是铁做的,倒是有人拿铁笛做武器。

钟山怀古

名利何曾伴汝身？无端被诏出凡尘。

牵连大抵难休绝，莫怨他人嘲笑频。

银子。银矿本来在山里呆得好好的，本身也没说要跟哪门子名利扯上关系，但是人类发现了它，从山里开采出来，在人世流通个没完。大家都嘲笑利欲熏心的人，有些人连银子也要嘲笑（比如蔑称"阿堵物"），可是银子这玩意儿是人类永恒的主题。

淮阴怀古

壮士须防恶犬欺，三齐位定盖棺时。

寄言世俗休轻鄙：一饭之恩死也知。

马桶，有盖的那种，很容易联想的。谁敢小瞧它呀，刘德华甚至专门高歌一曲，把它说成是最好的朋友。

广陵怀古

蝉噪鸦栖转眼过，隋堤风景近如何？

只缘占尽风流号，惹得纷纷口舌多。

桃子。隋堤种有桃、柳。桃花是风流的代名词。大家喜欢议论桃色事件。

桃叶渡怀古

衰草闲花映浅池,桃枝桃叶总分离。

六朝梁栋多如许,小照空悬壁上题。

桃符。古人用桃木做成两块板,分别写上"神荼""郁垒"两位神明的名号,也经常会同时刻上二神的像,挂在门上,以起到避邪作用。桃木板当然是跟枝叶分离开的。古人住过的房子,现在冷冷清清的,只有神像桃符还在那挂着。

青冢怀古

黑水茫茫咽不流,冰弦拨尽曲中愁。

汉家制度诚堪笑,樗栎应惭万古羞。

墨斗。墨斗里装着墨,同时有棉花或蚕丝等蓄墨,此即"黑水茫茫咽不流"。用的时候,把墨线拉出来,这里的"冰弦"就是墨线。汉朝时候罢黜百家独尊儒术,墨家遭到废弃。"樗栎"来源于《庄子》的典故。庄子为了说明"无用"的好处,举过樗树、栎社树的例子,都是不成材,没人砍,所以终其天年。樗跟椿树长的很像,但是木材不结实,而且臭,工匠确实用不上。栎树是可以作家具的,但是《庄子》里面的"栎社树"(土地庙旁边的一颗栎树)别说做家具了,拿来做马桶都会引发皮肤瘙痒。

马嵬怀古

寂寞脂痕积汗光,温柔一旦付东洋。

只因遗得风流迹，此日衣裳尚有香。

胰子。配方里有香料，用胰子洗澡，洗完了穿上衣服都散发香味。

蒲东寺怀古

小红骨贱一身轻，私掖偷携强撮成。

虽被夫人时吊起，已经勾引彼同行。

风筝。风筝的骨当然很轻，对原材料一系列编制加工，就成了各种形状。

"夫人"，字面上是老太太，文言文里也可以是"那个人"的意思，谁呢，玩风筝的。

梅花观怀古

不在梅边在柳边，个中谁拾画婵娟？

团圆莫忆春香到，一别西风又一年。

团扇。梅开在冬天，柳盛于夏天。夏天才用得着团扇。上面可以画美女、景物等。"婵娟"可以用来比喻美女，也可以比喻月色、嫦娥。秋天开始收起来，等天热拿出来，已经是又一年了。

宝钗先说道："前八首都是史鉴上有据的；后二首却无考，我们也不大懂得，不如另做两首为是。"黛玉忙拦道："这宝姐姐也忒'胶柱鼓瑟,矫揉造作'了。……"

宝钗的意思,后两首是下三滥戏文里的典故,这还是掉在善恶分别里说话。黛玉把她说了一顿,比喻跳出善恶分别、正邪对立。

禅宗的修行,不掉在善恶里说话。

因有人回王夫人说:"袭人的哥哥花自芳,在外头回进来说,他母亲病重了,想他女儿,他来求恩典,接袭人家去走走。"

跟黛玉批评宝钗一样,随着学诗带来的灵性增长,"道理"已经越来越退位了。

袭人比喻善自护持的情识,可以表现为心灵鸡汤、各种道理。"花袭人"母亲病重了,要回到"花自芳"那里了,紧接着她母亲又去世了,母亲是生她的人,是情识的来源,比喻不用一些道理来纠缠了,就让花儿自在芳吧,咱不打扰它它也不打扰咱。

宝玉看着晴雯麝月二人打点妥当。送去之后,晴雯麝月皆卸罢残妆,脱换过裙袄。晴雯只在熏笼上围坐。麝月笑道:"你今儿别装小姐了,我劝你也动一动儿。"晴雯道:"等你们都去净了,我再动不迟。有你们一日,我且受用一日。"麝月笑道:"好姐姐,我铺床,你把那穿衣镜的套子放下来,上头的划子划上。你的身量比我高些。"说着,便去给宝玉铺床。晴雯"嗐"了一声,笑道:"人家才坐暖和了,你

玖 两种"情"

就来闹!"

虽然袭人走了,但是急于见道的心也更强烈了。麝月比喻见道的决心,晴雯比喻对将来风光的幻想,跟宝玉三个人凑成了急于成道的喻象。这里有自大的成分,所以晴雯跟麝月都有点坐那"装小姐",恨不得叫别人侍候的表现。没有对这些心理体验有所经历的话,恐怕很难理解。

麝月便开了后房门,揭起毡帘一看,果然好月色。晴雯等他出去,便欲唬他玩耍。仗着素日比别人气壮,不畏寒冷,也不披衣,只穿着小袄,便蹑手蹑脚的下了熏笼,随后出来。宝玉劝道:"罢呀!冻着不是玩的!"

晴雯只摆手,随后出了屋门,只见月光如水。忽听一阵微风,只觉侵肌透骨,不禁毛骨悚然,心下自思道:"怪道人说热身子不可被风吹,这一冷果然利害!"

佛经里用"月"比喻自性,也经常用月色比喻清净妙理。月光就是这样,淡淡的,清凉的,洒在众生的身上。

但是,要见道,要深切体验妙理,是要死人的!

不是肉身的死,而是心死。死了再活过来,又是一种活法,潇洒、快活、自在,都不用说了。老子说:"孰能浊以静之徐清?孰能安以动之徐生?""浊以静之",是死的过程;"安以动之",是复活的过程。《周易参同契》也说,"浊者清之路,昏久则昭明",意思差不多。

修禅的人,对各种妄想该经历的经历过了,一场红楼大梦醒来,也就是死中得活了。

还幻想将来成道以后如何如何风光,这怎么见道?晴雯冒着寒冷,领教了月色的另一番滋味。

一时,焙茗果请了王大夫来。先诊了脉,后说病症,也与前头不同。方子上果然没有枳实、麻黄等药,倒有当归、陈皮、白芍等药,那分两较先也减了些。宝玉喜道:"这才是女孩儿们的药。虽疏散,也不可太过。……"

晴雯病了,先是请的"胡庸医","乱用虎狼药",比喻对于妄想试图当下灭尽,这当然是不如法的,心太急了,妄想不是这么死的。

焙茗比喻火候上的不急躁。他请了"王大夫",心病还须心药医,如法开方,按部就班。

拾

正视现实

第52回"俏平儿情掩虾须镯,勇晴雯病补孔雀裘",主要是讲烦恼即菩提的道理。贪瞋痴这些东西,通常称为"三毒",小乘的修行方式,是干掉三毒,求得无烦恼的境界;大乘的修行方式,是转贪瞋痴为妙用,不逃避它。小乘修行人容易有个妄想:灭掉贪瞋痴以后,独留下真正的清净。贾母笑着说,离了贪瞋痴那些杂七杂八的东西,你哪里还有真东西可得,明眼人听了你这些妄想会笑话的。

（一）烦恼通吃

第52回，"俏平儿情掩虾须镯，勇晴雯病补孔雀裘"，主要是讲烦恼即菩提的道理。贪瞋痴这些东西，通常称为"三毒"，小乘的修行方式，是干掉三毒，求得无烦恼的境界；大乘的修行方式，是转贪瞋痴为妙用，不逃避它。

> 凤姐儿忙笑道："这话老祖宗说差了。……我活一千岁后，等老祖宗归了西我才死呢！"贾母笑道："众人都死了，单剩咱们两个老妖精，有什么意思？"说的众人都笑了。

小乘修行人容易有个妄想：灭掉贪瞋痴以后，独留下真正的清净。贾母笑着说，离了贪瞋痴那些杂七杂八的东西，你哪里还有真东西可得，明眼人听了你这些妄想会笑话的。

拾　正视现实

平儿道:"究竟这镯子能多重?原是二奶奶的,说这叫做'虾须镯',……"说着,便作辞而去。

宝玉听了,又喜,又气,又叹:喜的是平儿竟能体贴自己的心,气的是坠儿小窃,叹的是坠儿那样伶俐,做出这丑事来。

"虾须浊",乌七八糟的搅成一团,比喻烦恼纠缠。"俏平儿情掩虾须镯",比喻把心平下来,面对烦恼,看看这些贪瞋痴到底是个什么东西,研究的结果,是贪瞋痴其实也没啥,本来就是来来去去的,本来就是空的,其实也是清净本心流露出来的东西,既然这样,也不必去逃避它了。

三祖《信心铭》,开篇就说"至道无难,唯嫌拣择",嫌贪瞋痴不好,嫌什么东西不好,就是掉进是非坑了,这世界哪有可以逃避的东西呀。

晴雯只顾看画儿。宝玉道:"闻些,走了气就不好了。"晴雯听说,……忽觉鼻中一股酸辣透入囟门,接连打了五六个嚏喷,眼泪鼻涕登时齐流。晴雯忙收了盒子,笑道:"了不得,辣!快拿纸来!"

……宝玉笑道:"越发尽用西洋药治一治,只怕就好了。"说着,便命麝月:"往二奶奶要去,就说我说了:姐姐那里常有那西洋贴头疼的膏子药,叫做'依弗哪',我寻一点儿。"

晴雯用西洋药通气的治疗过程,就是进一步"平心"的过程,其实还是"俏平儿情掩虾须镯"的延续。心里想不通的,用外国的药通一通。外国的药,在这里就是比喻"教外别传"的禅法。咱们平时听惯了有些佛学上的说法,比如劝人修善啦,劝人宽容啦,劝人看开啦,等等,真要是听到禅师讲禅法,没准会吓一跳,甚至会怀疑他是不是魔头,因为他可能会告诉你,什么善、恶、正、邪,你先把这些界限放一边。当然了,禅师只是叫人心里不执著善恶界限,不会劝人去干恶事。

"依弗",就是"依佛",心里想通一些了,进一步依止佛语,自己读佛经原文,看看佛怎么说。"哪",就是没有确定结论,没有确定去处,佛经就是这样,不说死话,句句都是活的,句句不离本来。

> 宝琴笑道:"这一说,可知是姐姐不是真心起社了,这分明是难人。要论起来,也强扭的出来,不过颠来倒去,弄些易经上的话生填,究竟有何趣味?我八岁的时节,跟我父亲到西海沿上买洋货。谁知有个真真国的女孩子,才十五岁,……他通中国的诗书,会讲五经,能做诗填词。因此,我父亲央烦了一位通官烦他写了一张字,就写他做的诗。"众人都称道奇异。

宝琴说,姐姐你别老是条条框框了,捆自己捆别人,"究竟有何趣味"?你知道吗,"真真国"有个孩子,虽然是外国的,倒是中国通,比好多中国人都厉害呢!

"真真国的女孩子",就是比喻禅师,人家是教外别传的,但是讲的东西都是真之又真,没有比他更靠谱的了。

这孩子通中国文化,宝琴的爸爸又请一位"通官"帮忙求诗求字,可见禅师是通之又通。

拾 正视现实

听惯了有些说法,乍一听禅师开口,往往都会"称道奇异"的。

宝玉忙笑道:"好妹妹,你拿出来我们瞧瞧。"宝琴笑道:"在南京收着呢,此时那里去取?"宝玉听了,大失所望,便说:"没福得见这世面!"黛玉笑拉宝琴道:"你别哄我们。……"宝琴便红了脸,低头微笑不答。……宝琴答道:"记得他做的五言律一首。要论外国的女子,也就难为他了。"宝钗道:"你且别念,等我把云儿叫了来,也叫他听听。"说着,便叫小螺来,吩咐道:"你到我那里去,就说我们这里有一个外国的美人来了,做的好诗,请你这'诗疯子'来瞧去;再把我们'诗呆子'也带来"。……宝琴因念道:

　　昨夜朱楼梦,今宵水国吟。

　　岛云蒸大海,岚气接丛林。

　　月本无今古,情缘自浅深。

　　汉南春历历,焉得不关心?

曹雪芹说,想听禅法,第一,要有恭敬心,第二,要知道禅师其实没什么好说的,第三,要有豪情和灵性。

恭敬心,就不要怕麻烦和周折。比如说,禅师住在鸟不拉屎的山沟子里,你平时以车代步惯了,但是为了求法,不妨步行它三五个小时,翻山越岭的,前往求见,虽然路上辛苦,但这个辛苦就是学费。所以,宝琴扯谎说在南京收着,就靠黛玉诚心追问了。

禅师其实也没什么好说的,动个念说我要给你讲禅,你不懂,我懂,讲给你听听,羞死了。所以宝琴"红了脸,低头微笑不答"。

湘云比喻豪情。要学禅,软搭搭的人恐怕不行,骨子里得有一种豪情,咱们看公案,禅师们好多时候都是吹胡子瞪眼的,屠夫悟道的也有,软搭搭的人好像木有。

香菱比喻对本心家园的迷失,但是在这个上下文里,学诗通了灵性,所以也可以临时比喻灵性,这个东西是回归家园的利器。

小螺是宝琴的丫头。既然是"情",总是有曲曲折折、高低往复。

让咱们分析一下真真国女孩子的诗:

"昨夜朱楼梦,今宵水国吟",昨天还在听人家讲修行,听得天花乱坠头晕目眩的,今儿听禅是怎么说的吧,水天相接、一望无际、一马平川。《金刚经》上讲,这世界是"一合相"(但执著这个概念的话又偏了),《楞伽经》里讲,一切都是如来藏变现出来的,只是因为"境界风"吹"海波浪",有了大浪、小浪的区别,其实所有的浪都是一味海水。

"岛云蒸大海,岚气接丛林。月本无今古,情缘自浅深",世界就是"如是"而已,山是山水是水自在运行,只是我们一动了爱憎情绪,喜欢这个讨厌那个,就纠缠进去了,小孩找妈妈要月亮玩,国王找大臣要珍宝玩。

"汉南春历历,焉得不关心",还是想办法回到那个春暖花开的家园吧!

> 宝玉因让诸姐妹先行,自己在后面,黛玉便又叫住他,……宝玉也觉心里有许多话,只是口里不知要说什么,……一面说,一面便挨近身来,悄悄道:"我想宝姐姐送你的燕窝——"一语未了,只见赵姨娘走进来瞧黛玉,问:"姑娘,这几天可好了?"

拾　正视现实

学了禅,离佛法更近了,所以宝玉跟黛玉要说悄悄话,表白爱情了。

赵姨娘冷不丁冒出来了!坏了宝玉的好事!

赵姨娘比喻造下恶业,这时候闯进来,说明业障不还,哪能觉悟呢?

> 宝玉看时,金翠辉煌,碧彩燡灼,又不似宝琴所披之凫靥裘。只听贾母笑道:"这叫做'雀金呢',这是俄罗斯国拿孔雀毛拈了线织的。前儿那件野鸭子的给了你小妹妹,这件给你罢。"

"凫靥裘",就是"伏野求"。"孔雀裘",就是"孔雀求"。

佛告诉修行人,经上讲的要广结善缘之类的说法("宝情"),主要是针对你们的初步烦恼,因为你们一开始太野了,各种恶业,我要调伏你们的野心。比如《维摩诘经》里就讲:

> 此土众生,刚强难化,故佛为说刚强之语以调伏之,言是地狱,是畜生,是饿鬼,是诸难处,是愚人生处;是身邪行,是身邪行报;是口邪行,是口邪行报;是意邪行,是意邪行报;……以难化之人,心如猿猴,故以若干种法,制御其心,乃可调伏。譬如象马,悷悷不调,加诸楚毒,乃至彻骨,然后调伏。如是刚强难化众生,故以一切苦切之言,乃可入律。

但是修行到了一定的时候,佛说,你们不要怕地狱这些恶道之苦,作为菩萨,你们要敢于去恶道度那里的苦难众生,不要光想着自己逃到清净的地方去。

孔雀在佛教里,是"通吃"的典型动物。再有毒的东西,比如一般人害怕的蜈蚣、蝎子、毒蛇,它吃了没事,羽毛反而更鲜艳,更漂亮。佛教拿来比喻大菩萨的修行,不怕贪瞋痴三毒,反而能把贪瞋痴转成妙用。

"俄罗斯国",关键是"俄"字,"人我"的组合。贪瞋痴,就是人我是非。佛说,不要怕人我是非,要敢于正面烦恼,不要想着绕开。

> 因自那日鸳鸯发誓绝婚之后,他总不合宝玉说话,宝玉正自日夜不安。……鸳鸯一摔手,便进贾母屋里来了。

既然是"通吃",不厌恶趣,自然也不欣涅槃。

> 那媳妇听了,无言可对,亦不敢久站,赌气带了坠儿就走。

把坠儿撵走了,喻指修行人戒除实际的偷盗行为。心上对善恶无分别,但是手上该做的还是要做。"诸恶莫作,众善奉行,自净其意",前两句是手上的,第三句是心上的,每句包含了另外两句,少哪句都有偏差。

> 晴雯已嗽了几声,好容易补完了,说了一声:"补虽补了,到底不像。我也再不能了!""嗳哟"了一声,就身不由主,睡下了。

刚开始学习孔雀的做法,会有各种不适应,所以宝玉把孔雀裘烧了个洞。

没关系,继续上,所以"勇晴雯"拼了老命也要补上,因为这才是大乘修行的正路啊!关键是个"勇"字。

晴雯比喻对未来风光的幻想,本来是个烦恼,这里却靠了她才能补好孔雀裘,再次证明了烦恼也是有妙用的。

(二) 默然如此行去

第53回,"宁国府除夕祭宗祠,荣国府元宵开夜宴",宁喻心,荣喻言行,都是在晚上干的事,比喻默然如此行去,不用讲给谁听,不图鲜花掌声,也不图路上捡宝。就像《中庸》说的,"君子之道,闇然而日章;小人之道,的然而日亡。"或者通俗地说,闷声发大财。

> 王子腾升了九省都检点,贾雨村补授了大司马,协理军机,参赞朝政。

"王子腾",就是"法王子"(大菩萨的别称)的崛起。他和贾雨村平时一般不露面,默默地已经做了大官了,作者还是在强调闷声发大财。小说这里是什么财呢?法财。

> 贾蓉陪笑回说:"今儿不在礼部关领了,又在光禄寺库上。因又到了光禄寺,才领下来了。光禄寺老爷们都说,问父亲好。多日不见,都着实想念。"

"光禄",就是好处都来了,加个"寺"字,是修行佛法带来的物质利益。孔子说的"禄",后人往往理解为做官的俸禄,其实有时候只是指物质利益,跟这里"光禄寺"的"禄"一样。

修行佛法能带来实际的物质利益,这个只是根本原理,要在相上说,虽然一般会有物质利益,但是据说个别人反而显得更糟糕。学佛以后倒霉的是怎么说呢?笔者没见过这种情况,但是听说过,即使有的话,也不外乎《金刚经》里说的一个原理,"善男子、善女人受持读诵此经,若为人轻贱,是人先世罪业应堕恶道,以今世人轻贱故,先世罪业则为消灭,当得阿耨多罗三藐三菩提",也就是说,先世罪业太重,现在学佛了,加速偿还业债。像那些大人物,成功之前,偏要遭遇各种挫折,也有类似原理。

> 只见小厮手里拿着一个禀帖并一篇账目,回说:"黑山村乌庄头来了。"贾珍道:"这个老砍头的,今儿才来!"……贾珍倒背着两手,向贾蓉手内看去,那红禀上写着:"门下庄头乌进孝叩请爷奶奶万福金安,……"贾珍笑道:"庄家人有些意思。"贾蓉也忙笑道:"别看文法,只取个吉利儿罢。"

"黑山村""乌进孝",乌漆抹黑的,强调"默然"的喻义。进孝也不例外,没什么好张扬的,给老爸老妈买了点好东西,还到处宣扬,说明不是真孝。

不在形式上纠缠,关键是心意,所以贾蓉说"别看文法"。

> 乌进孝笑道:"那府里如今虽添了事,有去有来。娘娘和万岁爷岂不赏呢?"贾珍听了,笑向贾蓉等道:"你们听听,他说的可笑不可笑?"贾蓉等忙笑道:"你们山坳海沿子上的人,那里知道这道理?……"

贾珍("假真")贾蓉("假容")嫌乌进孝的东西少,乌进孝辩解已经尽心尽力了,同时怀疑上面还有赏赐,双方打了一场嘴仗,比喻对于"相"还在认假为真,还有得失计较,这样进的孝是不究竟的。

上面听说乌进孝来了,贾珍说"这个老砍头的,今儿才来",也说明孝心是有折扣的。农村常见一些做儿女的,一边赡养双亲,一边又经常指责父母这不对那不对,熊父母跟熊小孩似的,父母老了,胆子小了,也不敢吭声,就是贾珍这里骂的"这个老砍头的"。

> 因见贾芹亦来领物,贾珍叫他过来,说道:"你做什么也来了?谁叫你来的?"……贾珍冷笑道:"你又支吾我,你在家庙里干的事,打谅我不知道呢!你到那里,自然是爷了,没人敢抗违你。你手里又有了钱,离着我们又远,你就为王称霸起来,夜夜招聚匪类赌钱,养老婆小子!这会子花得这个形像,你还敢领东西来?领不成东西,领一顿驮水棍去才罢!等过了年,我必和你二叔说,叫回你来!"

"假勤"比喻修行上的虚加精勤。修行人检讨过去的修行,发现,好多时候是打着修行的旗号("家庙"),造着损人利己的恶业,所以贾珍把贾芹骂了一通。这样回忆的时候,还是把过去的事当真了,所以是贾珍出面骂的。

> 两边有一副长联,写道:"肝脑涂地,兆姓赖保育之恩;功名贯天,百代仰蒸尝之盛。"……两边一副对联,写道是:"勋业有光昭日月;功名无间及儿孙。"……旁边一副对联,写道是:"以后儿孙承福德,至今黎庶念宁荣。"俱是御笔。里边灯烛辉煌,锦幛绣幕,虽列着些神主,却看不真。

虽然是写给祖先看的,但也是给读者看的,自己对祖宗、父母真的是感恩的吗,真的愿意承认,自己有今天的好处,很大程度上有祖先的福荫吗?

不用具体追问哪代祖先是谁,对我有什么具体的好处,心里统一有个感恩的情意就行了,所以"虽列着些神主,却看不真"。

关于祖先的福荫,古人一直都有这个说法,比如"积善之家,必有余庆;积不善之家,必有余殃","当路莫栽荆棘树,他年免挂子孙衣",等等,劝人要厚道,不要等将来子孙遭殃。

> 当时凡从"文"旁之名者,贾敬为首;下则从"玉"者,贾珍为首;再下从"草头"者,贾蓉为首。

"玉"是核心,代表"意";前面的"文",是往"想"那边走;后面的"草头",

拾　正视现实

是往"情"那边走。这个原理,可以参见《楞严经》关于"纯想即飞,纯情即堕"的经文。动物是情太重,往下走的;天上的人,是想太重,往上升的;人类情想差不多均等,不上不下。但是佛经文字很活,不必看死了,人道里面也有畜生也有天人,偏重于想的就偏向于天人境界,注重精神方面;偏重于情的就偏向于恶道境界,满脑子都是物质欲望。修行的路上,左右摇摆一下,或情或想的,很正常,所以这里说了三种姓氏偏旁。

(三) 佛教徒的孝

这几回祭宗祠,林之孝媳妇带人搬铜钱赏戏子,王熙凤效戏彩斑衣,都是孝的内容,但是对其他众生的仁爱,也都包含在其中了。

孝是圣贤之道的永恒主题。

《地藏经》被称为佛门的《孝经》,地藏菩萨从发心到发愿到普度众生,都以"孝"为贯穿的线索。这部经密义极深。

儒家的《孝经》,里面也包含了大量的密义,从孝出发,什么仁道、治国、养生,关键的东西也都在里面了。

但是,通常儒家讲的"孝",跟佛教讲的"孝",在具体做法上,还是可以有所不同的。读者可以自己揣摩"林之孝"这个名字。

孟子说过:"养生者不足以当大事,惟送死可以当大事。"他也只是点到为止,没有说为什么,朱子的解释似乎还是牵强附会。笔者认为,孟子这个说法已经跟佛教的有些接近了。

回到《红楼梦》上来,第 54 回"史太君破陈腐旧套,王熙凤效戏彩斑衣",就是接着前面的孝道内容,进一步解释佛门的孝。作者身在那个时代,礼法森严,他也不好明说学禅的人怎么尽孝,所以就用这种小说的形式传达一下。

当下天有二鼓,戏演的是《八义观灯》八出,正在热闹之际,宝玉因下席往外走。贾母问:"往那里去?外头炮仗利害,留神天上吊下火纸来烧着。"宝玉笑回说:"不往远去,只出去就来。"贾母命婆子们好生跟着。于是宝玉出来,只有麝月秋纹几个小丫头随着。贾母因说:"袭人怎么不见?他如今也有些拿大了,单支使小女孩儿出来。"王夫人忙起身笑说道:"他妈前日没了,因有热孝,不便前头来。"贾母点头,又笑道:"跟主子却讲不起这孝与不孝,要是他还跟我,难道这会子也不在这里?这些竟成了例了。"

《观灯》是戏曲《八义》中的一出戏。《八义》讲的是赵氏孤儿的事,说春秋时期忠臣赵盾一家 300 余口惨遭灭门,只留下一个刚出生的婴儿被人家救走了。在灭门、救孤的前后过程中,共有八位义士献出了生命,被尊称为"八义"。

诚心修行的菩萨,就好像是佛收养的孤儿,佛时时刻刻都在挂念、护佑着。

佛说,孩子你不要贪玩乱跑,小心有灾("天上吊下火纸")。宝玉说,佛您老人家放心,再热闹我也不会乱跑的,我会读经求道的("麝月""秋纹"即"射月""求文")。

一个学禅的人,用功办道,俗情要放下了,所以贾母说"跟主子却讲不起这孝与不孝"。

宝玉只当他两个睡着了,才要进去,忽听鸳鸯嗽了一声,说道:"天下事可知难定!论理,你单身在这里,父母在外头,每年他们东去西来,没个定准,想来你是再不能送终的了;偏生今年就死在这里,你倒出去送了终!"袭人道:"正是,我也想不到能够看着父母殡殓。回了太太,又赏了四十两银子,这倒也算养我一场,我也不敢妄想了。"

鸳鸯有一心念佛的喻意。她跟袭人一问一答的,告诉学禅的人,你对生身父母的孝应该怎么做。在父母身边的时候,对父母尽心伺候;父母走了,对父母活着时候的孝已经划上句号了,剩下的是父母走后的孝了。

父母走了以后怎么继续进孝?袭人说,"我也不敢妄想了"。老实修行,不再纠缠世间恩爱,这就是对父母继续进孝。

宝玉便走过山石后去站着撩衣。麝月秋纹皆站住,背过脸去,口内笑说:"蹲下再解小衣,留神风吹了肚子!"后面两个小丫头知是小解,忙先出去,茶房内预备水去了。

想到这里,明白了佛门的孝是怎么回事,也就释怀了("小解"),原来我一直觉得欠父母太多,只是逢年过节发个短信打个电话问候一下,一直觉得报答不了,原来还是可以圆满报答的。

宝玉笑道:"这两个女人倒和气,会说话。他们天天乏了,倒说你们连日辛苦,倒不是那矜功自伐的。"……

秋纹先忙伸手向盆内试了试,说道:"你越大越粗心了。那里弄得这冷水?"小丫头笑道:"姑娘,瞧瞧这个天!我怕水冷,倒的是滚水,这还冷了。"……

秋纹道:"够了!你这么大年纪,也没见识!谁不知是老太太的?要不着的,就敢要了?"婆子笑道:"我眼花了,没认出这姑娘来。"……

凤姐儿便笑道:"宝玉别喝冷酒,仔细手颤,明儿写不的字,拉不的弓。"宝玉道:"没有吃冷酒。"凤姐儿笑道:"我知道没有,不过白嘱咐你。"

这些都是跟父母相处的细节,没有超出通常儒学所说的"孝"的范畴。孔子讲过跟父母相处时的"色难",就是脸色好看难,说话好听难。伺候父母要知冷着热,随时认错,懂得说废话,等等,都是细节。

贾母笑道:"有个原故。编这样书的人,有一等妒人家富贵的,或者有求不遂心,所以编出来糟蹋人家。……这几年我老了,他们姐儿们住的远，我偶然闷了，说几句听听，他们一来，就忙着止住了。"李薛二人都笑说："这正是大家子的规矩。连我们家也没有这些杂话叫孩子们听见。"

贾母说的是才子佳人之类的故事。

孟子说：

人少，则慕父母；知好色，则慕少艾；有妻子，则慕妻子；仕则慕君，不得于君则热中。大孝终身慕父母。五十而慕者，予于大舜见之矣。

孟子说，人哪，小时候拿父母做偶像，崇拜得要命；青春期开始，心思放到美色上了；结婚了以后，心思放到老婆孩子上了；做官的，心思又放在领导身上了，失宠了就好像天要塌了。大孝的人，一辈子心思都在父母身上。到了五十岁还敬慕父母的，我在大舜这里看到了。

他描述了一种常见的现象，也描述了一种心理规律。年轻人本来就血气壮盛，面对这种规律，佛门对于佛弟子不是进一步怂恿，而是有一定的提醒。

凤姐儿走上来斟酒，笑道："罢，罢！酒冷了，老祖宗喝一口润润嗓子再掰谎罢。这一回就叫做'掰谎记'，……"……薛姨妈笑道："你少兴头些！外头有人，比不得往常。"凤姐儿笑道："外头只有一位珍大哥哥，我们还是论哥哥妹妹，从小儿一处淘气淘了这么大。这几年因做了亲,我如今立了多少规矩了!……"贾母笑道:"可是这两日我竟没有痛痛的笑一场;倒是亏他才一路说,笑的我这里痛快了些,我再吃钟酒。"

虽说跟父母相处有那么多细节讲究,终究以"欢心"为核心,偶然犯点规矩,只要父母不见怪,也不是什么大事。

文官等听了出来,忙去扮演上台,先是《寻梦》,次是《下书》。……又指湘云道:"我像他这么大的时候儿,他爷爷有一班小戏,偏有一个弹琴的,凑了《西厢记》的《听琴》,《玉簪记》的《琴挑》,《续琵琶》的《胡笳十八拍》,竟成了真的了。比这个更如何?"众人都道:"那更难得了。"贾母于是叫过媳妇们来,吩咐文官等叫他们吹弹一套《灯月圆》。媳妇们领命而去。当下贾蓉夫妻二人捧酒一巡。

《寻梦》和《下书》分别是《牡丹亭》和《西厢记》里的情节,后面提到的戏曲也都是跟男女爱情有关。"偏有一个弹琴的",前面把陈腐旧套的爱情故事批得一塌糊涂,现在偏要插进来一段"谈情"的,读者领会老太太的苦心了吗?

曹雪芹说,做为在家的修行人,哪怕是演戏,也不妨结婚生子,让父母有个安慰。

结了婚,两口子团团圆圆,父母看在眼里,乐在心里,所以贾母专门叫贾蓉夫妻留下来斟酒陪伴。

接下来大家讲笑话,进一步强调讨父母"欢心"的含义,不多解释了。

凤姐儿笑道:"外头已经四更多了,依我说:老祖宗也乏了,咱们也该'聋子放炮仗',散了罢。"

虽然是进孝,讨欢心,但是对于修行的人来说,不是一味地掉进去,而是明白聚散无常的道理,回到自己的用功上去。

(四) 正邪较量

王夫人便觉失了膀臂,一人能有多少精神,凡有了大事,就自己主张;将家中琐碎之事一应都暂令李纨协理。李纨本是个尚德不尚才的,未免逞纵了下人,王夫人便命探春合同李纨裁处,只说过了一月,凤姐将养好了,仍交给他。谁知凤姐禀赋气血不足,兼年幼不知保养,平生争强斗智,心力更亏,故虽系小月,竟着实亏虚下来。一月之后,又添了下红之症。

进孝能帮人放松紧张情绪。王熙凤病了,王夫人"失了膀臂",琐事全靠李纨和探春裁处,比喻强势的心理侧面开始柔化,心态上更平和了,从而办事更公正,看问题更冷静了,所以第56回"敏探春兴利除宿弊",要写修行人在世间处事的公道。

人为什么紧张呢？就是心里有个急事要去办。比如有个事要限期完成，压力就来了，对结果看得很重的人，脑弦就绷紧了。再比如，面对一个很不爽的社交场合，心里想，俺还不如赶快回家，坐下来，泡壶茶，听听音乐，看看书，在这多烦人呀，这时候就紧张了，这是急着想要逃到另一个境界里去。

所有的紧张，根源都在于"我"。什么内向、拘束，都是因为把"我"看得太重了。

进孝就不一样了，心思围着别人转，"我"暂时被放到一边了，开朗回来了，乐观回来了，仁爱回来了，放松，也回来了。——这，就是儒家提倡"孝"的一个秘密。

当然了，过度强调子女对父母的服从，而相对忽略父母对子女的仁慈，这是宋朝以后儒学逐渐僵化的重要原因。

> 时届季春，黛玉又犯了咳嗽；湘云又因时气所感，也病卧在蘅芜院，一天医药不断。

佛法和豪情都暂时不写，单看探春如何冷静应对世间的人事。

> 去后，回至厅上坐了，刚吃茶时，只见吴新登的媳妇进来回说："赵姨娘的兄弟赵国基昨儿出了事，已回过老太太、太太，说知道了，叫回姑娘来。"

"吴新登"就是"无心登",不求上进,没出息。"赵国基"就是"兆国基",想得太多,自己是泥菩萨,还要心忧国家大事。

"兆国基"是一个极端,"无心登"是另一个极端,一个死了,一个即将挨探春的骂。

虽然在血缘上,赵国基是探春的舅舅,但按那时候的礼制规矩,探春是主人(贾环也是主人),赵国基是奴才,台面上只能秉公相待,所以探春没有擅自多给抚恤,并不是无情,而是公正。赵国基平时在贾环面前是典型的奴才嘴脸,贪小便宜,不自重,这体现了曹雪芹对于自己以前关心"兆国基"的反思:我不适合谋划政治上的东西,就不想那么大了,能冷静处理一些世间的事情就行了。

仆人欺负探春以前没管过事,想给赵姨娘多领点抚恤,探春驳回了,只给了二十两,赵姨娘不干了,来跟这个亲生女儿闹了一场,里面都是修行用心的微妙细节。以前强势,好像心里那些恶劣的习气都压住了,只要你不强势了,那些习气都闹上来了,解决这些习气的办法,不是再恢复强势去压,而是平静应对,所以探春虽然被赵姨娘闹,但是据理力争,并得到"平儿"安慰,平儿又去把下人们说了一顿,"欺幼主刁奴蓄险心"才算是告一段落。

秋纹道:"问一问,宝玉的月钱,我们的月钱,多早晚才领。"平儿道:"这什么大事?你快回去告诉袭人,说我的话:凭有什么事,今日都别回。若回一件,管驳一件;回一百件,管驳一百件。"……秋纹听了,伸了伸舌头,笑道:"幸而平姐姐在这里,没得臊一鼻子灰!趁早知会他们去。"

不徇私。不管你是什么亲密关系,也不管你搬出哪本书上的哪个道理,我只管公道,所以连"求文"都差一点"燥一鼻子灰"。

> 如今他既有这主意,正该和他协同,大家做个膀臂,我也不孤不独了。按正礼天理良心上论,咱们有他这一个人帮着,咱们也省些心,与太太的事也有益。

凤姐对探春高度评价,说"大家做个膀臂,我也不孤不独了",比喻修行层次的提升,不再一味强势,而是能冷静面对一些事情了。

为什么这里要由探春出头治理,来表明冷静处事的含义呢?这就涉及"佛法在世间"的原理了。读世间的书,只要会读,对修行也是有大用的,这就是憨山大师说的"不知《春秋》,不能涉世"。

(五) 真宝玉现身

第56回,"敏探春兴利除宿弊,贤宝钗小惠全大体",甄宝玉要出场了。假宝玉还纠缠别寻妙法,真宝玉说,得了,"世事洞明皆学问,人情练达即文章"是有一定道理的,孔孟没错,是咱自己错会了佛法。

两个宝玉,就是修行人的两重用心。

宝钗笑道:"真真膏粱纨袴之谈!你们虽是千金,原不知道这些事,但只你们也都念过书,识过字的,竟没看见过朱夫子有一篇《不自弃》的文么?"探春笑道:"虽也看过,不过是勉人自励,虚比浮词,那里真是有的?"宝钗道:"朱子都行了虚比浮词了?那句句都是有的。你才办了两天事,就利欲熏心,把朱子都看虚浮了。你再出去,见了那些利弊大事,越发连孔子也都看虚了呢!"探春笑道:"你这样一个通人,竟没看见姬子书?当日姬子有云:'登利禄之场,处运筹之界者,穷尧舜之词,背孔孟之道……'"宝钗笑道:"底下一句呢?"探春笑道:"如今断章取义,念出底下一句,我自己骂我自己不成?"宝钗道:"天下没有不可用的东西,既可用,便值钱。难为你是个聪明人,这大节目正事竟没经历。"

李纨笑道:"叫人家来了,又不说正事,你们且对讲学问!"宝钗道:"学问中便是正事。若不拿学问提着,便都流入市俗去了。"

宝钗提醒说,虽然办事,但是不一味地死在事上,最终还是会归到圣贤之道上,不忘初心。

违背这个提醒的,在现实中很多啊!本来想法很好,一搅进去,死在事上了,最后没法抽身了。秦桧还是热血青年的时候,很正直,后来在官场上慢慢搅进去以后,就变成另外一个人了。

探春说的"姬子",谐音是"羁子",把你搅进去了,绊住了。宝钗追问"底下一句",显然底下一句是讽刺那些身不由己的人,跳不出来了,风光一时,最后往往赔进去了。《姬子书》到底是个什么东东,现在考证不到,可能是曹公信手编的。

宝钗说,"天下没有不可用的东西,既可用,便值钱。难为你是个聪明人,这大节目正事竟没经历",留心处处皆学问,这世上哪样东西能逃出圣贤之道呢?死在事上,就是小聪明;从事上会归大道,才是"大节目正事"。

李纨代表读者提出质疑,曹雪芹,你不是在讲探春开源节流吗,怎么又扯圣贤之道了?曹雪芹借宝钗之口回答说,我字面上在扯生意经,你别真的看成生意经,想看生意经的话,去买本《营销管理》吧。

接下来,探春一五一十地做了许多"兴利除宿弊"的事,都是在说明公道、条理的处事方式,不多解释了。

贾母笑道:"也不成了我们家的了?你这哥儿叫什么名字?"四人道:"因老太太当作宝贝一样,他又生的白,老太太便叫作宝玉。"

千呼万唤始出来,犹抱琵琶半遮面,真宝玉进入视野了。

"四人",就是"似人",跟贾宝玉很相似。

宝玉心中便又疑惑起来:"若说必无,也似必有;若说必有,又并无目睹。"心中闷闷,回至房中榻上,默默盘算,不觉昏昏睡去,竟到一座花园之内。……袭人笑道:"那是你梦迷了。你揉眼细瞧,是镜子里照的你的影儿。"

拾 正视现实

宝玉"心中便又疑惑起来",比喻修行人的困惑,对真宝玉那套"经济之道"虽然开始接受,但毕竟还有疑虑。

怀疑也好,琢磨也好,都是梦话,把梦当真了,把镜子里的像当真了。

(六) 如果就这样?

如果就这样下去呢?我也不追求林妹妹了,索性当下死了别寻妙法的心,升官发财去?路是一步一步走的,试图当下如何如何,有个"试图",还是在情识里揣摩计较。所以第57回"慧紫鹃情辞试莽玉,慈姨妈爱语慰痴颦",心里大乱了一场,最终还是回到老老实实的读经学习上去,林妹妹暂时还是离不开的。

偶值雪雁从王夫人屋里取了人参来,从此经过,忽扭头看见桃花树下石上一人,手托着腮颊,正出神呢。不是别人,却是宝玉。雪雁疑惑道:"怪冷的,他一个人在这里做什么?春天凡有残疾的人肯犯病,敢是他也犯了呆病了?⋯⋯"

桃花就是"逃花",我也不要什么觉悟了,也不追求佛法了。结果呢,就犯了呆病,掉到愚痴里面去了。"慧紫鹃情辞试莽玉",是修行人的一次尝试。下面宝玉犯病,大家鸡飞狗跳一场,算是走弯路买了个教训。

> 谁知宝玉见了紫鹃,方"嗳呀"了一声,哭出来了。众人一见,都放下心来。贾母便拉住紫鹃,只当他得罪了宝玉,所以拉紫鹃命他赔罪。谁知宝玉一把拉住紫鹃,死也不放,说:"要去连我带了去!"

愚痴完了,知道自己还是要回到"字卷"上去,所以宝玉一把拉住紫鹃,百感交集啊!劫后余生啊!佛啊,您就原谅原谅我这个傻子吧,我还是得老实读经啊!

> 黛玉听了这话,口内虽如此说,心内未尝不伤感。待他睡了,便直哭了一夜,至天明,方打了一个盹儿。

回到先前的轨道,伤感又来了,佛法啊,我的下落到底在哪呢?

> 如今薛姨妈既定了邢岫烟为媳,合宅皆知。邢夫人本欲接出岫烟去住,贾母因说:"这又何妨?两个孩子,又不能见面。就是姨太太和他一个大姑子,一个小姑子,又何妨?况且都是女孩儿,正好亲近些呢。"邢夫人方罢。

邢岫烟比喻自甘寒微,现在正式定下来了。她是修行人的一个心理侧面,也得住在大观园里,哪能搬出去呢?

拾　正视现实

> 黛玉听了,便一头伏在薛姨妈身上,说道:"姨妈不打他,我不依!"薛姨妈搂着他笑道:"你别信你姐姐的话,他是和你玩呢。"

且一边求法,一边跟众生继续温情吧。

> 一语未了,忽见湘云走来,手里拿着一张当票,口内笑道:"这是什么账篇子?"

邢岫烟把棉衣当到薛家的"恒舒"当铺去了。"当"就是"家当",本来是"恒舒"的,何必自卑呢?懂得知足就是"恒舒",其实我现在拥有的这些也够了,有口饭吃,有个地方睡觉,有衣服穿,还要求什么呢?这就是自甘寒微的一个用心细节。要是觉得少这少那的,哪能甘心现状啊!

史湘云是"生来英豪阔大宽宏量",我也不管什么家当不家当了,连知足这个概念也不要了,就这么凑合着过吧。

(七) 现实很骨感

搞政治的太浪漫,激情一来,就要坏事。搞修行也一样,光是凭着书上看来的道理,把世界理想化,一出来做事,就要撞墙了。

理想化的修行者很多啊!石头要修成"圆觉",就得放弃原有的自我束缚,直面现实。

第58回,"杏子阴假凤泣虚凰,茜纱窗真情揆痴理",比喻对浪漫情怀的放下。

> 谁知上回所表的那位老太妃已薨,凡诰命等皆入朝随班,按爵守制。敕谕天下:凡有爵之家,一年内不得筵宴音乐,庶民皆三月不得婚娶。

按爵守制,撤下筵宴音乐,比喻按修行要求,放下原先的一些浪漫心思。孟子说,有天爵,有人爵。修行属于天爵。

> 黛玉感戴不尽,以后便亦如宝钗之称呼,连宝钗前亦直以"姐姐"呼之,宝琴前直以"妹妹"呼之,俨似同胞共出,较诸人更似亲切。

放下浪漫心思,回到现实,跟众生也就更贴心了。比如有些夫妻不和的,是另外有一些配偶标准,觉得眼前这位达不到,就生气了,咋看咋不顺眼,放下那些标准,想一想,眼前这位虽然有缺点,但是与我相依为命,假如我生病住院,还不是得靠这位一直陪着?这么想了,跟眼前这位就拉近心理距离了。

> 贾母便留下文官自使,将正旦芳官指给了宝玉,小旦蕊官送了宝

钗,小生藕官指给了黛玉,大花面葵官送了湘云,小花面豆官送了宝琴,老外艾官指给了探春,尤氏便讨了老旦茄官去。……其中或有一二个知事的,愁将来无应时之技,亦将本技丢开,便学起针黹纺绩女工诸务。

佛用文字教化众生,所以也称为"释迦文佛"。芳泛指一切花,比喻一切情识妄想,所以跟了宝玉。宝钗跟富贵牡丹有关,所以蕊官跟了宝钗。藕官跟莲花有关,也即跟佛法有关,所以跟了黛玉。向日葵跟着太阳走,满满的正能量,所以葵官跟了湘云。豆子不显眼,低头默然的,有含羞之态,所以豆官跟了"宝情"。艾草充满正气,有驱邪之功,所以艾官跟了探春。茄子是拿来吃的,所以跟了"尤氏",秀色可餐的意思。

"戏子"们解散了,送走的送走,留下的干活,还有"学起针黹纺绩女工诸务"的,这都是比喻对内心浪漫一面的放下。

宝玉因想道:"能病了几天,竟把杏花辜负了!不觉到'绿叶成阴子满枝'了!"因此,仰望杏子不舍。又想起邢岫烟已择了夫婿一事,虽说男女大事,不可不行,但未免又少了一个好女儿,不过二年,便也要"绿叶成阴子满枝"了。再过几日,这杏树子落枝空;再几年,岫烟也不免乌发如银,红颜似缟:因此,不免伤心,只管对杏叹息。正想叹时,忽有一个雀儿飞来,落于枝上乱啼。宝玉又发了呆性,心下想道:"这雀儿必定是杏花正开时他曾来过,今见无花空有叶,故也乱啼。这声韵必是啼哭之声。可恨公冶长不在眼前,不能问他。但不知明年再发时,这个雀儿可还记得飞到这里来与杏花一会不能?"

前面的学诗,只是帮人通灵,不是要掉到浪漫里去,这也是禅诗和很多文人诗的一个区别。很多文人诗或愁或恨,或悲或喜,有时候读了之后,整个人都不好了;禅诗虽然也把景色说得很美,但是跟情绪无关,读了不会引发身心上的不适。

宝玉这里,面对杏树,又在那浪漫了,连生孩子都想到了("子满枝"),又替雀儿忧伤了好一会儿。就像李清照闲着没事,坐着小船,仰头看看白云,不看还好,一看又伤心了:

红藕香残玉簟秋。轻解罗裳,独上兰舟。云中谁寄锦书来,雁字回时,月满西楼。

花自飘零水自流。一种相思,两处闲愁。此情无计可消除,才下眉头,却上心头。

杏树经常跟风流有关,除了"春色满园关不住,一枝红杏出墙来"引出的"红杏出墙"说法以外,《闲情偶寄》说:

种杏不实者,以处子常系之裙系树上,便结累累。予初不信,而试之果然。是树性喜淫者,莫过于杏,予尝名为"风流树"。

李渔说,杏树不结果实的话,拿处女常穿的裙子系在树上,就可以果实累

拾 正视现实

累,刚听说的时候我还不信,一试,果然。可见,淫树里面,杏树当推第一,我给它起个名叫"风流树"。

李渔好无聊。

正自胡思间,忽见一股火花从山石那边发出,将雀儿惊飞。宝玉吃了一惊。又听外边有人喊道:"藕官,你要死!怎么弄些纸钱进来烧?我回奶奶们去,仔细你的肉!"……他干娘越发羞愧,说芳官:"没良心!只说我克扣你的钱!"便向他身上拍了几下。芳官越发哭了。

接下来,婆子们作威作福的,当着主子的面教训女儿,描述了现实的残酷。困在自己的境界里,以为现实也是按照自己意愿发展的,殊不知现实世界有现实世界的规则,身为下属,骂老板就有问题,挨老板骂却很正常。那老板呢,他自然也有管他的人,出去面对管他的人,他也得伏低。

"后来补了蕊官,我们见他也是那样,就问他:'为什么得了新的就把旧的忘了?'他说:'不是忘了。比如人家男人死了女人,也有再娶的,只是不把死的丢过不提就是有情分了。'你说他是傻不是呢?"

这就是现实的处理方式。不是傻,而是理智。

二人你言我语,一面行走,一面说笑,不觉到了柳叶渚。顺着柳堤走来，因见叶才点碧，丝若垂金，莺儿便笑道："你会拿这柳条子编东西不会？"……一言未了，他姑妈果然拄了拐杖走来，莺儿春燕等忙让坐。那婆子见采了许多嫩柳，又见藕官等采了许多鲜花，心里便不受用；……那婆子本是愚夯之辈，兼之年迈昏眊，惟利是命，一概情面不管。正心疼肝断，无计可施，听莺儿如此说，便倚老卖老，拿起拄杖，向春燕身上击了几下，骂道：……

这就是第59回回目说的"柳叶渚边嗔莺咤燕"。又是莺儿又是春燕的，跑到柳叶渚边，比喻放纵情怀，一放纵，就要受到现实规则的制裁，所以婆子们"倚老卖老"威风了一把。

比如喝酒放纵的，他自己头疼恶心，然后出去磕磕碰碰的，挂个彩，或者甚至跟人打架，严重的话酒驾遇上车祸，这都是现实世界对放纵的惩罚。跟脾气粗暴的人容易受外伤是一个原理。

说着，只见那个小丫头回来说："平姑娘正有事呢。问我做什么，我告诉了他。他说：'先撵他出去，告诉林大娘，在角门子上打四十板子就是了。'"那婆子听见如此说了，吓得泪流满面，央告袭人等说：……

这就是回目里说的"绛芸轩里召将飞符"，飞快地报信给平儿，来把这个事摆平。

面对现实的惩罚，作为修行人怎么办呢？只有平心一条路。回目里强调

"绛芸轩里",绛芸轩是宝玉住的地方,宝玉比喻意。这时候回到自己的心,反思一下,不是现实不对,是我不对。这么一平心,现实世界也就不再显得那么可怕了,甚至跟着平了,所以婆子服软了。

《楞严经》说,"当平心地,则世界地一切皆平",儒家说,"君子笃恭而天下平",都可以参考。

(八) 好心办坏事

好心办坏事,这样的例子太多了。为什么呢?光有好心,没有智慧,就容易给现实世界添乱子,给他人带来烦恼。

离开了自己的心,扑到外境里纠缠,怎么弄都是颠倒啊!

第60回"茉莉粉替去蔷薇硝,玫瑰露引出茯苓霜"告诉我们,你有好心,这很好,但说不定给出去的一个馒头能引发血案。

> 芳官听说,便将些茉莉粉包了一包拿来。贾环见了,喜的就伸手来接。芳官便忙向炕上一掷。贾环见了,也只得向炕上拾了,揣在怀内,方作辞而去。……赵姨娘直进园子,正是一头火,顶头遇见藕官的干娘夏婆子走来。……豆官先就照着赵姨娘撞了一头,几乎不曾

将赵姨娘撞了一跤。那三个也便拥上来放声大哭,手撕头撞,把个赵姨娘裹住。……蕊官藕官两个,一边一个,抱住左右手;葵官豆官,前后头顶住,只说:"你打死我们四个才算!"芳官直挺挺躺在地下,哭的死过去。

芳官对贾环的轻蔑之举,比喻修行人的高下之心。赵姨娘"一头火",比喻忙着造业而忘了回归心地。遇上"夏婆子",即"瞎婆子",比喻恶知识,就是狐朋狗友。

这几样因缘凑在一起,瞋恨心大爆发,什么浪漫都没了,浪漫情怀都转成恨不得置人家于死地了。

曹雪芹说,自己颠倒,高下之心那么重,给人家东西说不定也会有问题。

探春便说:"……"一席话,说得赵姨娘闭口无言,只得回房去了。

回到读书明理上去,回到自己的心上,所以赵姨娘"闭口无言"。

这是这一回里,好心办坏事的第一个例子。

小蝉便命一个婆子出去买糕,他且一行骂,一行说,将方才的话告诉了夏婆子。夏婆子听了,又气又怕,……

"蝉"就是"缠",偏要去跟狐朋狗友纠缠,麻烦又要来了。

> 原来柳家的有个女孩儿,今年十六岁,虽是厨役之女,却生得人物与平、袭、鸳、紫相类。因他排行第五,便叫他五儿。

"五儿",就是"五家之儿",哪五家呢?禅宗后来分出来的五家,分别是临济宗、沩仰宗、法眼宗、曹洞宗、云门宗。

五儿在这里出现,比喻修行人做五家子孙的想法。做五家子孙有什么好处呢?堪做人天导师。

往这个好处上想,跟"晴雯"的喻象就很像了。所以五儿跟晴雯特别像。

不过晴雯偏重于表面风光,五儿偏重于实质性的东西。

做五家子孙的想法,还是妄情,所以五儿是柳家的女儿。柳丝跟情丝很像。

第109回"候芳魂五儿承错爱,还孽债迎女返真元",原来这个想法是颠倒的,修行人不过是"随缘消旧业,不更造新殃",哪里有真东西可得呢?"孙绍祖"(孙子要继承祖先)把迎春糟蹋死了,迎春还了债,这才是修行的真相。而孙绍祖呢,原来不是个东西。

> 内中有一个叫做钱槐,……因他手头宽裕,尚未娶亲,素日看上柳家的五儿标致,一心和父母说了,娶他为妻。也曾央中保媒人,再四求告。柳家父母却也情愿,争奈五儿执意不从。

"钱槐"就是"钱怀",以钱为怀的话,哪里能做五家子孙呢?五儿答应了才怪。

下面的麻烦,字面上跟钱槐无关,好像他只是临时客串一下,其实都是"钱怀"引起的。曹雪芹告诉我们,把利看得重了,哪怕你给人家什么好处,也可能会引发一系列的纠缠。

柳氏啐道:"发了昏的!今年还比往年?把这些东西都分给了众妈妈了。一个个的不像抓破了脸的!人打树底下一过,两眼就像那馋鸡似的,还动他的果子!可是你舅母姨娘两三个亲戚都管着,怎么不和他们要,倒和我来要?这可是'仓老鼠问老鸹去借粮,守着的没有,飞着的倒有'?"

把利看得重了,斤斤计较。

忽见迎春房里小丫头莲花儿走来说:"司棋姐姐说:要碗鸡蛋,炖的嫩嫩的。"柳家的道:"就是这一样儿贵。不知怎么,今年鸡蛋短的很,……"

"莲花儿"跟"五儿"差不多,都是大有来头的,一个比喻要做五家子孙,一个比喻要做佛的子孙,反正都是比喻觉得自己了不起。

带着这样的心态,又以钱为怀,能做出什么好事?

司棋便喝命小丫头子动手:"凡箱柜所有的菜蔬,只管扔出去喂狗,大家赚不成!"小丫头子们巴不得一声,七手八脚,抢上去一顿乱翻乱掷。

想要干涉他人是非,已经处在是非当中了,所以司棋有这番表现。

下面又是闹得一塌糊涂,一笔烂账,都是为了说明好心办坏事的道理。这世界太复杂了,各种因果链条,不先自己跳出来,就搅进去,会有后患。

彩云听了,不觉红了脸,一时羞恶之心感发,便说道:"姐姐放心,也不用冤屈好人,我说了罢:伤体面,偷东西,原是赵姨奶奶央及我再三,我拿了些给环哥儿是情真。……"

"彩云",比喻对红尘世界的贪爱。原来一切的麻烦,说到底还是我自己贪图热闹,都从贪心来啊!

《维摩诘经》讲了"爱见悲"的问题。带着爱恨情绪,去对人家"慈悲",只会把自己陷进去,不是"大慈大悲"。

平儿道:"秦显的女人是谁?我不大相熟啊。"……玉钏儿道:"是了。姐姐,你怎么忘了?他是跟二姑娘的司棋的婶子。司棋的父亲虽是大老爷那边的人,他这叔叔却是咱们这边的。"

"秦显"就是"情显",心里追求出人头地。司棋比喻试图掌管他人是非,这就像裁判,你这边对,你那边不对,这么一来,裁判才是最牛的。

平儿道:"何苦来操这心?'得放手时须放手',什么大不了的事?乐得施恩呢。依我说,纵在这屋里操上一百分心,终久是回那边屋里去的，没的结些小人的仇恨，使人含恨抱怨。况且自己又三灾八难的，好容易怀了一个哥儿，到了六七个月还掉了，焉知不是素日操劳太过，气恼伤着的？如今趁早儿见一半不见一半的，也倒罢了。"一席话，说的凤姐儿倒笑了，道："随你们罢，没的怄气。"平儿笑道："这不是正经话？"说毕，转身出来，一一发放。

这就是回目说的"判冤决狱平儿行权"。要靠心平，才能公道、慈悲地应对世事。

司棋等人空兴头了一阵。那秦显家的好容易等了这个空子钻了来，只兴头了半天。

心平了，那些妄想就是"空兴头了一阵"。下面彩云被贾环气哭了一夜，也是差不多的喻意。

（九）难得糊涂

第 62 回，"憨湘云醉眠芍药裀，呆香菱情解石榴裙"，一个"憨"，一个

"呆",一起构成了"糊涂"的喻象。

这是小说里讲的,作者自己这么过来的,他没有说所有的修行人都得这样,这个要注意。

> 当下又值宝玉生日已到。原来宝琴也是这日,二人相同。……宝玉喜的忙作揖,笑道:"原来今日也是姐姐的好日子。"平儿赶着也还了礼。湘云拉宝琴岫烟说:"你们四个人对拜寿,直拜一天才是。"探春忙问:"原来邢妹妹也是今日,我怎么就忘了?"

宝玉、宝琴、平儿、邢岫烟是同一天生日,比喻修行人这时候心态的微妙变化。平儿在贾府也不是一年两年了,宝玉现在才知道她是同一天的,怎么可能呢?都是根据行文需要随手编的。接下来大宴一场,有吃有喝,有说有笑,比喻内心的喜悦与收获。

有钱没钱,开心就好。有些穷人,也许看着寒碜,哪知道人家心里的快乐呢?有些富人,也许看着排场,哪知道人家心里的烦恼呢?《永嘉证道歌》说,"穷释子,口称贫,实是身贫道不贫。贫则身常披缕褐,道则心藏无价珍。"简直搞不清他到底是穷还是富了。

> 探春道:"我吃一杯。我是令官,也不用宣,只听我分派。取了骰子令盆来,从琴妹妹掷起,挨着掷下去,对了点的二人射覆。"

射覆靠猜,靠"会意"。装糊涂的人,心里清楚,嘴上不说而已。

黛玉笑道:"他倒有心给你们一瓶子油,又怕罣误着打窃盗官司。"众人不理论,宝玉却明白,忙低了头。彩云心里有病,不觉的红了脸。宝钗忙暗暗的瞅了黛玉一眼。黛玉自悔失言,原是打趣宝玉的,就忘了村了彩云了,自悔不及,忙一顿的行令猜拳岔开了。

装糊涂不容易啊,一不小心,就露出聪明伶俐了,甚至得罪人了。

黛玉和宝玉二人站在花下,遥遥盼望。黛玉便说道:"你家三丫头倒是个乖人。虽然叫他管些事,也倒一步不肯多走;差不多的人,就早作起威福来了。"……宝玉笑道:"凭他怎么后手不接,也不短了咱们两个人的。"黛玉听了,转身就往厅上寻宝钗说笑去了。

读世间的书,通达世事,学装糊涂,这都是修行的外围功夫,不必拿这个当究竟,玩着玩着就进去了,还以为自己是个大修行的。所以宝玉套近乎,黛玉转身就走了。

香菱便说:"我有夫妻蕙。"豆官说:"从没听见有个'夫妻蕙'。"……两个人滚在地下。众人拍手笑说:"了不得了!那是一洼子水,可惜弄了他的新裙子!"豆官回头看了一看,果见傍边有一汪积雨,香菱的半条裙子都污湿了,自己不好意思,忙夺手跑了。

"夫妻蕙",就是"夫妻会"。"裙子",就是"群子",生出一群孩子。这个情节,既要突出回目"呆香菱情解石榴裙"里的"呆"字,满足这一回讲"糊涂"的情节需要,又埋下了接下来纳二姨、三姨的伏笔。

《楞严经》上讲,男女交合,"欲气粗浊,腥臊交遘,脓血杂乱"。所以小说这里,两个人滚在泥污里,"香菱的半条裙子都污湿了",还要由宝玉、袭人帮忙乱了一顿,才收拾好。下面纳二姨、三姨,是作者当年的经历,个中滋味酸甜苦辣,悲欢离合,也算是泥水里滚了一场,花钱买了个教训。

拾壹

纳妾真的好玩吗?

从第63回到第69回,作者又自曝家丑,把当年的风花雪月抖落出来,讲他是怎么纳妾,怎么沉醉,怎么受不了,怎么一刀两断的。这说的都是古代的事啊!第63回"寿怡红群芳开夜宴,死金丹独艳理亲丧",一边是生,一边是死,强烈反差。跟第11回"庆寿辰宁府排家宴,见熙凤贾瑞起淫心"是差不多的逻辑。开宴之前,"林之孝家的"先来教训了一通人伦道理,什么用意呢?后面纳妾的体验,都是在这个"怕走了大褶儿"的前提下进行的。

从第63回到第69回,作者又自曝家丑,把当年的风花雪月抖落出来,讲他是怎么纳妾,怎么沉醉,怎么受不了,怎么一刀两断的。

这说的都是古代的事啊!

(一) 生死之门

第63回,"寿怡红群芳开夜宴,死金丹独艳理亲丧",一边是生,一边是死,强烈反差。跟第11回"庆寿辰宁府排家宴,见熙凤贾瑞起淫心"是差不多的逻辑。

> 这里晴雯等忙命关了门进来,笑说:"这位奶奶那里吃了一杯来了?唠三叨四的,又排场了我们一顿去了。"麝月笑道:"他也不是好意的?少不得也要常提着些儿,也堤防着,怕走了大褶儿的意思。"

开宴之前,"林之孝家的"先来教训了一通人伦道理,什么用意呢?后面纳妾的体验,都是在这个"怕走了大褶儿"的前提下进行的。

曹雪芹要是不把林之孝家的这番道理放在心上,一味地去玩女人,就搅进去了,很难回头了,别说二妾、三妾,就是一百个妾也未必够呀,有些皇帝后宫上万美女，还觉得不够，还要从民间继续挑，就是"走了大褶儿"，什么人伦道德都顾不上了，刹不住车了。

小说这里，作者当年，不光是把林之孝家的这番道理放在心上，而且有意地配合了观照，留心小妾的各种毛病，而不是一味地沉迷在美色里，甚至故意地制造各种矛盾，直到双方都受不了，自己也死了心，这恐怕就不是简单的纳妾问题了。

> 当时芳官满口嚷热，只穿着一件玉色红青驼绒三色缎子拼的水田小夹袄，……越显得面如满月犹白，眼似秋水还清。引得众人笑说："他两个倒像一对双生的弟兄。"……宝玉却只管拿着那签，口内颠来倒去念"任是无情也动人"，听了这曲子，眼看着芳官不语。

对花花草草的要动手了，所以这里描述了"芳官"的一系列可爱之处，还说她跟宝玉像双胞胎。

下面大家抽签，道出了各人的身世或者性格特点，很准，我觉得这不是作者完全瞎编的，抽签本身就不可思议。除非是儿戏，否则只要有一定的诚心，就会发现它有灵验之处。像抽签、算命、风水这些东西，里面包含了中国文化的很多精要之处，有心法，有五行规律，有卦象互动，本来是好东西，可惜被有些江湖先生搞得很狼狈，加上这些东西没办法用科学主义的方法精确论证，于是就成了冷门学问。

> 麝月便掣了一根出来。大家看时，上面是一枝荼蘼花，题着"韶

华胜极"四字,那边写着一句旧诗,道是:"开到荼蘼花事了。"注云:"在席各饮三杯送春。"麝月问:"怎么讲?"宝玉皱皱眉儿,忙将签藏了,说:"咱们且喝酒罢。"

现在还不到觉悟的时候,刚准备拈花惹草体验体验呢,哪能就"花事了"啊。春天刚开始,哪能就结束呢。所以宝玉皱眉,说"咱们且喝酒罢",且继续醉一醉。

荼蘼花开罢了,百花就开完了,"韶华胜极"接下来就是死一般的寂然,比喻经历过了,死心了,觉悟了,这正是"射月"的喻意。

袭人笑道:"不害羞!你喝醉了,怎么也不拣地方儿,乱挺下了?"芳官听了,瞧了瞧,方知是和宝玉同榻,忙羞的笑着下地,说:"我怎么——"却说不出下半句来。

不是闲笔。

递给宝玉看时,原来是一张粉红笺纸,上面写着:"槛外人妙玉恭肃遥叩芳辰。"……当下拿了纸,研了墨,看他下着"槛外人"三字,自己竟不知回帖上回个什么字样才相敌,只管提笔出神,半天仍没主意。……岫烟听了宝玉这话,且只管用眼上下细细打量了半日,方笑道:"……如今他自称槛外之人,是自谓蹈于铁槛之外了,故你如今只下'槛内人',便合了他的心了。"宝玉听了,如醍醐灌顶,……

看着人家各种高大上的修行,我居然准备纳妾,这叫什么事啊!人家在槛外,要远离贪嗔痴,俺这叫什么情况呢?曹公陷入了沉思。要说我这不是修行,我不甘心,因为我也不过是实际体验一把,又不会"走了大褶儿",还不是为了究竟的圆觉?要说我这是修行,可这也太离谱了吧!

邢岫烟比喻自甘寒微,不和人比,所以轻轻一句告诉宝玉,你就承认自己是"槛内人"就完事了嘛!我是俗人就俗人喽,要那么多高大上的标签干吗呢?纳妾是合法的,我又没有违法乱纪,指望人家给五星好评吗?

因饭后平儿还席,说红香圃太热,便在榆荫堂中摆了几席新酒佳肴,可喜尤氏又带了佩凤、偕鸾二妾,过来游玩。

好一个"尤氏又带了佩凤、偕鸾二妾"。

佩凤偕鸾两个去打秋千玩耍。宝玉便说:"你两个上去,让我送。"慌的佩凤说:"罢了,别替我们闹乱子。"忽见东府里几个人,慌慌张张,跑来说:"老爷殡天了。"

这个情节比喻修行人的自觉,佩凤偕鸾就是生死之门。

往淫里跑,就是轮回不休,祖父子孙相生不断("生"),死亡的痛苦("死")威胁着每一辈子。

素知贾敬导气之术总属虚诞,更至参星礼斗,守庚申,服灵砂等妄作虚为,过于劳神费力,反因此伤了性命的。如今虽死,腹中坚硬似铁,面皮嘴唇烧的紫绛皲裂。

贾敬就是"假径",泛指一切外道修行方式。之所以叫"外道",就是心外求法,不在心地上用功夫,只在身体等外相上用功。他神清气爽,俨然仙风道骨,人家五体投地,他自己可能也觉得行,殊不知,如果不在心地上解决问题,生死问题就会一直纠缠着他。

小说这里,拿"外丹学"做了"假径"的总代表。贾敬暴亡,比喻修行人对流行丹道的死心。为什么说"流行丹道"呢？丹道也有上中下,作者那个时代流行的,大约都是些中下等的丹道,很容易蛊惑人心,一味在身体上用功,或者在符咒上用功,或者在外丹上用功。至于上等的丹道是怎么回事呢？《周易参同契》和《悟真篇》算是公认的上等丹道了,可是文笔极其隐晦,魏伯阳说,要想懂我这本《周易参同契》,先读它成千上万遍,配合上善行的积累,慢慢地就明白了。对禅门的子孙来说,费功夫研读丹经,猜各种哑谜,还不如没事品味佛经和禅宗公案。

第25回"魇魔法叔嫂逢五鬼,通灵玉蒙蔽遇双真",是中了丹道男女双修的毒,整个人差点报废。这一次,要纳妾了,却不是要搞丹道,这个要交待清楚,所以作者强调贾敬修外丹而死。

贾蓉巴不得一声儿,便先骑马跑来。……又忙着进来看外祖母,两个姨娘。原来尤老安人年高喜睡,常常歪着。他二姨娘、三姨娘都和丫头们做活计,见他来了,都道烦恼。贾蓉且嘻嘻的望他二姨娘笑说:"二姨娘,你又来了？我父亲正想你呢。"二姨娘红了脸,……

拾壹 纳妾真的好玩吗？

当"假容"遇上"尤老安人",就有戏了。

什么是"尤老安人"呢?又叫"尤老娘"。美女啊,你能让我安心,你就是我的老娘,假如能让我拜在你的脚下,人生一世夫复何求!

虽然有林之孝家的一番教训在先,不敢"走了大褶儿",但真面对美女的时候,又糊涂油蒙心了,什么"热孝在身"都暂时搁一旁了。

前面跟芳官同榻,跟佩凤偕鸳玩,都还是动念阶段,顶多小打小闹一下,没想到,现在真遇上美女了!

"尤老安人"真能帮人安心吗?作者说,非也,"原来尤老安人年高喜睡,常常歪着",那些搔首弄姿的美女只是外表好看,做做秀还行,里面糊涂着呢!

二姨娘、三姨娘都出现了。接二连三,但事不过三。

(二) 干柴烈火

第64回,"幽淑女悲题五美吟,浪荡子情遗九龙佩",当干柴遇上烈火。

宝玉逶一手拉了晴雯,一手携了芳官,进来看时,只见西边炕上麝月、秋纹、碧痕、春燕等正在那里"抓子儿"赢瓜子儿呢。……只见袭人坐在近窗床上,手中拿着一根灰色条子,正在那里打结子呢。见宝玉进来,连忙站起,笑道:"晴雯这东西编派我什么呢?……什么'面壁了'、'参禅了'的。等一会,我不撕他那嘴!"

放开情怀,且打结子。至于面壁参禅么,先放一边。

黛玉一面让宝钗坐,一面笑道:"我曾见古史中有才色的女子,终身遭际,令人可欣、可美、可悲、可叹者甚多。今日饭后无事,因欲择出数人,胡乱凑几首诗,以寄感慨,……"

《五美吟》非常伤感,比喻幽闺之怨。

仍欲往下说时,只见有人回道:"琏二爷回来了。……"

"怜二爷"出现。

所以贾琏便欲趁此时下手。遂托相伴贾珍为名,亦在寺中住宿;又时常借着替贾珍料理家务,不时至宁府中来勾搭二姐儿。

"怜二爷"开始动手。

一日,有小管家俞禄来回贾珍道:……

拾壹 纳妾真的好玩吗?

"俞禄","愚鲁"。当年我那个事,真是愚鲁啊。

在路叔侄闲话,贾琏有心,便提到尤二姐,因夸说如何标致,如何做人好,……贾蓉揣知其意,便笑道:"叔叔既这么爱他,我给叔叔作媒,说了做二房,何如?"

"假容"是对女色认假为真,"假怜"是怜香惜玉之情。一起配合起来,要成好事。

贾蓉道:"叔叔回家,一点声色也别露。等我回明了我父亲,向我老娘说妥,然后在咱们府后方近左右,买上一所房子及应用家伙,再拨两拨子家人过去服侍,择了日子,人不知,鬼不觉,娶了过去,嘱咐家人不许走漏风声。婶子在里面住着,深宅大院,那里就得知道了?……"

纳了二房,先在外面住,主要是初期的冲动;后来搬进"大观园",纳入观照范围,开始平心静气地了结这场感情风波。

只是府里家人不敢擅动,外头买人又怕不知心腹,走漏了风声,忽然想起家人鲍二来。当初因和他女人偷情,被凤姐儿打闹了一阵,含羞吊死了,贾琏给了一百银子,叫他另娶一个。那鲍二向来却就合厨子多浑虫的媳妇多姑娘有一手儿,后来多浑虫酒痨死了,这多姑娘儿见鲍二手里从容了,便嫁了鲍二。况且这多姑娘儿原也和贾琏好的，此时都搬出外头住着。

鲍二，"抱二"，又娶了多姑娘。比喻这时候淫心的炽盛，怀里抱的不是二房，恨不得抱的是一大群美女。

再说张华之祖，原当皇粮庄头，……后来不料遭了官司，败落了家产，弄得衣食不周，那里还娶的起媳妇呢？……今被贾府家人唤至，逼他与二姐儿退婚，心中虽不愿意，无奈惧怕贾珍等势焰，不敢不依，只得写了一张退婚文约。尤老娘给了二十两银子，两家退亲。

纳妾是需要钱的，为什么呢？女方要不缺钱，哪里会心甘情愿给人做小老婆啊！人家从"皇粮庄头"弄到"衣食不周"，唉，为了钱，拼了。

"张华"，"脏花"。古文的"华"，经常就是后世写的"花"字。

（三）好事？

第65回，"贾二舍偷娶尤二姨，尤三姐思嫁柳二郎"，二妾到手了，又想着三房，而且这次一定要娶个天下绝色的，且看作者怎么撞墙吧。

"贾二舍",就是住了两处地方。字面上,是尤二姐和贾府两处地方;喻意上,是迷和觉两处地方。

二妾三妾没想到的是,嫁的曹雪芹,原来是个冷面郎君,人家只是为了心理体验,不是真的要过日子,杯具了。就像现在网络上调侃的,在唐僧师徒之间,很多女性更愿意选择八戒,为什么呢,八戒能干力气活,而且是真心实意的过日子,孙悟空虽然神通广大,但是不怜香惜玉。

那鲍二的女人多姑娘儿上灶。忽见两个丫头也走了来嘲笑,要吃酒,鲍二因说:"姐儿们不在上头伏侍,也偷着来了?一时叫起来没人,又是事。"他女人骂道:"胡涂浑呛了的忘八!你撞丧那黄汤罢。撞丧醉了,夹着你的脑袋挺你的尸去!……"

二奶开始露出真面目了。

缠绵完了,回到油盐酱醋茶上,叮叮咣咣的日子开始了。

原来二马同槽,不能兼容,互蹄蹴起来。……鲍二的女人笑说:"好儿子们,就睡罢!我可去了。"三个拦着不肯叫走,又亲嘴摸乳,口里乱嘈了一回,才放他出去。

本来就是"脏花",娶了之后,还要担心红杏出墙,累啊。

二姐滴泪说道:"你们拿我作胡涂人待,什么事我不知道?我如今和你作了两个月的夫妻,日子虽浅,我也知你不是胡涂人。我生是你的人,死是你的鬼!如今既做了夫妻,终身我靠你,岂敢瞒藏一个字?我算是有倚有靠了。将来我妹子怎么是个结果?据我看来,这个形景儿,也不是长策,要想长久的法儿才好!"贾琏听了,笑道:"你放心,……"

做了二房,还要提出更多的物质要求,你是县太爷,我那个弟弟、表妹的工作怎么办,你开个口,给下面打个招呼,帮忙解决一下呗。老爷当即表示,这是小意思。

贾琏便推门进去,说:"大爷在这里呢,兄弟来请安。"贾珍听是贾琏的声音,吓了一跳,见贾琏进来,不觉羞惭满面。

我倒想有真心("假真"),可这位女人不是吃素的啊。

三姐儿听了这话,就跳起来,站在炕上,指着贾琏冷笑道:"你不用和我'花马掉嘴'的!咱们清水下杂面,你吃我看。……若大家好取和儿便罢;倘若有一点叫人过不去,我有本事先把你两个的牛黄狗宝掏出来,再和那泼妇拼了这条命!喝酒怕什么?咱们就喝!"……只见这三姐索性卸了妆饰,脱了大衣服,松松的挽个鬏儿。身上穿着大红小袄,……三姐自己高谈阔论,任意挥霍,村俗流言,洒落一阵,由着性儿,拿他弟兄二人嘲笑取乐。一时,他的酒足兴尽,更不容他弟兄多坐,竟撵出去了,自己关门睡去了。自此后,或略有丫鬟婆子不到之处,便将贾珍、贾琏、贾蓉三个厉言痛骂,说他爷儿三个诓骗他寡妇孤女。……那三姐儿天天挑

拾壹 纳妾真的好玩吗?

> 拣穿吃,打了银的,又要金的;有了珠子,又要宝石;吃着肥鹅,又宰肥鸭;或不趁心,连桌一推;衣裳不如意,不论绫缎新整,便用剪子铰碎,撕一条,骂一句。——究竟贾珍等何曾随意了一日?反花了许多昧心钱。

真面目的流露。

要注意的是,小妾的这些恶劣表现,都包含了作者的背景,他是个搞修行的,他要故意看看女色的恶劣一面,好让自己死心。

> 正说着,忽见贾琏的心腹小厮兴儿走来请贾琏,说:……

趁着兴头,要再娶三房。

二房不如意的话,照理说,可以考虑回心转意,跟原配一心一意地过。可是作者没有,因为正在兴头上。动手纳妾这事,还没达到自己的预期目的。

兴儿又对尤二姐交老底,把凤姐说得一钱不值,这只能继续找三房了。

(四) 死心

第66回,"情小妹耻情归地府,冷二郎一冷入空门",找三房的事黄了。

天下没有完美的绝色女子,即使有,也不是我的。

大家正说话,只见隆儿又来了,说:"老爷有事,是件机密大事,要遣二爷往平安州去。……"

"隆"儿跟"兴"儿意思差不多。

机密大事,要往平安州去。这是什么事呢?如何用心,这是每个修行人自己的秘密。惠明经六祖点拨以后,问还有什么秘密,六祖说,"与汝说者,即非密也。汝若返照,密在汝边"。修行的人,没办法相互指责,因为你不知道人家是什么用心,你光是看到他吊儿郎当的,就觉得人家不精进,其实是你不懂"密在汝边"的道理。所以六祖说,修道的人,就不要去盯别人过失了,一盯就是你自己错了。

贾琏要"往平安州去",因为跟女色纠缠得太累了。

贾琏听了道:"……你不知道那柳老二那样一个标致人,最是冷面冷心的,差不多的人,他都无情无义。他最和宝玉合的来。……"

作者自述。

湘莲道:"我本有愿,定要一个绝色的女子。……"

对女色的最后一个幻想。

宝玉道："你原是个精细人,如何既许了定礼又疑惑起来? 你原说只要一个绝色的。如今既得了个绝色的,便罢了,何必再疑?"湘莲道："你既不知他来历,如何又知是绝色?"宝玉道："他是珍大嫂子的继母带来的两位妹子。我在那里和他们混了一个月,怎么不知? 真真一对尤物!——他又姓尤。"湘莲听了,跌脚道："这事不好! 断乎做不得! 你们东府里,除了那两个石头狮子干净罢了!"宝玉听说,红了脸。

本来说是要绝色的,可真面对绝色,要娶她的时候,又嫌人家脏,天下事难以两全啊!

那尤三姐……一听贾琏要同他出去,连忙摘下剑来,将一股雌锋隐在肘后,出来便说："你们也不必出去再议,还你的定礼!"一面泪如雨下,左手将剑并鞘送给湘莲,右手回肘,只往项上一横,可怜"揉碎桃花红满地,玉山倾倒再难扶!"

"揉碎桃花",揉碎了作者的最后一丝粉色幻想。一剑了断,不想了!

正走之间,只听得隐隐一阵环佩之声,三姐从那边来了,一手捧着"鸳鸯剑",一手捧着一卷册子,向湘莲哭道:……

三姐说,我也是从太虚幻境来的,也是自性真如的一个妙用,万般烦恼、万种纠缠，总不过是自导自演的一场戏啊！

这里柳湘莲放声大哭，不觉自梦中哭醒，似梦非梦，睁眼看时，竟是一座破庙，旁边坐着一个瘸腿道士捕虱。湘莲便起身稽首相问："此系何方？仙师何号？"道士笑道："连我也不知道此系何方，我系何人。不过暂来歇脚而已。"柳湘莲听了，冷然如寒冰侵骨。掣出那股雄剑来，将万根烦恼丝，一挥而尽，便随那道士，不知往那里去了。

一切的纠缠，都是要找个确定的原点，以它为中心，建立一个坐标系，推导出一系列的道理、是非，再进一步推导出一切的解决办法。但是，如果这个原点不存在呢？所以道士说，"连我也不知道此系何方，我系何人。不过暂来歇脚而已"。

《维摩诘经》里有一段推理，咱们不妨看看：

又问："善、不善孰为本？"

答曰："身为本。"

又问："身孰为本？"

答曰："欲贪为本。"

又问："欲贪孰为本？"

答曰："虚妄分别为本。"

又问："虚妄分别孰为本？"

答曰："颠倒想为本。"

又问："颠倒想孰为本？"

答曰："无住为本。"

又问："无住孰为本?"

答曰："无住则无本。文殊师利,从无住本,立一切法。"

这还有一段讨论的过程,《楞严经》干脆一句话解决问题:"既称为妄,云何有因?若有所因,云何名妄?"

禅宗为什么拒绝推理呢?没办法推理啊,越推理越搅不清。当下本来就是"无住"的,原点都不存在,怎么推理?

小说为什么说是"瘸腿"呢?强调破除色相执著的喻意。不觉得美女美了,还会觉得瘸腿丑吗?

话说这老兄为什么是在"捕虱",而不是在念《太上老君说常清静经》呢?岂不闻禅门云:担水劈柴皆是妙用。

为什么是个道士,而不是和尚呢?修行人到这里,只是对包养美女死心了,后面的事还多得很呢。

(五) 了结风波

第67回"见土仪颦卿思故里,闻秘事凤姐讯家童",回到佛法的轨道上来,准备了结一下二房的事。要了结,就得决心,对自己下手狠点,所以王熙凤要出面了。第68回"苦尤娘赚入大观园,酸凤姐大闹宁国府",了结进行中。第69回"弄小巧用借剑杀人,觉大限吞生金自逝",了结。

宝钗听了,并不在意,便说道:"俗语说的好:'天有不测风云,人有旦夕祸福。'这也是他们前生命定。前儿妈妈为他救了哥哥,商量着替他料理,如今已经死的死了,走的走了,依我说,也只好由他罢了。妈妈也不必为他们伤感了。倒是自从哥哥打江南来回了一二十日,贩了来的货物,想来也该发完了。那同伴去的伙计们辛辛苦苦的回来几个月了,妈妈合哥哥商议商议,也该请一请,酬谢酬谢才是。别叫人家看着无理似的。"

回到现实上来,各方该应酬的要应酬,自己下一步该做的也要继续做,至于儿女私情,已经过去了。

这边姐妹诸人都收了东西,赏赐来使,说:"见面再谢。"惟有黛玉看见他家乡之物,反自触物伤情,想起父母双亡,又无兄弟,寄居亲戚家中,"那里有人也给我带些土物来?"想到这里,不觉的又伤起心来了。

这就是回目说的"见土仪颦卿思故里"。佛法啊,我的本性故乡啊,你在哪里,你才是我魂牵梦绕的,跟美女纠缠了一大圈,我想回家了。

且说赵姨娘因见宝钗送了贾环些东西，心中甚是喜欢，……忽然想到宝钗系王夫人的亲戚，为何不到王夫人跟前卖个好儿呢？……王夫人听了，早知道来意了。又见他说的不伦不类，也不便不理他，说道："你只管收了去给环哥玩罢。"赵姨娘来时，兴兴头头，谁知抹了一鼻子灰，满心生气，又不敢露出来，只得讪讪的出来了。

反思自己的业障，就是因为造恶业，才引来了这么多"不伦不类"的纠缠。

袭人正色道："这那里使得！不但没熟吃不得，就是熟了，上头还没有供鲜，咱们倒先吃了，你是府里使老了的，难道连这个规矩都不懂了？"老祝妈忙笑道："姑娘说的是。……"

回到"孝悌"的轨道上来。"老祝妈"代表孝心。

袭人听见这话，知道有原故了，又不好回来，又不好进去，遂把脚步放重些，隔着窗子问道："平姐姐在家里呢么？"平儿忙答应着迎出来。袭人便问："二奶奶也在家里呢么？身上可大安了？"说着，已走进来。

袭人比喻善自护念的情识，她来拜访平儿和凤姐，比喻修行人思考再三，然后才平下心来，下定了结的决心。

凤姐儿听了,下死劲啐了一口,骂道:……那旺儿只得连声答应几个"是",磕了个头,爬起来出去,去叫兴儿。

先收拾自恃心理。我不是仗着年轻,正在兴旺头上,觉得来日方长,才做得出那些事吗?

凤姐越想越气,歪在枕上,只是出神,忽然眉头一皱,计上心来,便叫平儿来。平儿连忙答应过来。凤姐道:……

越是了结感情风波这种事,越是要平心静气,自己先跳出来,才好收拾局面,要不然,双方一争辩,都上火了,没完没了,说不定争吵到极点了,气到极点了,第二天又睡一起了,然后又海誓山盟了。没办法,《易经》说物极必反,阴极生阳,阳极生阴。《易经》又说了,你要想成圣,只能跳出阴阳二元对立的陷阱,那就要拜托"平儿"多多出面了。

二姐是个实心人,便认做他是个好人,想道:"小人不遂心,诽谤主子,也是常理。"故倾心吐胆,叙了一回,竟把凤姐认为知己。

跟二房好好聊聊,好言好语的,别刺激着人家。

下了车,赶散众人,凤姐便带了尤氏进了大观园的后门,来到李纨处相见了。

二姐进了大观园，比喻把这事纳入了观心范围，没有生理冲动，也不着急上火。

> 那二姐得了这个所在，又见园里姐妹个个相好，倒也安心乐业的，自为得所。谁知三日之后，丫头善姐便有些不服使唤起来。……那善姐渐渐的连饭也不端来给他吃了，或早一顿，晚一顿，所拿来的东西，皆是剩的。二姐说过两次，他反瞪着眼叫唤起来了。

虽然善待二房，但不忘了是要了结，所以开始有意制造一些不和谐因素。作者当年制造的是什么不和谐因素，没有明说，小说这里都是比喻，咱们别迷在字面上，更别以为他的二房真的是吞金自杀的，那这本书就不是讲修行的了，干脆叫《厚黑杀人学》得了。

丫头"善姐"又是一个临时客串的。这个名字取得好。为了觉悟，就是大善啊！《大学》和《中庸》都有关于这种大善的表述。

> 凤姐又差了庆儿暗中打听告下来了，便忙将王信唤来，告诉他此事，命他托察院，只要虚张声势，惊唬而已。又拿了三百银子给他去打点。

王信就是"枉信"，临时客串的，专门在这个风波中传递虚假信息的。勾起张华的往事，叫他来打官司，以及下面凤姐到尤氏家里，大骂尤氏和贾蓉，都是明白人在演戏，其中的喻意不便解释了，请读者善思。

正值贾母和园里姐妹们说笑解闷儿,忽见凤姐带了一个绝标致的小媳妇儿进来,忙觑着眼瞧,说:"这是谁家的孩子?好可怜见儿的!"

领二房入佛门。

夫妻不和的,可以靠一起皈依佛门,加强感情。邪淫的,可以靠一起皈依佛门,化解孽缘。三宝妙用无穷啊!

那贾琏一日事毕回来,……贾赦十分欢喜,说他中用,赏了他一百两银子,又将房中一个十七岁的丫鬟,名唤秋桐,赏他为妾。贾琏叩头领去,喜之不尽。

"秋桐",求同。孔子说,"君子和而不同,小人同而不和",越是求同,越是存异。所以到了后文,秋桐跟谁都合不来,欢聚的时候不见影,矛盾的时候就出来了。

不过在这里,"求同"有妙用。求什么同呢?都是佛门弟子,都以解脱、觉悟为大事。

夜来合上眼,只见他妹妹手捧"鸳鸯宝剑"前来说:"……只因你前生淫奔不才,使人家丧伦败行,故有此报。……"尤二姐哭道:"妹妹!我一生品行既亏,今日之报,既系当然,何必又去杀人作孽?"

拾壹 纳妾真的好玩吗?

二房自己也明白了因果。这都是佛门化解孽缘的功效。

谁知王太医此时也病了,又谋干了军前效力,回来好讨荫封的。小厮们走去,便仍旧请了那年给晴雯看病的太医胡君荣来诊视了,……于是写了一方,作辞而去。贾琏令人送了药礼,抓了药来,调服下去。只半夜光景,尤二姐腹痛不止,谁知竟将一个已成形的男胎打下来了。

同样一个医生,晴雯那次叫"胡庸医",这里叫"太医胡君荣"。"胡"跟佛门有关,"君"是心,"荣"是光辉。"太医"是高贵的来头。字面上,他是专用虎狼之药的一位庸医,把尤二姐治流产了;喻意上,在这个时候,三宝帮大家断绝了对"后"的念想。

这里尤二姐心中自思:"……常听见人说金子可以坠死人,岂不比上吊自刎又干净?"想毕,扎挣起来,打开箱子,便找出一块金,也不知多重。哭了一回,外边将近五更天气,那二姐咬牙狠命便吞入口中,几次直脖,方咽了下去。于是赶忙将衣裳首饰穿戴齐整,上炕躺下。当下人不知,鬼不觉。

用金子坠死,跟金钏儿投井的死法差不多,都是"沉下去"。自己和妾都死心了,这场风波也差不多彻底了结了。

好聚好散,而且连妾都皈依佛门了,这到底是糟蹋人家女孩子呢,还是帮

禅解红楼梦

助人家呢？哭耶？笑耶？这都什么事啊！怪不得作者说自己当年愚鲁。

> 贾琏进来，搂尸大哭不止。凤姐也假意哭道："狠心的妹妹！你怎么丢下我去了？辜负了我的心！"……凤姐笑道："可是这话，我又不敢劝他。"

凤姐真的不是虚伪，读者莫冤枉了她。

> 平儿又是伤心，又是好笑，忙将二百两一包碎银子偷出来，悄递与贾琏，……

送人家回家，给钱是必须的。叫分手费也行，叫补偿费也行，反正人家女孩子风波一场，不容易。

（六）恢复生机

断淫这种事，不是乱来的，也有个顺其自然的道理，慢慢来。不明白其中的道理，盲目发个狠说我要断淫，没准儿会把自己搞出心理问题的。淫心虽然是轮回根本，但是那个生理能量，却是维持人的生机活力的东西。丹道家注重"炼精化气"。能量虚的人，淫欲可能特别重，因为他正气提不起来，只好被邪气牵着跑。能量比较充足的人，身体康健，气色明朗，说话做事都有活力，但也容易往淫方面跑。能量非常充足的人，反倒对淫看得很淡（不是压抑或者瞋恨），丹家说这叫"精满不思淫"。

有些修行人，年轻的时候不懂事，可能有过发狠断淫的经历，不明白个中道理，只是一味地排斥女色、贬低女色，这样非但断不了淫，自己的生机也压抑了，心理上出现了或轻或重的扭曲，瞋恨心特别重，各种毛病不一而足，过若干年再回首，大约也是一叹。

《指月录》有则公案，说有个婆子，盖了个小庙，供养一位修行人（"庵主"），二十年了，常派一位妙龄少女去送饭。有一天她吩咐少女如此这般。少女又来送饭，抱紧庵主，问：正这样时如何？庵主回答说："枯木倚寒岩，三冬无暖气。"少女回去转告婆子，婆子一听，这样啊，我二十年只供养了个俗汉！然后赶走了那个修行人，一把火把小庙烧了。

针对这些盲修瞎炼，《悟真篇》指出：

不识真铅正祖宗，万般作用枉施功。

休妻漫遣阴阳隔，绝粒徒教肠胃空。

草木金银皆滓质，云霞日月属朦胧。

更饶吐纳并存想，总与金丹事不同。

在今天这个时代，盲修瞎炼的现象也许更多了，随便逮着杂志上的一篇文章,以为学到了独门秘技,或盲目崇拜哪位大师,以为找到了佛祖正脉,都得小心啊!不自己看经,不亲自听佛聊聊,很容易走上岔路。

如今仲春天气,虽得了工夫,争奈宝玉因柳湘莲遁迹空门;又闻得尤三姐自刎,尤二姐被凤姐逼死;又兼柳五儿自那夜监禁之后,病越重了:连连接接,闲愁胡恨,一重不了一重添,弄的情色若痴,语言常乱,似染怔忡之病。慌的袭人等又不敢回贾母,只百般逗他玩笑。

生机出现问题,只能自己调整了。所以袭人"只百般逗他玩笑"。

湘云笑道:"一起诗社时是秋天,就不发达。如今却好万物逢春,咱们重新整理起这个社来,自然要有生趣了。况这首'桃花诗'又好,就把海棠社改作桃花社,岂不大妙呢?"

湘云比喻豪情,重建"桃花社",就是恢复生机,春意盎然。只是这个"桃花",已经不是桃色事件的桃花了。比如吕洞宾的《敲爻歌》说,"道力人,真散汉,酒是良朋花是伴。花街柳巷觅真人,真人只在花街玩",都是描述生机盎然的状态,不是真的叫人往酒色上沾。

宝玉一壁走,一壁看,写着:"《桃花行》:……"宝玉看了,并不称赞,痴痴呆呆,竟要滚下泪来。

拾壹 纳妾真的好玩吗?

黛玉写的《桃花行》,以及下面咏柳絮的词,都非常悲凉,好像这人生一世没戏了,没希望了,什么都空嘛!这比喻修行人对佛经的片面理解,就像有些人说的,佛法主张世界一切皆苦。真的吗?这都是抓住了经典上的只言片语,只往苦的一面跑了。

这日,众姊妹皆在房中侍早膳毕,便有贾政书信到了。宝玉请安,将请贾母的安禀拆开,念与贾母听。上面不过是请安的话,说六月准进京等语。……宝玉听了,忙着自己又亲检了一遍,实在搪塞不过。便说:"明日为始,一天写一百字才好。"说话时,大家睡下。至次日起来,梳洗了,便在窗下恭楷临帖。……探春宝钗二人,每日也临一篇楷书字与宝玉。宝玉自己每日也加功,或写二百三百不拘。至三月下旬,便将字又积了许多。这日正算着再得几十篇,也就搪的过了。谁知紫鹃走来。送了一卷东西,宝玉拆开看时,却是一色去油纸上临的钟王蝇头小楷,字迹且与自己十分相类。

回到手头上的事,不是一味地沉迷在个人忧思中。

有些人,如果不懂传统文化的这些原理,手上没事干就会出问题,比如退休,本来是好事,退了之后没事逛逛公园,栽花种草,挺好的,可有些人退休了就衰老得很快,他宁可延迟退休,甚至一直干到老死,没办法闲下来。一闲下来,各种新愁旧恨缠上了,老得很快,各种病也趁机攻上来了,还不如当年上班,天天热热闹闹的,没功夫寻愁觅恨。

宝钗笑道："总不免过于丧败。我想，柳絮原是一件轻薄无根的东西，依我的主意，偏要把他说好了，才不落套。所以我诌了一首来，未必合你们的意思。"众人笑道："别太谦了，自然是好的，我们赏鉴赏鉴。"因看这一阕《临江仙》道：

白玉堂前春解舞，东风卷得均匀。

湘云先笑道："好一个'东风卷得均匀'！这一句就出人之上了。"

蜂围蝶阵乱纷纷。几曾随逝水？岂必委芳尘？万缕千丝终不改，任他随聚随分。韶华休笑本无根：好风凭借力，送我上青云。

宝钗说，你们读佛经别读偏了，不要"落套"跟着流行见解乱跑，佛没叫人一味地往"苦"上跑，佛也叫你乐观，佛说烦恼也有妙用，就看你会不会用。菩萨不放弃轮回，跟众生打成一片，这里面的乐趣你们懂吗？

宝钗又说，"万缕千丝终不改，任他随聚随分"，不变随缘，随缘不变，轮回不离涅槃，涅槃不离轮回，明白吗？

一语未了，只听窗外竹子上一声响，恰似窗屉子倒了一般，众人吓了一跳。……众丫鬟笑道："好一个齐整风筝。不知是谁家放的，断了线？咱们拿下他来。"宝玉等听了，也都出来看时，宝玉笑道："我认得这风筝，这是大老爷那院里嫣红姑娘放的。拿下来给他送过去罢。"

拾壹 纳妾真的好玩吗？

断线的风筝,或者松手让风筝飞走,比喻不控制自己,随它去。试图控制自己,就还是掉在某个坑里。

宝琴叫丫头放起一个大蝙蝠来,宝钗也放起个一连七个大雁来,独有宝玉的美人儿,再放不起来。宝玉说丫头们不会放,自己放了半天,只起房高,就落下来,急的头上的汗都出来了。

不控制自己,但也不是往美人那边乱跑,所以宝玉的美人风筝死活飞不起来。

黛玉见风力紧了,过去将籰子一松,只听豁喇喇一阵响,登时线尽,风筝随风去了。黛玉因让众人来放。众人都说:"林姑娘的病根儿都放了去了,咱们大家都放了罢。"

黛玉的病根,就是法执,还是试图用一些规则捆住自己,所以这里说她的"病根儿都放了去了"。不过这毕竟只是放风筝,要连根拔了病,只能是她死后的事。

拾贰

怎么摆平世界

第71回，"嫌隙人有心生嫌隙，鸳鸯女无意遇鸳鸯"，是非心浮出水面。司棋跟表哥"潘又安"（《攀缘》）跨墙勾搭，被鸳鸯撞上了。身为知识分子，一般都会有公共关怀，曹雪芹曾经也不例外。但如果想要修禅，那些愤青的事、介入他人是非的事，就跟他无关了。曹雪芹说，"嫌隙人有心生嫌隙"，我为什么跟社会不够融洽呢，用儒家的话说，我的"仁"为什么不到位呢？"鸳鸯女无意遇鸳鸯"原来是我自己的是非心啊！我自己是"嫌隙人"，所以会有一系列的嫌隙。

(一) 是非心露头

第71回,"嫌隙人有心生嫌隙,鸳鸯女无意遇鸳鸯",是非心浮出水面。司棋跟表哥"潘又安"("攀缘")跨墙勾搭,被鸳鸯撞上了。

身为知识分子,一般都会有公共关怀,曹雪芹曾经也不例外。但如果想要修禅,那些愤青的事、介入他人是非的事,就跟他无关了。

曹雪芹说,"嫌隙人有心生嫌隙",我为什么跟社会不够融洽呢,用儒家的话说,我的"仁"为什么不到位呢?"鸳鸯女无意遇鸳鸯",原来是我自己的是非心啊!我自己是"嫌隙人",所以会有一系列的嫌隙。

当然,小说这里的"是非",是指心里的是非计较,不是关乎社会正义的大是大非。

因今岁八月初三日乃贾母八旬大庆,又因亲友全来,恐筵宴排设

> 不开,便早同贾赦及贾琏等商议:……自七月上旬,送寿礼者便络绎不绝。礼部奉旨:钦赐金玉如意一柄,……

贾母大寿,众人大庆,比喻修行人用功读经礼佛,这样才能更清楚地观察心里的众生。

> 尤氏想起二姐儿在时,多承平儿照应,便点着头儿,说道:"好丫头!你这么个好心人,难为在这里熬!"平儿把眼圈儿一红,忙拿话岔过去了。

明白"平儿"的好处,才会有下面对是非心的觉察。

尤氏比喻对色相根深蒂固的执著,这里进一步临时充当了是非的由头,"尤"还有是非、怨恨的意思。说到底,是非、怨恨也还是从色相执著来。

> 这婆子,一则吃了酒,二则被这丫头揭着弊病,便羞恼成怒了,因回口道:"扯你的臊!……各门各户的,你有本事排揎你们那边的人去!我们这边,你离着还远些呢。"

是非人遇上是非事。是啊,你凭什么管我呢,你有本事先管好自己,再来说我不迟。

这段情节,咱们应该都是似曾相识,想管别人,被别人排揎了一顿。

尤氏已早进园来。因遇见了袭人、宝琴、湘云三人,同着地藏庵的两个姑子,正说故事玩笑,……那小丫头子一径找了来,气狠狠的,把方才的话都说了。尤氏听了半晌,冷笑道:"这是两个什么人?"两个姑子笑推这丫头道:"你这姑娘好气性大!那胡涂老妈妈们的话,你也不该来回才是。咱们奶奶万金之体,劳乏了几日,黄汤辣水没吃,咱们只有哄他欢喜的,说这些话做什么?"袭人也忙笑拉他出去,说:"好妹子!你且出去歇歇,我打发人叫他们去。"尤氏道:"你不用叫人,你去就叫这两个老婆来,到那边把他们家的凤姐叫来。"袭人笑道:"我请去。"尤氏笑道:"偏不用你。"两个姑子忙立起身来笑说:"奶奶素日宽洪大量,今日老祖宗千秋,奶奶生气,岂不惹人议论?"

曹雪芹多花了点笔墨,把地藏菩萨赞了一下。两个尼姑通情达理,间接上是在赞地藏菩萨,因为人家是从地藏庵来的。

地藏菩萨这个名号,有显义,有密义,显密都通,显密没有矛盾。佛称赞受持《地藏经》的利益,有一项是"毕竟成佛",可不只是超度亡者、培培福报那么简单啊!

尤氏很生气,后果很严重,地藏庵的师父提醒说,回到你的心地去,回到三宝上去("老祖宗千秋"),别跟那些人计较。

周瑞家的道:"这还了得!前儿二奶奶还吩咐过的,今儿就没了人。过了这几日,必要打几个才好。"

"周瑞"比喻跟各方融洽的善愿,这时候也生气了。虽说脑子里有个提醒,但真遇上事,有时候还是顾不上了。

这费婆子原是个大不安静的,便隔墙大骂一阵,走了来求邢夫人,……

"费婆子",就是大费周章,婆婆妈妈的扯下去。

邢夫人直至晚间散时,当着众人,陪笑和凤姐求情说:……说毕,上车去了。凤姐听了这话,又当着众人,又羞又气,一时找寻不着头脑,别的脸紫胀,……凤姐由不得越想越气越愧,不觉的一阵心灰,落下泪来。

想管别人的是非,结果碰了一鼻子灰。"一阵心灰",开始反思。

贾母忽想起留下的喜姐儿四姐儿,叫人吩咐园中婆子们:"要和家里的姑娘一样照应。倘有人小看了他们,我听见可不饶!"

喜鸾,是开开心心地和别人做伴,这里比喻跟众生开开心心地相处;四姐儿,"四"就是四大,这世界是由地、水、火、风四大构成的。佛说,我叫你们不乱管人家是非,但不是要叫你们冷漠,别跑到另一个极端去了,来个"各人自扫门前雪,休管他人瓦上霜",眼看人家小孩被车撞了,还装没看见,径直走过去,那就不是慈悲了。

探春笑道:"胡涂人多,那里较量得许多? 我说:倒不如小户人家,虽然寒素些,倒是天天娘儿们欢天喜地,大家快乐。我们这样人家,人都看着我们不知千金万金、何等快乐,殊不知这里说不出来的烦难更利害!"宝玉道:"谁都像三妹妹多心多事? 我常劝你总别听那些俗语,想那些俗事,只管安富尊荣才是,比不得我们,没这清福,应该混闹的。"……宝玉笑道:"人事难定,谁死谁活? 倘或我在今日明日,今年明年死了,也算是随心一辈子了。"众人不等说完,便说:"越发胡说了。别和他说话才好。要和他说话,不是呆话,就是疯话。"

根据有些杂书上的道理,大户不如小户,这都是虚妄计著,其实烦恼与否,哪在于门户大小? 贪钱的人,他哪怕单身过,也一样烦恼不已。所以探春说完之后,宝玉马上纠正,说什么大户小户,我劝你放下那些乱七八糟的道理,眼前先过一天算一天,等死就 OK 了。但宝玉这话太惊世骇俗了,所以"众人"说他"不是呆话,就是疯话"。

喜鸾因笑道:"二哥哥,你别这么说,等这里姐姐们果然都出了门,横竖老太太、太太也闷的慌,我来和你作伴儿。"李纨尤氏都笑道:"姑娘也别说呆话。难道你是不出门子的吗?"一句说的喜鸾也臊了,低了头。

拾贰 怎么摆平世界

这个死,倒也不是凄凉地死去,因为跟众生开心相处,问心无愧,此生来世都死而无憾。当然了,这么说也是有尾巴的,禅门见地是干净的,所以大家又把喜鸾说的"也臊了,低了头"。

鸳鸯反不知他为什么,忙拉他起来,问道:"这是怎么说?"司棋只不言语,浑身乱颤。鸳鸯越发不解。再瞧了一瞧,又有一个人影儿,恍惚像是个小厮,心下便猜着了八九分,自己反羞的心跳耳热,又怕起来。固定了一会,忙悄问:"那一个是谁?"司棋又跪下道:"是我姑舅哥哥。"

是非心,就是把人家的业障往自己心里拉,就是司棋的表哥"潘又安"("攀缘")。经过前面的反思,发现这个问题了。

"姑舅哥哥",就是"故旧哥哥",大家生来就有这个攀缘心,多少辈子的习气了,可不是"故旧"么?

鸳鸯闻知那边无故走了一个小厮,园内司棋病重,要往外挪,心下料定是二人惧罪之故,"生怕我说出来。"因此,自己反过意不去,指着来望候司棋,支出人去,反自己赌咒发誓,与司棋说:"我若告诉一个人,立刻现死现报!……你只放心。从此养好了,可要安分守己的,再别胡行乱闹了。"司棋在枕上点首不绝。

出于心里总是抓个东西的习气(鸳鸯的喻象),起初也想,是非心不是很正常吗,别太把它当回事了,得混过去且混过去,我说话圆滑点,不给别人看出来不就行了吗?

(二) 亏本买卖

第72回,"王熙凤恃强羞说病,来旺妇倚势霸成亲",把是非心的表演描述了一番,结论是:自己一身毛病顾不上,去管别人的闲事,累得臭死,反招来更多的是非,赔本买卖,白白操碎了心。

> 鸳鸯悄问道:"你奶奶这两日是怎么了?我近来看着他懒懒的。"……鸳鸯听了,忙答应道:"嗳呀!依这么说,可不成了'血山崩'了吗?"

王熙凤病得很厉害,是前面"一阵心灰"的结果,也是要交待"自己一身毛病顾不上,去管别人的闲事",为下面埋个伏笔。

"血山",就是这个肉身。"血山崩",就是对肉身看淡了。所有的是是非非,都是围绕着肉身来展开的,就是第91回林黛玉说的,"原是有了我,便有了人;有了人,便有无数的烦恼生出来:恐怖,颠倒,梦想,更有许多缠碍"。佛教说的"无我",就包含了"血山崩",因为大家平时困在一个点上(主要是肉身的"我"),困的太久了;至于那个"常乐我净"的"我",就不是困在一个点上了。

贾琏见平儿在东屋里,便也过这间房内来,走至门前,忽见鸳鸯坐在炕上,便煞住脚,笑道:……一面说,一面在椅子上坐下。

"假怜"花言巧语,绕了许多弯子(小说原文很长,兜的圈子太大),原来只是请求鸳鸯帮忙,从贾母那里弄些好处出来。比喻所谓关心他人,帮别人打抱不平,很多时候只是自己要从中得个好处,只不过绕了很大的弯子,可能还包含了许多微妙的心理变化细节,自己也未必觉察得出来。什么好处呢? 有时候是物质上的好处,有时候是好名声。

平儿一旁笑道:"奶奶不用要别的。刚才正说要做一件什么事,恰少一二百银子使,不如借了来,奶奶拿这么一二百银子,岂不两全其美?"凤姐笑道:"幸亏提起我来。就是这么也罢了。"贾琏笑道:"你们太也狠了!……"

世上哪有白捞的好处,你图别人,别人也正要图你。

一语未了,只见旺儿媳妇走进来。……凤姐儿见问,便说道:"不是什么大事。旺儿有个小子,今年十七岁了,还没娶媳妇儿,因要求太太房里的彩霞,不知太太心里怎么样。……"

仗着自己的势"旺",要强行介入他人是非了。"旺儿"加上"彩霞",火上浇油,热闹得很。

凤姐忙道:"……旺儿家的,你听见了:这事说了,你也忙忙的给我完了事来,说给你男人:外头所有的账目,一概赶今年年底都收进来,少一个钱也不依。我的名声不好,再放一年,都要生吃了我呢!"

管别人是非,原来是要趁机捞一票。

一语未了,人回:"夏太监打发了一个小内家来说话。"贾琏听了,忙皱眉道:"又是什么话?一年他们也搬够了!"……那小太监便说:"夏爷爷因今儿偶见一所房子,如今竟短二百两银子,打发我来问舅奶奶家里,有现成的银子暂借一二百,这一两日就送来。"

螳螂捕蝉,黄雀在后。

"夏太监",就是"瞎太监",人家还是"爷爷"辈的,惹不起的主儿。"监",就是"监视"。比喻这世界上有一种力量,他没长眼睛,但是高高在上,时时刻刻在盯着你。你占了人家的便宜,他就要出来占你的便宜,维持这个世界的终极公正。

有点像上帝了吧?是,但也不是。《圣经》里的上帝,也就是个比喻,把因果规律背后的那个东西给它拟人化。有人嫌《旧约》里的上帝太狠了点,鼓吹什么"以眼还眼,以牙还牙",还动不动就灭门、屠城,严重地伤害了孩子们的

拾贰 怎么摆平世界

感情,其实那都是比喻因果的无情。超越善恶,才是大善,所以上帝还是至善的,假如掉在世间善恶标准里,凭他怎么论证,上帝也善不起来,白纸黑字在那写着呢,那么多惨绝人寰的案例历历在册。你说人坏,上帝灭他,可以理解;那大洪水的时候,要淹死多少动物,小鹿招谁惹谁了?也难怪后人,犹太先知们写的喻义书,比喻的太形象了些,太复杂了些,后来耶稣出手,没有兜底说穿上帝是怎么回事(那个也说不穿呀,怎么说呢,想开口找不着第一个字),只是强调大家别光玩理论,依教奉行,这是对于摩西十诫的实际继承,也是抓住了《旧约》的一个核心要义。

贾琏道:"昨儿周太监来,张口一千两,我略应慢了些,他就不自在。将来得罪人的地方儿多着呢。这会子再发个三五万的财就好了!"

这种太监,不是姓瞎就是姓周,"周"是周遍的意思。这个摄像头,超出了地球人的现有科技,没有他监控不到的死角。

这里贾琏出来,刚至外书房,忽见林之孝走来。贾琏因问何事。林之孝说道:"才听见雨村降了,却不知何事。只怕未必真。"

贾雨村比喻假清高、真功利。

不光是被人家敲诈了钱,自己的形象地位也下降了。本图上升,谁知下降。怪不得古人说,"是非只为多开口,烦恼多因强出头",整个一场亏本专卖啊!

虽然如此,接下来还是由王熙凤做主,硬要说成这门亲事,把是非心淋漓尽致地表演了一番。

(三) 我真愚痴

第73回,"痴丫头误拾绣春囊,懦小姐不问累金凤",我要管人家的是非,原来是我自己犯傻,我是傻大姐一个,原来是非心连带牵扯了多少恶业,原来我是外强中干的,也罢,一切都有因果,大家自己看看《太上感应篇》吧,没功夫管你们了。

话说那赵姨娘和贾政说话,忽听外面一声响,不知何物,忙问时,原来是外间窗屉不曾扣好,滑了屈戌,掉下来。

大惊小怪。一点小事,都能引起震动,心虚啊。管人家是非的人,自己多半都是心虚的。"屈戌"是门窗或柜子上的环纽。"屈"表明没底气,"戌"是"虚",即心虚。

  小鹊连忙悄向宝玉道:"我来告诉你个信儿。方才我们奶奶,咕咕唧唧的,在老爷前不知说了你些个什么,我只听见'宝玉'二字。我来告诉你,仔细明儿老爷和你说话罢。"……宝玉听了,知道赵姨娘心术不端,合自己仇人似的,又不知他说些什么,便如孙大圣听见了紧箍儿咒的一般,登时四肢五内,一齐皆不自在起来。

  <u>继续心虚。"小鹊"这里乱报假信,着实把宝玉吓坏了。喜鹊一直跟报信联系在一起,有说是报喜信的,有说是报凶信的,都是人的附会。</u>

  接下来,宝玉怀疑贾政要盘问他功课了,于是熬夜温习功课,偏又补不上来,"<u>自己读书,不值紧要,却累着一房丫鬟们都不能睡</u>",正好春燕秋纹嚷嚷说有一个人从墙上跳下来了,于是顺便扯谎,说宝玉吓着了,然后下面的人到处搜,"<u>园内灯笼火把直闹了一夜</u>",都是描述心虚的人如何自惊自怪。

  贾母闻知宝玉被吓,细问原由,众人不敢再隐,只得回明。……独探春出位笑道:"近因凤姐姐身子不好几日,园里的人,比先放肆许多。先前不过是大家偷着一时半刻,或夜里坐更时,三四个人聚在一处,或掷骰,或斗牌,小玩意儿,不过为熬困起见。如今渐次放诞,竟开了赌局,甚至头家局主,或三十吊五十吊的大输赢。半月前,竟有争斗相打的事。"

  管人家是非,自己趁机捞好处,就是赌博心理,投个机一本万利。所以贾母责成追查,把赌博的人揪出来,该捧的捧,该罚的罚,该训的训。

> 正往山石背后掏促织去,忽见一个五彩"绣香囊",上面绣的并非花鸟等物,一面却是两个人,赤条条的相抱;一面是几个字。……邢夫人道:"快别告诉人!这不是好东西。连你也要打死呢。因你素日是个傻丫头,以后再别提了。"这傻大姐听了,反吓得黄了脸,说:"再不敢了!"

管别人是非,这是一个粗心,细分析下去,里面包藏了多少瞋心、盗心(赌博)、淫心(春囊),都是无明(傻大姐),所以傻大姐发现了绣香囊。

张拙秀才的诗说,"一念不生全体现,六根才动被云遮",动一个念,往往是以一个念为主,同时隐藏了好多微细的念,就看自己观察得细不细了。

> 迎春不语,只低着头。邢夫人见他这般,因冷笑道:……迎春忙道:"罢,罢!省事些好。宁可没有了,又何必生事?"绣橘道:"姑娘怎么这样软弱?都要省起事来,将来连姑娘还骗了去!我竟去的是。"

这就是回目说的"懦小姐不问累金凤",迎春不过问里面的是是非非,随他们去,比喻修行人选择了不再过问他人是非。你们说我是懦夫,不敢出头,那我就是懦夫呗,标签随你们贴。

"累金凤",想管人家是非,哪怕你是一只金凤,也得累死。人类的是非永远没完，而且许多是非都不是那么简单，搅进去了才发现原来是一团乱麻。

谁知迎春的乳母之媳玉柱儿媳妇为他婆婆得罪，来求迎春去讨情，他们正说金凤一事，且不进去。也因素日迎春懦弱，他们都不放在心上；如今见绣橘立意去回凤姐，又看这事脱不过去，只得进来，陪笑先向绣橘说：……

"玉柱儿媳妇"临时客串了一下。玉是意，柱子是撑东西的，比喻强管别人是非的人，心里是仗着有撑腰的。玉柱儿媳妇起先还敢跟绣橘叫板，比喻这个心理侧面不甘心退场，后来被平儿三下五除二摆平了，一万个道理都强不过自己的平心。

谁知探春早使了眼色与侍书，侍书出去了。这里正说话，忽见平儿进来。……那玉柱儿媳妇方慌了手脚，……

读书明理。读的书多了，遇事知道是怎么回事，知道该怎么办，所以探春一个眼色就把平儿请了来。

当下迎春只合宝钗看《感应篇》故事，……

各人因果各人了，管不了你们那么多了。

(四)进一步检讨

第74回,"惑奸谗抄检大观园,避嫌隙杜绝宁国府",进一步检讨。王夫人开始撵晴雯,比喻修行人发现,自己的是非心,背后还有觉得自己将来了不起的心态在作怪。王善保(谐音"枉善保")丢丑,比喻在是非里跳来跳去,最后不过是搬起石头砸自己的脚。

> 凤姐也着了慌,不知有何事。只见王夫人含着泪,从袖里扔出一个香袋来,说:"你瞧!"凤姐忙拾起一看,见是十锦春意香袋,也吓了一跳,忙问:"太太从那里得来?"

贪瞋痴说起来分成三个,其实是紧密相连的,动了一个,往往另两个一起动,其中,又以"痴"为根本的因素。小说这里告诉我们,是非心是瞋的范畴,是非心重的人,他的淫心也重("痴"),瞋跟痴相互助长。

> 王夫人正嫌人少,不能勘察,忽见邢夫人的陪房王善保家的走来,正是方才是他送香袋来的。

"邢夫人"比喻刑刻,配合陪房"枉善保",搬弄是非的喻象跃然纸上。"方才是他送香袋来的",瞋带来了痴。

接下来,王夫人严厉斥责了晴雯,要撵走她,都是进一步的反省,前面解释过了。

晴雯听了这话,越发火上浇油,便指着他的脸,说道:……那王善保家的又羞又气,……

探春冷笑道:"你果然倒乖!连我的包袱都打开了,还说没翻?明日敢说我护着丫头们,不许你们翻了?你趁早说明,若还要翻,不妨再翻一遍!"……那王善保家的本是个心内没成算的人,……他便要趁势作脸,因越众向前,拉起探春的衣襟,故意一掀,嘻嘻的笑道:"连姑娘身上我都翻了,果然没有什么。"凤姐见他这样,忙说:"妈妈走罢,别疯疯癫癫的。"一语未了,只听啪的一声,王家的脸上早着了探春一巴掌。探春登时大怒,指着王家的问道:……

这次搜检大观园,是对心里的各种侧面详细观察了一遍(挨门挨户地搜)。作者是怎么观察的呢,是双盘跏趺在那想,还是正襟危坐在那想,还是歪躺床上盘算盘算,还是郊野漫步整理思绪?他没说,一切皆有可能。

晴雯和探春的强势,比喻修行人在观察中发现,觉得将来了不起的心态还很重,读书带来的傲慢心理还很重,这些都是是非心的重要源头。读书带来的傲慢心理,一般读书人可能没有留意,只有碰到文人相轻的时候,他才可能发现自己原来一直有傲慢。

发现了毛病,就同时意味着毛病有所消除,所以晴雯让"枉善保"下不来台,探春揍了"枉善保"一耳光。人贵有自知之明,知道自己有什么毛病,这个毛病已经除了一半了。

> 惜春道:"嫂子别饶他。这里人多,要不管了他,那些大的听见了,又不知怎么样呢。嫂子要依他,我也不依!"……惜春道:"若说传递,再无别人,必是后门上的老张。他常和这些丫头们鬼鬼祟祟的,这些丫头们也都肯照顾他。"

惜春比喻修行人对国画的爱好,引申的意思就是悟性很高,这个前面解释过了。悟性高,靠的就是"直心",所以惜春不讲什么俗情,孤介得很。她的丫头入画被搜出了男人鞋袜等物,是入画替哥哥保管的,本来是她哥哥光明正大得来的赏赐,只因为私下传递的途径有点问题,就被王善保抓住了把柄,这本来没有问题,但惜春也仍然不讲情面,一点都不护短。

> 及到了司棋箱中,随意掏了一回,王善保家的说:"也没有什么东西。"才要关箱时,周瑞家的道:"这是什么话?有没有,总要一样看看才公道。"说着,便伸手掣出一双男子的绵袜并一双缎鞋,又有一个小包袱。打开看时,里面是一个同心如意,并一个字帖儿。一总递给凤姐。……那帖是大红双喜笺,便看上面写道:……表弟潘又安具。

发现了是非的核心。原来是自己想掌握人家的裁判权,往外胡乱攀缘,把

拾贰 怎么摆平世界

外面的业障攀缘进自己的心里。

> 凤姐……谁知夜里下面淋血不止,次日便觉身体十分软弱起来,遂掌不住,请医诊视。

大检讨了一番,"强势"越来越软化了,向"灰心"越来越靠近了,所以凤姐又大病了。

> 尤氏心内原有病,怕说这些话,听说有人议论,已是心中羞恼,只是今日惜春分中,不好发作,忍耐了大半天。今见惜春又说这话,因按捺不住,便问道:……

凭着悟性,追查了半天,是非心最后的源头是"尤",即对色相的执著。所以惜春把尤氏骂了一顿,把尤氏家里的丑事也揭了一下。

(五) 灰心丧气

第75回,"开夜宴异兆发悲音,赏中秋新词得佳谶",灰心丧气之余,也看到了一点新的希望。

尤氏听了道:"昨日听见你老爷说:看见抄报上,甄家犯了罪,现今抄没家私,调取进京治罪。怎么又有人来?"老嬷嬷道:"正是呢。才来了几个女人,气色不成气色,慌慌张张的,想必有什么瞒人的事。"

"真家"跟"假家"是一家,只不过贾家偏重于用心修行,甄家偏重于实际事务。修行人经过一番大检讨,也有些灰心丧气了,懒得管闲事了,甄家的抄没拉开了这一回灰心丧气的序幕。

尤氏听了,便不往前去,仍往李纨这边来了。……李纨道:"昨日人家送来的好茶面子,倒是对碗来你喝罢。"说毕,便吩咐去对茶。尤氏出神无语。

回到素心上去。什么惊天动地、力挽狂澜,关我什么事啊!
我也不要什么多好的名声、面子,能有杯好茶喝喝,这就是我的面子,足矣。

素云又将自己脂粉拿来,笑道:"我们奶奶就少这个。奶奶不嫌腌臜,能着用些。"李纨道:"我虽没有,你就该往姑娘们那里取去,怎么公然拿出你的来? 幸而是他,要是别人,岂不恼呢?"尤氏笑道:"这有何妨?"

过得朴素一点,将就着过,又有何妨?竹篱茅舍自甘心嘛。

一语未了,只见人报:"宝姑娘来了。"……正说着,果然报:"云姑娘和三姑娘来了。"大家让坐已毕,宝钗便说要出去一事。探春道:"很好。不但姨妈好了还来,就便好了不来也使得。"

宝钗来了,没有点明什么缘故,只是表达了要搬出去住的意愿。是啊,我也不知道是非有什么问题,只是我决定远离是非,如此而已。

尤氏辞了李纨,往贾母这边来。贾母歪在榻上。……贾母点头叹道:"咱们别管人家的事,且商量咱们八月十五赏月是正经。"

又来看三宝怎么说。佛说,人家的是非管不完,不用管,自己能不能圆觉才是正经。

尤氏在车内,因见自己门首两边狮子下,放着四五辆大车,便知系来赴赌之人,……尤氏笑道:"成日家我要偷着瞧瞧他们赌钱,也没得便,今儿倒巧,顺便打他们窗户跟前走过去。"

对于是非,我是打酱油的,路过而已。我就看看,不说话。

贾珍……如今三四个月的光景,竟一日一日赌胜于射了,……近

> 日邢夫人的胞弟邢德全也酷好如此,所以也在其中;又有薛蟠头一个惯喜送钱与人的,见此岂不快乐?这邢德全虽系邢夫人的胞弟,却居心行事大不相同。他只知吃酒赌钱、眠花宿柳为乐,手中滥漫使钱,待人无心,因此,都叫他傻大舅。薛蟠早已出名的呆大爷。今日二人凑在一处,都爱抢快,便又会了两家,在外间炕上抢快。

对于自己心里的较真、恶习,也是看在眼里,懒得管了。这是灰心过头了,对自己也放任了。不过,能看见这些恶习毛病,也难能可贵了。

"邢德全",就是"刑德全",好的德性一样没有,坏的德性占全了。极其的愚痴才会这样,所以号称"傻大舅"。配合上粗暴的习气(薛蟠的喻象),就凡事只想捞头一份好处了,所以当傻大舅遇上呆大爷,就要一起"抢快"了。

话说这修行人不是有"宿世善根"吗,这辈子再咋的也是个厚道人,怎么心里还有"刑德全"这一面呢?冲动是魔鬼啊,冷静下来的时候是天人,是菩萨,冲动起来是魔王。谁不是这样啊!所以孔子说,你们不要给自己贴个君子标签,好像一辈子一直都是君子似的,当你放纵贪瞋痴的时候,那一刻你就是小人啊!("君子去仁,恶乎成名?……君子无终食之间违仁,造次必于是,颠沛必于是。")

> 傻大舅……说着,忽然想起旧事来,乃拍案对贾珍说道:"昨日我和你令伯母怄气,你可知道么?"

"刑"的重要特点,就是容易六亲不和,因为把自己的东西看得太重了,比亲情还重要了。财迷心窍的话,既是傻大舅,也是刑德全。

贾珍因命佩凤等四个人也都入席,下面一溜坐下,猜枚搳拳。饮了一回,贾珍有了几分酒,高兴起来,便命取了一支紫竹箫来,命佩凤吹箫,文花唱曲。喉清韵雅,甚令人心动神移。唱罢,复又行令。那天将有三更时分,贾珍酒已八分,大家正添衣喝茶换盏更酌之际,忽听那边墙下有人长叹之声。大家明明听见,都毛发竦然。贾珍忙厉声叱问:"谁在那边?"连问几声,无人答应。尤氏道:"必是墙外边家里人,也未可知。"贾珍道:"胡说!这墙四面皆无下人的房子,况且那边又紧靠着祠堂,焉得有人?"一语未了,只听得一阵风声,竟过墙去了。恍惚闻得祠堂内槅扇开阖之声,只觉得风气森森,比先更觉凄惨起来。看那月色时,也淡淡的,不似先前明朗,众人都觉毛发倒竖。

恐怖片虽然吓人,好歹也知道对方是僵尸还是鬼魂,贾珍倒好,被吓着了,还不知道谁在吓唬他,这才是恐怖片的最高境界。

最恐怖的恐怖,是自己给自己恐怖。

不那么恐怖的恐怖,也还是自己给自己恐怖。

一切都是自心所现啊!

瞋恨心,就是恐怖的一个重要来源。杀人的人,听到老鼠声响也会猛吓一跳。刚发完脾气的人,听附近大声说话都觉得惊心。挑拨是非的人,晚上看见自己穿着花格睡衣在镜子里的影像,都会觉得碜人。

心里有鬼,就疑心外面有鬼。

贾珍着着实实被吓了一场,比喻修行人照见了自己的恐怖,也进一步明白了恐怖的来源。

贾珍夫妻至晚饭后方过荣府来。只见贾赦贾政都在贾母房里坐着说闲话儿，与贾母取笑呢。……贾母笑道："此时月亮已上来了，咱们且去上香。"

且放下各种是非、放逸，跟佛走走，听佛聊聊天，学习学习圆觉之道。

贾母方扶着人上山来。王夫人等因回说："恐石上苔滑，还是坐竹椅子上去。"贾母道："天天打扫，况且极平稳的宽路，何不疏散疏散筋骨也好？"……因在山之高脊，故名曰凸碧山庄。

佛要登高，修行人说，高低不平，是差别相啊，佛回答说，你哪里知道，差别相只是表面的，其实高低是平等的。

《维摩诘经》里，佛说完"随其心净，则佛土净"之后，舍利弗承佛威神就想了（他只是要配合演戏，所以说"承佛威神"），这地球到处凸凹不平的，脏脏臭臭的，难道佛当年做菩萨的时候心里不干净，所以在这里做佛了以后，地球就成了这个埋汰样子吗？他这边一想，佛那边就知道了，就告诉他，地球是很干净的，只是心里坑坑洼洼的人，会觉得它凸凹不平、脏脏臭臭。

"凸碧""凹晶"，凸和凹的不平现象背后，是净如琉璃的、平平等等的。

贾母便命折一枝桂花来，叫个媳妇在屏后击鼓传花，若花在手中，饮酒一杯，罚说笑话一个。

拾贰　怎么摆平世界

桂花是"贵花"。什么花呢？佛法之花。

佛说,好好学学佛之知见,自己明白了,再教别人明白,一代一代地传下去。

下面传到了贾政的手中,他被迫说一个笑话,果然逗得大家哄堂大笑,这是"假正"的放开。

于是又击鼓,便从贾政起,可巧到宝玉鼓止。……宝玉听了,碰在心坎儿上,遂立想了四句,向纸上写了,呈与贾政看。……贾政道:"正是。"因回头命个老嬷嬷出去,"吩咐小厮们,把我海南带来的扇子取来给两把与宝玉。"

扇就是"散",心结散开,心量打开。

这次贾赦手内住了,只得吃了酒,说笑话,因说道:"……婆子道:'不妨事。你不知天下作父母的,偏心的多着呢!'"众人听说,也都笑了。贾母也只得吃半杯酒,半日笑道:"我也得这婆子针一针就好了。"

五祖门下,徒弟成群,偏偏老和尚把衣钵给了新来没多久的惠能,很多徒弟就不干了。虽然《坛经》没说,咱们也猜得出来,好多徒弟都抱怨老和尚偏心。真的是偏心吗？老和尚叫大家做诗,各自表达见地,只有六祖做出来了一首干干净净的诗呀！大门天天开着,没有岗亭,不收门票,所有来客一视同仁,问题是,只有惠能进去找到宝了呀！

自己"假色",执迷不悟,就不要怪佛祖偏心啊。

贾母这杯酒喝得真心勉强。

贾环……如今可巧花在手中,便也索纸笔来,立就一绝,呈与贾政。贾政看了,亦觉罕异,只见词句中终带着不乐读书之意,……贾赦道:"拿诗来我瞧。"便连声赞好道:……因又拍着贾环的脑袋,笑道:"以后就这样做去,这世袭的前程就跑不了你袭了。"

不是说皈依了禅宗师父,自己就是心法传人啊!不读经("不乐读书"),任性放逸,什么时候能继承如来家业啊。

贾赦的大话,是修行人对自己的觉察,看到了一直以来,心里所存的禅门继承人幻想。

不管怎么说,从上以来,反省到这里,新的希望还是出现了,也算是"死中得活"吧。

(六) 体会"不平"背后的"平"

虽说差别相背后是平等相,但我只看到了坑坑洼洼,怎么去体会平等呢?孔子告诉我们,吹吹笛子,做做诗,弹弹琴,"游于艺"吧。他说,"志于道,据于德,依于仁,游于艺",想弄明白大道,那就得遵循一些戒条,待人接物慈悲为怀,但是这还不够啊,最后的窍诀,是再放下所有的条条框框,放开所有的文字,到艺术中去体会那无言的大道,那天人合一的大道。至于子由这种很执著的,我喜欢他的忠厚、诚实、义气,是个好孩子,但我也提醒他了,"由,知德者鲜矣",可惜他没有接腔追问,根器不够啊,那就慢慢来吧。

第76回,"凸碧堂品笛感凄清,凹晶馆联诗悲寂寞",游于艺了,原来一切凸凹不平,都是人心在作怪,是人的爱憎情绪在作怪。那怎么又悲伤了呢,又是"感凄清"又是"悲寂寞"的?体会平等相,可能是会有一些悲伤的,因人而异吧,君不见《金刚经》里,须菩提听着听着,也是哭得一把鼻涕一把泪的。

贾母因笑道:"……可见天下事总难十全!"说毕,不觉长叹一声,随命拿大杯来斟热酒。王夫人笑道:"今日得母子团圆,自比往年有趣;往年娘儿们虽多,终不似今年骨肉齐全的好。"贾母笑道:"正是为此,所以我才高兴拿大杯来吃酒。你们也换大杯才是。"

不团圆也是团圆。

尤氏乃说道:"一家子养了四个儿子:大儿子只一个眼睛;二儿子只一个耳朵;三儿子只一个鼻子眼;四儿子倒都齐全,偏又是个哑吧。"正说到这里,只见席上贾母已朦胧双眼,似有睡去之态。

还要在差别相里转,贾母已经没耐心听了。

原来黛玉和湘云二人并未去睡。只因黛玉见贾府中许多人赏月,贾母犹叹人少,又想宝钗姐妹家去,……所以止剩湘云一人宽慰他。因说:"……他们不来,咱们两个人竟联起句来!明日羞他们一羞!"黛玉见他这般劝慰,也不肯负他的豪兴,……

当豪情碰上佛法。

这时候又没有别的杂念(其他姐妹都不在),正是游艺的好时机。搞艺术的,在创作之前,要先洗心涤虑,或是人为地静下来,或是碰上了特殊的场合,让他没功夫想别的,然后作品才会有足够的灵性。拿书法来说,古人再高明的书法家,一辈子传世的经典作品,一般也就那么几件几十件,王羲之碰上了兰亭雅集,高朋满座,环境又好,最近又刚好有点心得体会,于是几杯酒下肚,大笔一挥,天下第一行书诞生了,第二天他自己怎么写,也写不出来昨天的境界,颜真卿的侄子被叛军杀害了,噩耗传来,颜真卿悲痛不已,大笔一挥,连涂带抹的,天下第二行书诞生了。

妙玉笑道:"……只是方才听见这一首中,有几句虽好,只是过于颓败凄楚。此亦关人之气数,所以我出来止住你们。……"

妙玉比喻有为造作。她出来阻止黛、湘二人继续对诗,邀请去栊翠庵一聚,并续了诗,从悲伤回到乐观,为这场游艺作结,比喻修行人这时候段位不够,得失心("关人之气数")、有为心("所以我出来止住你们")都在挂碍。

从字面上看,"气数"不妨小心。

（七）清理内心

第 77 回，"俏丫鬟抱屈夭风流，美优伶斩情归水月"，在王夫人的主持下，从大观园驱逐了司棋和晴雯，发放了剩余的戏子，比喻对内心的进一步清理。

话说王夫人见中秋已过，凤姐病也比先减了，虽未大愈，然亦可以出入行走得了，仍命大夫每日诊脉服药。

要清理内心，得拿出点强势，于是凤姐的身体又好转了。

也难怪曹雪芹"披阅十载，增删五次"，这千头万绪的情节安排，得费多少心思啊！

于是宝钗去了半日，回来说："已遣人去，赶晚就有回信。明日一早去配也不迟。"王夫人自是喜悦，因说道："'卖油的娘子水梳头。'自来家里有的，给人多少；这会子轮到自己用，反倒各处寻去。"说毕，长叹。宝钗笑道："这东西虽然值钱，总不过是药，原该济众散人才是。咱们比不得那没见世面的人家，得了这个，就珍藏密敛的。"王夫人点头道:"你这话也是。"

凤姐的病需要人参,自己库房没有,去找邢夫人也没有,找贾母要的又过期了不能用,要派周瑞出去买,宝钗说,外面买的都假得很,我叫哥哥托伙计去买真货吧。

身心的病,根源在"我",也就是自私。心结重的人容易得肿瘤,急躁的人容易上火,等等。想钱包更鼓一些,这是自私;想得个好名声,这也是自私。

想得个好名声,甚至将来万众仰望、从中取利,这不就是司棋和晴雯吗?所以两个丫鬟要遭殃了。

宝钗说,身心的大药在哪里呢?就在"济众散人"啊!跟众生打交道,为众生奉献,而不是为自己考虑什么,这才是真正的药啊!

李嬷嬷指道:"这一个蕙香,又叫做四儿的,是同宝玉一日生日的。"……王夫人冷笑道:"这也是个没廉耻的货!他背地里说的同日生日就是夫妻。这可是你说的?……"

"蕙香"就是"会香",男女方面的妄想。

王夫人道:"唱戏的女孩子,自然更是狐狸精了!上次放你们,你们又不愿去,可就该安分守己才是;你就成精鼓捣起来,调唆宝玉,无所不为!"……吩咐上年凡有姑娘分的唱戏女孩子们,一概不许留在园里,都令其各人干娘带出,自行聘嫁。

戏子就是儿戏,心里放逸、滑头的那些侧面。所以王夫人称为"狐狸精"。这都是比喻,只取一个"戏"字,不用往现实对号入座。

宝玉道:"怎么人人的不是,太太都知道了,单不挑出你和麝月秋纹来?"袭人听了这话,心内一动,低头半日,无可回答,因便笑道:……

字面上,好像是袭人告了黑状,喻义上,也还是袭人告了黑状。袭人和王夫人等都是一家人,同一个人的不同心理喻象,何况王夫人比喻心王,什么不清楚啊。别说袭人"无可回答",就是曹雪芹,也"无可回答",你说呢?

却说这晴雯当日系赖大买的。还有个姑舅哥哥,叫做吴贵,人都叫他贵儿。那时晴雯才得十岁,时常赖嬷嬷带进来,贾母见了喜欢,故此,赖嬷嬷就孝敬了贾母。

"姑舅"是"故旧",根深蒂固的习气。吴贵是"乌龟",贵儿是"龟儿子"。希望将来万众仰望,这个妄想,有可能是从佛门里赖出来的,看着佛菩萨们高大上的形象,赖久了,自己有了这个妄想,所以晴雯跟赖大、赖嬷嬷有关系。"嬷嬷"跟文字、道理有关,婆婆妈妈的扯不清楚。

本身有很多下劣习气("吴贵"),却希望将来万众仰望,曹雪芹说,这是癞蛤蟆想吃天鹅肉啊!癞蛤蟆本身也没啥,本来跟天鹅是动物界的平等一员,可要是动念头,想吃天鹅肉的话,就可笑了。为什么可笑呢?大家笑话的,其实不是它的身份，而是它的妄想。

小说写这一段，是进一步观察"晴雯"这个妄想的来源。

接下来，宝玉去探望晴雯，纵有万种不舍，也得舍了。

晴雯哭道："你去罢！这里腌臜，你那里受得！你的身子要紧。今日这一来，我就死了，也不枉担了虚名！"一语未完，只见他嫂子笑嘻嘻掀帘进来道："好呀！你两个的话，我已都听见了。"又向宝玉道："你一个做主子的，跑到下人房里来做什么？看着我年轻长的俊，你敢只是来调戏我么？"

晴雯比喻的这个妄想，再不舍下，各种乌七八糟的妄想又要跟着来了，杀盗淫妄的业都要跟着造下了。不舍不行了。

正闹着，只听窗外有人问："这晴雯姐姐在这里住呢不是？"……那媳妇连忙答应着出来看，不是别人，却是柳五儿和他母亲两个抱着一个包袱。

我就老老实实地做禅门五家子孙吧，老实修禅吧，别再想着将来发飙了。

袭人还只当他惯了口乱叫，却见宝玉哭了，说道："晴雯死了！"……及至亮时，就有王夫人房里小丫头叫开前角门传王夫人的话："即时叫起宝玉，快洗脸，换了衣裳来。因今儿有人请老爷赏秋菊,老爷因喜欢他前儿做的诗好,故此要带了他们去。……环哥儿早来了。快快儿的去罢。我去叫兰哥儿去了。"

回到现实,跟众生打交道,该应酬的还是应酬。

王夫人……方欲过贾母那边来时,就有芳官等三个干娘走来,回说:"芳官自前日蒙太太的恩典赏出来了,他就疯了似的,茶饭都不吃,勾引上藕官蕊官,三个人寻死觅活,只要铰了头发做尼姑去。"……王夫人问之再三,他三人已立定主意,遂与两个姑子叩了头,又拜辞了王夫人。

这就是"五儿"所喻的决心的效验。红尘爱恨(芳、藕、蕊都是典型的情),没意思啊!

(八) 红尘不过游戏

红尘各种是是非非,不过一场游戏啊!真应了王杰那首歌,《一场游戏一场梦》。

第78回,"老学士闲征姽婳词,痴公子杜撰芙蓉诔","姽婳"就是"鬼话",加上"杜撰",原来是是非非不过如此,逢场作戏也就算了,有什么好较真的呢?

这一回里,宝钗不愿意搬回园内,是很理智地决定避开是非。小丫头哄宝玉,宝玉写"鬼话词"(姽婳词),接着杜撰《芙蓉女儿诔》祭拜晴雯,都比喻逢场作戏,不用多解释了。

刚杜撰完,黛玉出现了,宝玉笑说"茜纱窗下,我本无缘;黄土陇中,卿何薄命"(在下一回),"黛玉听了,陡然变色",这是怎么回事呢?这是告诉修行人,你逢场作戏也好,杜撰鬼话也罢,只是别忘了内心的佛法追求,别滑到世俗的奸诈那头去了,世间有些事你可以游戏,修行还是要上心啊!

顺带赞一下曹雪芹,这老先生的文采实在了得,随便杜撰的姽婳词、芙蓉诔,都秒杀了多少前人作品,真可谓:承六朝风采,越百代庸流。

拾叁

世法：进无可进

通常咱们说到「禅病」，指的是打坐带来了一些后遗症。打坐本身是个好东西，方法正确的话，坐上一个小时，胜过吃多少冬虫夏草。方法不正确的话，比如光着脚不盖东西，风大，空调开着低温，姿势有问题，打坐时不会用心，等等，就会引起「禅病」。这些禅病的对治办法，古人今人都说了好多了。股市有风险，入市须谨慎，好东西就是这样，回报大的风险也大，不懂规则的别乱进。《红楼梦》这里要说的「禅病」，却不是打坐禅定那个「禅」，是禅宗的「禅」。

(一) 禅病

通常咱们说到"禅病",指的是打坐带来了一些后遗症。打坐本身是个好东西,方法正确的话,坐上一个小时,胜过吃多少冬虫夏草。方法不正确的话,比如光着脚不盖东西、风大、空调开着低温、姿势有问题、打坐时不会用心,等等,就会引起"禅病"。这些禅病的对治办法,古人今人都说了好多了。股市有风险,入市须谨慎,好东西就是这样,回报大的风险也大,不懂规则的别乱进。

《红楼梦》这里要说的"禅病",却不是打坐禅定那个"禅",是禅宗的"禅"。

这就奇怪了,修学禅宗,也可能会有毛病?是的,禅宗本身没有问题,但是修学的过程中,可能会有某些习气毛病,需要自己发现、调整,这些发现、调整也是禅宗修行的内容。不光禅宗的修行可能会有禅病,修哪个宗派的没有可能产生相应毛病啊？修丹道的可能有小家子气，修密宗的可能神神叨叨，修净土的可能存门户之见，修基督教的可能唯上帝独尊，那么问题来了。修邪教的呢，修世间学问的呢？更不用说了。不管哪个正当宗派，都有导师，但也都有学生，学生跟导师的差距在于，学生身上有好多毛病，好在导师也是从学生过来的，咱不用自暴自弃。

《红楼梦》既然是讲修行的书，一部大禅书，他的见地就是干净的，毫不留情的，对各种心理习气不留死角。

第79回，"薛文起悔娶河东狮，贾迎春误嫁中山狼"，"夏金桂"（"瞎金贵"）、"孙绍祖"（以正宗传人自居）两位奇葩要登场了。

> 如今孙家只有一人在京，现袭指挥之职。此人名唤孙绍祖，生得相貌魁梧，体格健壮，弓马娴熟，应酬权变，年纪未满三十，且又家资饶富，现在兵部候缺题升。

没两把刷子，哪敢标榜我是正宗传人啊！资本能用来造福，也能用来为害。

"指挥"这个职位很有意思。真理在我嘛，而且我这个指挥身份是祖上传下来的，有根有据的，你们不服可以去查。

> 宝玉冷笑道："虽如此说，但只我倒替你担心虑后呢！"香菱道："这是什么话？我倒不懂了。"宝玉笑道："这有什么不懂的？只怕再有个人来，薛大哥就不肯疼你了。"香菱听了，不觉红了脸，正色道：

"这是怎么说?素日咱们都是厮抬厮敬,今日忽然提起这些事来,怪不得人人都说你是个亲近不得的人!"一面说,一面转身走了。……且说香菱自那日抢白了宝玉之后,自为宝玉有意唐突,"从此倒要远避他些才好"。因此,以后连大观园也不轻易进来了。

香菱比喻对故土的迷失,这里听说薛蟠要娶夏金桂,高兴得很,更迷失了,连宝玉都懒得搭理了。

据说有些修禅的人就是这样,以为禅宗就是吹胡子瞪眼,摆出足够的气势、派头,俨然我就是佛,然后也学学样子,装腔作势的,一旦开口,却尽露家底。

离了"意"(宝玉的喻象),不在心上用功("连大观园也不轻易进来"),却往装腔作势那边攀缘,岂不是更加迷失?

原来这夏家小姐……未免酿成个盗跖的情性:自己尊若菩萨,他人秽如粪土。外具花柳之姿,内秉风雷之性。

瞎金贵。

一句未完,金桂的丫鬟,名唤宝蟾的,忙指着香菱的脸,说道:……

"宝蟾"就是"宝禅",以禅为宝。

禅是不是宝呢？当然是宝。禅是正法眼藏，是根本的般若智慧，任你360行，哪一行要想做到顶尖，都得多多少少有禅的智慧在里头。打仗的，到那紧要关头，他没办法多想，所有的兵书战策都得先扔一边，灵机一动，就是这个缘故。做管理的，越是低层，越要依赖规矩，越是高层，越要依靠灵感，也是这个缘故。学佛的呢？没有般若智慧，说不定连佛经都看不懂啊！

禅是宝是一码事，以禅为宝又是一码事。

禅是宝，这是事实。以禅为宝，这是执著。

有一点执著，都不干净，所以曹公隆重推荐宝蟾入场。

金桂道："既这样说，香字竟不如'秋'字妥当。菱角菱花皆盛于秋，岂不比香字有来历些？"香菱笑道："就依奶奶这样罢了。"自此后遂改了"秋"字。

从香菱到秋菱，这菱花离衰败死亡的日子更近了。比喻当修行人发现自己的禅病的时候，其实离解脱已经更近了。

人贵有自知之明啊！

原来这小丫头也是金桂在家从小使唤的，因他自小父母双亡，无人看管，便大家叫他做小舍儿，专做些粗活。金桂如今有意，独唤他来吩咐道："你去告诉秋菱，到我屋里，将我的绢子取来，不必说我说的。"……秋菱正因金桂近日每每的挫折他，不知何意，百般竭力挽回，听了这话，忙往房里来取。不防正遇见他二人推就之际，一头撞进去了,自己倒羞的耳面通红,转身回避不及。

"小舍儿",就是豁出去。我索性豁出去一把,认真观察一下粗暴习气(薛蟠)与著禅习气(宝蟾)的结合是怎么回事。

观察的很清楚了,不过就是龌龊勾当,看得我自己都不好意思了。

接下来,金桂弄鬼,薛蟠打秋菱,把薛家折腾得鸡飞狗跳,都是"瞎金贵""宝禅"和粗暴习气结合以后的表现,不多解释了。

薛姨妈听见金桂句句挟制着儿子,百般恶赖的样子,十分可恨。……薛姨妈听说,气得身战气咽,……薛家母女总不去理他,惟暗里落泪。

薛姨妈比喻善待众生以后,众生回报的温情。

摆出一副真理在我的姿态,傲慢自大,众生只有伤心而已。

正说时,贾母打发人来找宝玉,说:"明儿一早往天齐庙还愿去。"……宝玉天性怯懦,不敢近狰狞神鬼之像,是以忙忙的焚过纸马钱粮,便退至道院歇息。

"天齐庙",就是与天齐,孙悟空年轻时的奋斗目标。还是自大作怪。

谁天生喜欢装神弄鬼啊,只是一自大,就迷失了。

宝玉困倦,复回至净室安歇。众嬷嬷生恐他睡着了,便请了当家的老王道士来陪他说话儿。这老道士专在江湖上卖药,弄些海上方治病射利,庙外现挂着招牌,丸散膏药,色色俱备。亦长在宁荣二府走动惯熟,都给他起了个混号,唤他做王一贴。言他膏药灵验,一贴病除。

装神弄鬼,江湖套路。
自大到一定时候(道士姓"王"),就容易不自觉地玩这些套路了。

　　宝玉命他坐在身边。王一贴心动,便笑着悄悄的说道:……唬得王一贴不等再问,只说:"二爷明说了罢。"宝玉道:"我问你,可有贴女人的妒病的方子没有?"王一贴听了,拍手笑道:"这可罢了!不但说没有方子,就是听也没有听见过。"

心病还得心药医,装神弄鬼在外相上玩,哪能治心病呢,所以王道士没招了。

　　迎春方哭哭啼啼,在王夫人房中诉委屈,说:"孙绍祖一味好色,好赌,酗酒,家中所有的媳妇丫头将及淫遍。略劝过两三次,便骂我是醋汁子老婆拧出来的。又说老爷曾收着五千银子,不该使了他的。……"一行说,一行哭的呜呜咽咽,连王夫人并众姊妹无不落泪。

"孙绍祖"的真实面目。

（二）第一义谛不离世谛

> 宝玉道：……王夫人听了，又好笑，又好恼，说道："你又发了呆气了！混说的是什么？大凡做了女孩儿，终久是要出门子的。嫁到人家去，娘家那里顾得？也只好看他自己的命运，碰的好就好，碰的不好也就没法儿。你难道没听见人说：'嫁鸡随鸡，嫁狗随狗。'……"

王夫人说，一切随缘，报恩的报恩，报怨的报怨，随它去。

> 宝玉低着头，伏在桌子上，呜呜咽咽，哭的说不出话来。黛玉便在椅子上怔怔的瞅着他，……黛玉的两个眼圈儿已经哭的通红了。

离了世谛，哪里另有妙法啊，黛玉快到死的时候了，所以伤心得很。

那么，第一义谛在哪里呢？观察世谛，明了世谛，不掉进世谛。

袭人一时摸不着头脑,也只管站在旁边,呆呆的看着他。忽见宝玉站起来,嘴里咕咕哝哝的说道:"好一个'放浪形骸之外'!"

超然于世谛,就是"放浪形骸之外"。这句出自王羲之的《兰亭集序》。

饥时知饥,渴时知渴,但不跟着饥渴跑;得时知得,失时知时,但不跟着得失跑。还要什么道理呢,所以袭人(情识)"摸不着头脑"。

宝玉道:"咱们大家今儿钓鱼,占占谁的运气好。看谁钓得着,就是他今年的运气好;钓不着,就是他今年运气不好。咱们谁先钓?"……宝玉抡着钓竿等了半天,……一言未了,只见钓丝微微一动。宝玉喜极,满怀用力往上一兜,把钓竿往石上一碰,折作两段,丝也振断了,钩子也不知往那里去了。众人越发笑起来。探春道:"再没见像你这样卤人。"

宝玉只是从理上明白了入处,还是想把真东西弄到手,所以进一步有了钓鱼的情节。

一起钓鱼的有哪些人呢?探春、李纹、李绮,这三个人比喻读书和文采,邢岫烟比喻淡泊,宝玉参与进来,比喻还是想从情识里寻出妙道。

妙道不是寻到的,是放下然后现前的。急着去找,就是"卤人"。

宝玉把钓鱼跟运气绑定在一起,比喻投机心理。

这么说,宝玉是不是在走弯路呢?是的,但是也没有问题。修禅的人,要摸索的东西太多了,弯路太正常了,其实弯而不弯。

贾母道："你问你太太去,我懒怠说。"王夫人道："才刚老爷进来,说起宝玉的干妈竟是个混账东西,邪魔外道的。如今闹破了,被锦衣府拿住,送入刑部监,要问死罪的了。前几天被人告发的。那个人叫做什么潘三保,……潘三保便买嘱了这老东西,……他就使了个法儿,叫人家的内人便得了邪病,家翻宅乱起来。他又去说,这个病他能治,就用些神马纸钱烧献了,果然见效。他又向人家内眷们要了十几两银子。岂知老佛爷有眼,应该败露了。……"

佛说,正道是这样,邪道是那样,邪的具体是怎样的呢,自己反思反思。反思的结果,我玩装神弄鬼那一套,平地硬要起风雷,就是邪啊。

"潘三保",就是"攀三宝",借三宝的招牌,诳害众生,从中取利。

贾政……遂叫李贵来,说："明儿一早,传焙茗跟了宝玉去收拾应念的书籍,一齐拿过来我看看。亲自送他到家学里去。"喝命宝玉："去罢!明日起早来见我。"

回到世俗的功课。以前一味地逃避俗务,时隔多年,现在再来面对俗务,又会是怎样的情形呢?

甄宝玉没有现身,但是脚步越来越近了。

袭人正在着急听信,见说取书,倒也喜欢。独是宝玉要人即刻送信给贾母,欲叫拦阻。贾母得信,便命人叫过宝玉来,告诉他说："只管放心先去,别叫你老子生气。有什么难为你,有我呢。"

以前佛好像还帮忙拦着点,现在佛也点头了。

黛玉微微的一笑,因叫紫鹃:"把我的龙井茶给二爷沏一碗。二爷如今念书了,比不得头里。"……黛玉道:"我们女孩儿家虽然不要这个,但小时跟着你们雨村先生念书,也曾看过。内中也有近情近理的,也有清微淡远的。那时候虽不大懂,也觉得好,不可一概抹倒。况且你要取功名,这个也清贵些。"宝玉听到这里,觉得不甚入耳,因想黛玉从来不是这样人,怎么也这样势欲熏心起来?

以前理解的佛法,都是叫我放弃一切俗务,专心修行,怎么现在理解起来,不一样了?佛法原来也不否定俗务?

袭人忙爬起来按住,把手去他头上一摸,觉得微微有些发烧。

一时想不通,着急上火郁闷啊!

宝玉过来一看,却是"后生可畏"章。……宝玉把这章先朗朗的念了一遍,说:"这章书是圣人勉励后生,教他及时努力,不要弄到——"说到这里,抬头向代儒一看。代儒觉得了,笑了一笑道:"你只管说,讲书是没有什么避忌的。《礼记》上说:'临文不讳'。只管说,不要弄到什么?"宝玉道:"不要弄到老大无成。……"

贾老师叫我讲书,哼,头一个要讲的,居然是对他不利的。他混了一辈子,还是个穷教书的,脑子里糊里糊涂,就知道拿圣人的招牌混饭吃。

不过,既然问到了,我说还是不说呢?

贾老师笑着说,说吧。

我就说了"老大无成"。

没想到的是,贾老师没有尴尬,也没有生气。

水很深啊!

代儒笑道:"你方才节旨讲的倒清楚,只是句子里有些孩子气。'无闻'二字,不是不能发达做官的话。'闻'是实在自己能够明理见道,就不做官也是有闻了;不然,古圣贤是'遁世不见知'的,岂不是不做官的人?难道也是无闻么?'不足畏'是使人料得定,方与'焉知'的'知'字对针,不是怕的字眼。要从这里看出,方能入细。你懂得不懂得?"宝玉道:"懂得了。"

连贾老师都谈起佛法来了,真真怪事!

以前我一直觉得,儒学就是叫人做官、发达,没想到,孔子的意思,做不做官、发不发达不要紧,关键是能否"明理见道"!

贾老师说,要从这些地方细细体会,才能明白圣贤的真意,别没看几个字就乱给孔孟扣帽子,你懂得不懂得?我只好点点头。

拾叁 世法:进无可进

孔子原话是这么说的:"后生可畏,焉知来者之不如今也?四十、五十而无闻焉,斯亦不足畏也已。"他说,不能小看年轻人啊,怎么知道他将来不比咱强啊,只有那些年过半百还糊里糊涂的人,才有可能这辈子真没出息。

代儒往前揭了一篇,指给宝玉。宝玉看是"吾未见好德如好色者也"。宝玉觉得这一章却有些刺心,便陪笑道:⋯⋯宝玉不得已,讲道:⋯⋯代儒道:"这也讲的罢了。我有句话问你:你既懂得圣人的话,为什么正犯着这两件病?我虽不在家中,你们老爷也不曾告诉我,其实你的毛病,我却尽知的。做一个人,怎么不望长进?⋯⋯"

贾老师批评说,别以为我没学佛,就没资格说你,你那些毛病不用人家告诉我,我一眼就看穿了。窝在小我情识里算计来算计去,都是鬼窟里活计,你这样到猴年马月才能见道啊!

我⋯⋯

真是当头棒喝啊!我看禅宗公案,一直想着有一天,碰到一位吹胡子瞪眼的大禅师,朝我来一嗓子,或者揍一棒子,当下清凉,没想到,今天遇上贾老师了,难道⋯⋯?

(袭人)忽又想到自己终身,本不是宝玉的正配,原是偏房。宝玉的为人,却还拿得住;只怕娶了一个利害的,自己便是尤二姐香菱的后身。素来看着贾母王夫人光景,及凤姐儿往往露出话来,自然是黛玉无疑了。那黛玉就是个多心人。——想到此际,脸红心热,拿着针不知戳到那里去了。便把活计放下,走到黛玉处去探探他的口气。

琢磨去琢磨来,那些以往觉得是心灵鸡汤的圣贤道理(袭人所喻),我到底还要不要啊!我再找找佛经去,难道以前对佛法理解偏了吗?

照我以前的理解,以佛法(黛玉)为主,以道理(袭人)为辅,等佛法到手,就扔掉道理。可被贾老师熊了一顿之后,我怀疑是不是搞错了啊,那些道理也没招我也没惹我,有什么好扔的啊!我又想起《坛经》里,法达念了三千部《法华经》,等见了六祖,三下五除二整明白了,法达就问六祖,那以后我还用不用念经了呢,六祖说,经有什么错呢,念经碍着了你什么呢?

黛玉正在那里看书,见是袭人,欠身让坐。……

翻开佛经,看了半天,好像都是打哑谜,还是不大明白,没找到我想要的答案。

婆子笑道:……说着,将一个瓶儿递给雪雁,又回头看看黛玉,因笑着向袭人说:"怨不得我们太太说,这林姑娘和你们宝二爷是一对儿,原来真是天仙似的!"……那老婆子还只管嘴里咕咕哝哝的说:"这样好模样儿,除了宝玉,什么人擎受的起!"

哦,明白了,原来我以前理解的佛法,还是落在对待里(配对)!

都有哪些对待呢?世上没有不对待的。男和女,高和低,尊和卑,圣和凡,智和愚,明和暗,正和反……

  老子列举过这些对待,然后作了个结论说,"是以圣人处无为之事,行不言之教",对待有两头,圣人哪头都不掉进去,所以才是解脱啊!孔子比老子还滑些,连这些道理都不说,只叫徒弟们仰起脸来看看天,然后跟大家说,你们看看老天说什么了?("子曰:予欲无言。子贡曰:子如不言,则小子何述焉?子曰:天何言哉?四时行焉,百物生焉,天何言哉?")

  那我以前理解的佛法,主要是掉在什么对待里呢?世间法和出世间法的对待。我只想要出世间法,瞧不起世间法,我还在挑挑拣拣,其实还是俗人一个;世间俗人只想要世间法,瞧不起出世间法,也是在挑挑拣拣,所以也是俗人……我跟他们原来是半斤八两啊!

(三) 关于死心那些事

  一时,晚妆将卸,黛玉进了套间,猛抬头看见了荔枝瓶,不禁想起日间老婆子的一番混话,甚是刺心。当此黄昏人静,千愁万绪,堆上心来。……不知不觉,只见小丫头走来说道:"外面雨村贾老爷请姑娘。"……凤姐道:"你还装什么呆?你难道不知道林姑爷升了湖北的粮道,娶了一位继母,十分合心合意。如今想着你撂在这里,不成事体,因托了贾雨村作媒,将你许了你继母的什么亲戚,还说是续弦。……"……只见邢夫人向王夫人使个眼色儿:"他还不信呢,咱们走罢。"黛玉含着泪道:"二位舅母坐坐去。"众人不言语,都冷笑而去。……心中想道:"此事惟求老太太,或还有救。"于是两腿跪下去,抱着贾母的腿,说道:……听见贾母道:"鸳鸯,你来送姑娘出去歇歇,我被他闹乏了。"

林黛玉要做梦,修行人要醒了。

原来,我苦苦痴迷别寻妙法,都是梦里一场无谓纠缠。林黛玉做"续弦",就不是原配的,不是正位的主人公,求谁都没用,靠山山倒、靠水水干啊!

还要往外面求了吗?

那我怎么办呢?

宝玉道:"我说叫你住下。你不信我的话,你就瞧瞧我的心!"说着,就拿着一把小刀子往胸口上一划,只见鲜血直流。黛玉吓得魂飞魄散,忙用手握着宝玉的心窝,哭道:"你怎么做出这个事来?你先来杀了我罢!"宝玉道:"不怕!我拿我的心给你瞧。"还把手在划开的地方儿乱抓。黛玉又颤又哭,又怕人撞破,抱住宝玉痛哭。宝玉道:"不好了!我的心没有了,活不得了!"说着,眼睛往上一翻,咕咚就倒了。

心还是活的,各种情识妄想串来串去,然后再用这些情识去寻找妙道,哪里能找的到呢?

拾叁 世法:进无可进

死心方能踏着地。

于是宝玉演示了一遍怎么死心的过程。宝玉的做法都是比喻，千万不要模仿啊！

宝玉演示的血淋淋的，比喻觉悟之路都是脚踏实地，一步一步走出来的，用血汗积累起来的，学费交够了，也就死心了。当年二祖去求见达摩，正碰上达摩在面壁，雪地里站等了一夜，达摩回头，告诉他说："诸佛无上妙道，旷劫精勤，难行能行，非忍而忍，岂以小德小智，轻心慢心，欲冀真乘，徒劳勤苦？"二祖一听，马上从袖子里抽出刀来，自斩左臂，扔到达摩面前，达摩这才给他传法。咱们现代人看着这些，当然不必模仿，明白祖师的艰辛也就是了。否则断了胳膊，你倒像了二祖，可对面这位万一不是达摩呢？

交学费的过程，也包含了在世间的各种撞墙，领略红尘百态，看惯世态炎凉，不到黄河的话，没办法死心啊！

且说探春湘云正在惜春那边评论惜春所画"大观园图"，说：这个多一点，那个少一点；这个太疏，那个太密。大家又议着题诗，着人去请黛玉商议。正说着，忽见翠缕翠墨二人回来，神色匆忙。

这是小说里，惜春最后一次画画。画大观园图，就是研究怎么观心，可是马上连心都不要了，还观个什么、画个什么呢？就像祖师说的："佛说一切法，为度一切心。我无一切心，何用一切法？"

于是探春湘云……进入房中，黛玉见他二人，……想起梦中，

"连老太太尚且如此,何况他们?况且我不请他们,他们还不来呢!"

心越来越死了。

话说探春湘云才要走时,忽听外面一个人嚷道:"你这不成人的小蹄子,你是个什么东西,来这园子里头混搅!"黛玉听了,大叫一声道:"这里住不得了!"一手指着窗外,两眼反插上去。

碰着个机缘,加速死心。

小说这里只是加速死心,还没有死心,不过可以举两个例子,帮助咱们理解机缘这个东西。

以前有个和尚,一天经过酒楼,在门口系袜带,听见楼上唱曲的唱了一句:"你既无心我也休",忽然大悟,于是大家叫他楼子和尚。

又有个盘山宝积禅师,有一天经过菜市场,碰到一位顾客跟屠夫说,精的割一斤来!屠夫放下刀,叉手说,官爷,哪块不是精的呢?宝积禅师就知道怎么办了。又有一天出门,碰见人家抬棺的,唱丧的摇了一下铃,唱道:"红轮决定沉西去,未委魂灵往那方?"幕后的孝子就大哭说:"哀!哀!"这下子宝积禅师明白了,"忽身心踊跃",回去找马祖汇报,马祖印可了他。

机缘这些事,生活中很多,咱们怎么没有受益呢?因为平时没有用心在那上面啊!心思放在那上面,然后突然有个东西触动,就全放下了。一个纠结打开,所有的纠结打开,就像太阳一出,冰就化了。这就是"参话头"的原理。只是到了后世,参话头越来越变成一门技术活了,各种复杂的解释,各种死板的规矩,禅宗也就越来越衰落了,当然只是表面的衰落,三宝是常住的。

> 探春会意,开门出去,看见老婆子手中拿着拐棍,赶着一个不干不净的毛丫头道:……探春骂道:"你们这些人,如今越发没了王法了!这里是你骂人的地方儿吗?"

碰到机缘,虽然有所明白,但又扑到外境上了,扑到是非上了,所以不是死心。假如宝积禅师听完以后,上去跟孝子说,孩子,节哀顺变吧,完了。

接下来,袭人来看黛玉,喻意跟探春骂婆子差不多。

> 贾母听了,自是心烦,因说道:"偏是这两个玉儿多病多灾的。林丫头一来二去的大了,他这个身子也要紧。我看那孩子太是个心细。"众人也不敢答言。

佛说,心里所妄想执著的佛法,不妨就让它死去吧。

> 那王大夫便向紫鹃道:……王太医吃了茶,因提笔先写道:六脉弦迟,素由积郁。左寸无力,心气已衰。关脉独洪,肝邪偏旺。……贾琏拿来看时,问道:"血势上冲,柴胡使得么?"王大夫笑道:"二爷但知柴胡是升提之品,为吐衄所忌,岂知用鳖血拌炒,非柴胡不足宣少阳甲胆之气。以鳖血制之,使其不致升提,且能培养肝阴,制遏邪火。……"

王太医果然高明,身心同治。"王"是心,"太医"是厉害得不能再厉害的医生。诸佛菩萨都是王太医。

诊断的结果,执著道理多了,就压抑了,肝气就不舒了,因为肝喜条达疏泄,不喜抑郁。认死理的人容易肝气郁结犯胃,还容易近视,郁结久了又化成邪火往上冲,病根都在心上。

贾琏说,根据医书上的道理,已经上火了,怎么能用柴胡呢,那不是把气又往上引了吗?王太医说,别抓住书上的只言片语认死理,书要活读,我这个方子的特殊之处在于,柴胡是用鳖血拌炒的,又能舒畅肝胆,又能培养肝阴。

鳖血谐音"憋血",死了的意思。喻意就是死心。死心了,七情六欲就被制住不乱跑了。

(四) 善和不善两头难

第83回,"省宫闱贾元妃染恙,闹闺阃薛宝钗吞声",元妃染病,比喻修行人对原来所奉之"善"的反思;薛家大闹,比喻修行人对自己不善一面的反思。落在善不对,落在不善也不对。

周瑞家的……说着,又笑了一声道:"奶奶还没听见呢,外头的

> 人还更胡涂呢！前儿，周瑞回家来，说起外头的人，打量着咱们府里不知怎么样有钱呢。也有说：'贾府里的银库几间，金库几间，使的家伙都是金子镶了，玉石嵌了的。'……"……凤姐道："这些话倒不是可笑，倒是可怕的！咱们一日难似一日，外面还是这么讲究。俗语儿说的，'人怕出名猪怕壮'，况且又是个虚名儿。终久还不知怎么样呢！"

我一直维持的"自我"，到底是个什么东西呢？

一堆虚假的表相，表面风光，其实里面充满了贪瞋痴，充满了见不得人的东西。人家看着好，哪知道我心里苦啊！

六祖说："有我罪即生，亡功福无比。"有个"我"的概念，再去维持，很累，也很迷失。自以为聪明，算盘打得好，都是小聪明、真愚痴。

> 且说贾琏走到外面，只见一个小厮迎上来回道："大老爷叫二爷说话呢。"贾琏急忙过来，……老公道："前日这里贵妃娘娘有些欠安，……"

元妃，贾府荣耀的标志，病了。她比喻修行人对高尚一面的追求，对善的追求，病了。

我多年来追求要做个善人，在社会上也收获了很多赞叹，可是，我感觉累了。原因很简单，追求做个善人，门面也撑起来了，可是，说到底还不是为了"我"吗？古来许多祖师，披着破斗篷，胡子拉碴的，遇着缘分帮人一把，帮完就走,走在街上没人认得,多潇洒啊!要那些虚名干什么呢?

虽然孟子说,喜欢名誉的人也有喜欢名誉的好处,但他只是跟那些吝啬鬼相比较才说的话呀,孟子主张的大丈夫精神呢,自立自强不看人脸色的精神呢?我一好名,就想看人脸色,累啊。

> 贾母等谢了恩,来至床前请安毕,元妃都赐了坐。贾母等又告了坐。元妃便问贾母道:"近日身上可好?"贾母扶着小丫头,颤颤巍巍站起来答应道:"托娘娘洪福,起居尚健。"元妃又向邢夫人王夫人问了好,邢王二夫人站着回了话。元妃又问凤姐家中过的日子若何。凤姐站起来回奏道:"尚可支持。"……贾母等站起来,又谢了恩。元妃含泪道:"父女弟兄,反不如小家子得以常常亲近!"

为了撑起善人的门面,我对人毕恭毕敬,礼节周到得很,该站着说话绝不坐着,该说感恩绝不缄口,殊不知,客套多了,跟人家的心理距离就拉远了,再亲的人也没法真正融洽,总有点离骨离刺的感觉。

想起这些,我简直要流泪了。

我还不如人家普通老百姓,遇上好友了,可以无拘无束地聊,聊得很嗨,说到高兴了他给我一拳,我再给他一拳。

落到善固然不好,落到不善呢?

> 既给薛蟠作妾,宝蟾的意气又不比从前了。金桂看去,更是一个对头,自己也后悔不来。……宝蟾听了这话,那里受得住?便眼睛直

直的瞅着金桂道：……

落到不善里，就自大、无礼，连个上下级秩序都没了，孙悟空大闹天宫的架势都来了。

母女同至金桂房门口，听见里头正还嚷哭不止。……宝钗听了这话，又是羞，又是气；见他母亲这样光景，又是疼不过。……薛姨妈听到这里，万分气不过，便站起身来道：……宝钗正嘱咐香菱些话，只听薛姨妈忽然叫道："左胁疼痛的很！"说着，便向炕上躺下。

落到不善里，跟众生的关系就一团糟，让众生寒心，让众生生气，给众生身心上的伤害。

（五）对世俗的态度转变

钱？俗。名？俗。官？俗。

但要说最俗的，莫过于婚姻。

甭管有钱没钱，有名没名，有官没官，婚，还是要结的，从皇上到乞丐，几乎每个人内心的渴望。

宝玉也要结婚了,而且催他结婚的,是贾母。

贾母真是要宝玉结婚吗?非也。结婚是个形式,死心才是目的。领了证,两个人都死心塌地了,一生的契约,再不分开了。那年月只办结婚证,包括玉皇大帝在内一干人等作证,一般不办离婚证。

佛说,孩子,你得死心塌地在地球呆着啊,别老想着还有更好的去处。

当然了,《红楼梦》是禅书。要是修净土的,佛又会说,孩子,得想法子移民极乐世界啊,不光自己移民,带上家属更好。

贾母又道:"提起宝玉,我还有一件事和你商量。如今他也大了,你们也该留神,看一个好孩子给他定下。……"贾政道:……贾母听了这话,心里却有些不喜欢,……说到这里,回头瞅着邢夫人合王夫人,笑道:"想他那年轻的时候,那一种古怪脾气,比宝玉还加一倍呢。直等娶了媳妇,才略略的懂了些人事儿。如今只抱怨宝玉。这会子,我看宝玉比他还略体些人情儿呢!"

贾母催着提亲,贾政推托,老太太就不高兴了。佛告诉修行人,你真以为我是在说结婚吗?我是看你这孩子是块料,帮你早点死心,死心了,就离圆觉更近了("直等娶了媳妇,才略略的懂了些人事儿"),别老是在字面上转啊!

贾政问道:"这几日我心上有事,也忘了问你。那一日,你说你师父叫你讲一个月的书,就要给你开笔。如今算来,将两个月了,你到底开了笔了没有?"……贾政道:"是什么题目?"宝玉道:"一个是'吾十有五而志于学',一个是'人不知而不愠,'一个是'则归墨'三字。"

"吾十有五而志于学",和"人不知而不愠"都出自《论语》,"则归墨"出自孟子。原文分别是这样的:

子曰:"吾十有五而志于学,三十而立,四十而不惑,五十而知天命,六十而耳顺,七十而从心所欲不踰矩。"(《论语·为政》)

子曰:"学而时习之,不亦说乎?有朋自远方来,不亦乐乎?人不知而不愠,不亦君子乎?"(《论语·学而》)

圣王不作,诸侯放恣,处士横议,杨朱、墨翟之言盈天下。天下之言,不归杨,则归墨。杨氏为我,是无君也;墨氏兼爱,是无父也。无父无君,是禽兽也。(《孟子·滕文公下》)

宝玉的三个题目,前两个都好懂,第三个解释一下。孟子说,好多年不出圣王了,官场上乌烟瘴气,学术界胡说八道,杨朱、墨翟的歪理邪说公然流行。社会大众要么做杨朱的粉丝,要么做墨翟的粉丝,他们哪里知道,杨朱那套一毛不拔极端自利的逻辑,会诱导大家不忠,墨翟那套集体利益压倒个人利益的逻辑,又跑到另一个极端,会诱导大家不孝。不忠不孝,社会没了底线,就会沦为丛林,大家就成了只知道吃和交配的畜生啊!

接下来,宝玉把解释给贾政看,父亲纠正儿子,描述了对于世俗学问,修行人从蔑视到不蔑视的心态转换过程:

> 一会儿,焙茗拿了来递给宝玉,宝玉呈与贾政。贾政翻开看时,见头一篇写着题目是"吾十有五而志于学"。他原本破的是"圣人有志于学,幼而已然矣"。代儒却将"幼"字抹去,明用"十五"。

宝玉的这一招,叫"高级黑",表达了他对孔孟那套世俗学问的蔑视。不是说孔子十五志于学吗,我干脆说他在婴儿车里就志学。

> 看到承题,那抹去的原本云:"夫不志于学,人之常也。"贾政摇头道:"不但是孩子气,可见你本性不是个学者的志气。"又看后句:"圣人十五而志之,不亦难乎?"说道:"这更不成话了!"然后看代儒的改本云:"夫人孰不学?而志于学者卒鲜,此圣人所为自信于十五时欤?"便问:"改的懂得么?"宝玉答应道:"懂得。"

黑完了,直抒胸臆,谁天生喜欢学东西啊!圣人十五居然志学,太难得了,言下之意,不用拿这个要求一般人吧。

他爸爸和老师就劝他,圣人的意思,关键是在"志学",每个人活着总是要学东西的,只不过拿一生的时间,致力于明白道理,这样的人还是不多,对不对?宝玉本来就是追求佛法的,听了这话倒也是,我冤枉孔子了,于是承认说,我懂了。

第一个回合，宝玉完败。

又看第二艺，题目是"人不知而不愠"。便先看代儒的改本云："不以不知而愠者，终无改其说乐矣。"方觑着眼看那抹去的底本，说道："你是什么？'能无愠人之心，纯乎学者也。'……且下句找清上文，方是书理。须要细心领略。"宝玉答应着。贾政又往下看："夫不知，未有不愠者也；而竟不然。是非由说而乐者，曷克臻此？"原本末句"非纯学者乎"。贾政道："这也与破题同病的。这改的也罢了，不过清楚，还说得去。"

宝玉又说，好吧，十五志学那个我承认错了，那"人不知而不愠"不是违背人性常识吗，人家不赏识我，我还不抱怨生气，怎么可能啊！所以，"人不知而不愠"，不过就是假道学，迂腐先生们瞎唱的高调。

他爸爸和老师又纠正说，你不要断章取义啊！"人不知而不愠"前面还有文字啊，是从"说"（通假字，即"悦"）到"乐"，一步一步修养出来的"不愠"，没说谁天生就能"不知而不愠"啊！同样被伙伴抢了薯片，小孩子又哭又打的，大人哈哈一笑，大人能这样看开，不是多年人生经验积累出来的吗？宝玉一听，那倒也是，我只看了第三句就开骂了，网上批儒帖子看得多了，跟着瞎起哄，不好意思啊。

第二个回合继续落败。

第三艺是"则归墨"。贾政看了题目，自己扬着头想了一想，因问宝玉道:"你的书讲到这里了么?"宝玉道:"师父说,《孟子》好懂些,所以倒先讲《孟子》,大前日才讲完了。如今讲上《论语》呢。"贾政因看这个破承,倒没大改。破题云:"言于舍杨之外,若别无所归者焉。"贾政道:"第二句倒难为你。""夫墨,非欲归者也,而墨之言已半天下矣,则舍杨之外,欲不归于墨,得乎?"贾政道:"这是你做的么?"宝玉答应道:"是。"贾政点点头儿,……

贾政说,儒学里,《论语》是根本,得先把这本书看熟了,才能去看其他的儒学典籍,要不然,不能明白儒学的一些根本要义。宝玉回答说,老师说《孟子》好懂一些,所以先学《孟子》,贾政说,那也行吧,做学问也可以变通的。

再来看解释。宝玉说,虽然批儒,但是我也明白,当时歪理邪说流行天下,要是儒学不站出来,那可真要变成禽兽之国了。贾政说,对啊,你明白这个就好了,过去两千年咱们号称"礼仪之邦",很大程度上,就是拜孔孟所赐啊!

第三个回合,理解万岁。

贾政点点头儿,因说道:"这也并没有什么出色处,但初试笔能如此,还算不离。前年我在任上时,还出过'惟士为能'这个题目。那些童生都读过前人这篇,不能自出心裁,每多抄袭。你念过没有?"宝玉道:"也念过。"贾政道:"我要你另换个主意,不许雷同了前人,只做个破题也使得。"……谁知宝玉自从宝钗搬回家去,十分想念,听见薛姨妈来了,只当宝钗同来,心中早已忙了,便乍着胆子回道:"破题倒作了一个,但不知是不是?"贾政道:"你念来我听。"宝玉念道:"天下不皆士也,能无产者亦仅矣。"贾政听了,点着头道:"也还使得。以后作文,总要把界限分清,把神理想明白了,再去动笔。你来的时候,老太太知道不知道?"宝玉道:"知道的。"贾政道:"既如此,你还到老太太处去罢。"

贾政又出了个"惟士为能",叫宝玉破题。这也是出自《孟子》,原文是这样的:

无恒产而有恒心者,惟士为能。若民,则无恒产,因无恒心。苟无恒心,放辟邪侈,无不为已。及陷于罪,然后从而刑之,是罔民也。焉有仁人在位,罔民而可为也?(《孟子·梁惠王上》)

孟子跟梁惠王说,你治国很有问题,我说给你听听。没有恒产,居然还能淡定,只有修养很高的人才能做到。老百姓啊,没有恒产的话,就失去安全感了,就慌神了,什么道德、理想都成了狗屁,他就会想法子坑蒙拐骗,甚至杀人放火。等他犯了罪,官府又要惩罚他,这不是挖坑让老百姓跳吗?圣王在位的话,哪会这么干呢?孟子接着又把梁惠王批了一通,说他治国无方,扰民有术,老百姓都活不下去了,还指望他们同心富国。好在梁惠王虽然平庸,没有听孟子的,但还算有度量,没有生气。

宝玉是怎么解释的呢?他往佛法上会。第四个回合,从前面的接受儒学,理解儒学,进一步提升到佛法上去,这一次没有蔑视,没有偏激,提升得天衣无缝，贾政说，好啊，就是这样，你这样学佛就对了，继续去找佛吧。

宝玉说，"天下不皆士也，能无产者亦仅矣"，天下的"士"本来就少，至于真的无产的"士"，就更是凤毛麟角了。没有一点产，还要有恒心，这种士是什么人呢？其实就是菩萨啊！占据一点点的东西，说那是"我"的，就死在那个东西上了。

宝玉解释完了，贾政说，你解的好，果然不落通常儒学的俗套，比那些"童生"强多了。

有人可能会说，这么解读《红楼梦》，好像有点过度诠释了吧，宝玉不过就是那一句，他爸爸也没多说什么，怎么你这里就解读出这么多内涵呢？这就是《红楼梦》身为禅书的独特性啊，不用啰嗦那么多，高手过招，一两句就解决了。所以贾政说，"以后作文，总要把界限分清，把神理想明白了，再去动笔"，换个说法，要看禅书，自己得先"把神理想明白了"，再来解读。没有禅学基础，没有一定的体验，看公案都是一头雾水，尽在外围打转。好多公案，两个人的问答，字面上就那么十几、几十个字，可是要解释的话，得费几百上千个字，就是这个缘故。

宝玉为什么是想念宝钗才急中生智的呢？宝钗比喻不舍众生，这正是"游于三界而无碍"的菩萨精神，"无恒产而有恒心"的菩萨精神。

这里薛姨妈又问了一回黛玉的病。贾母道："林丫头那孩子倒罢了，只是心重些，所以身子就不大很结实了。要赌灵性儿，也和宝丫头不差什么；要赌宽厚待人里头，却不济他宝姐姐有耽待，有尽让了。"

佛说,你心里要别寻妙法,其实妙法不离众生啊。你执著另外的妙法,虽然让你在学佛的路上福德智慧都得到增长,但到了一定的时候,再执著的话,会给你带来一些身心毛病,要懂得及时调整啊。

这就是要娶宝钗的节奏。

却说贾政试了宝玉一番,心里却也喜欢,走向外面和那些门客闲谈,说起方才的话来,便有新近到来,最善大棋的一个王尔调,名作梅的,……

"王尔调",就是"枉二调",小聪明一大堆,见人唱人歌,见鬼唱鬼歌,表面一套心里一套,没用。"最善大棋"比喻心机很多。"作梅"就是"作媒"。

王大棋要给宝玉提亲,说得天花乱坠的,其实是要宝玉当上门女婿,贾母一听就不干了。佛说,妙法不离众生,但不是要你跟众生耍阴招胡来呀,一胡来,你自己都要贴进去了,还做什么"游于三界而无碍"的菩萨呢。

凤姐笑道:"不是我当着老祖宗太太们跟前说句大胆的话:现放着天配的姻缘,何用别处去找?"贾母笑问道:"在那里?"凤姐道:"一个'宝玉'一个'金锁',老太太怎么忘了?"

这门亲事倒做得。

（六）逃避因果

对世俗的态度变了,对世俗因果怎么办呢?潜意识里,我其实一直是想逃的,虽然嘴巴上说,坦然面对因果,但心里有个声音说,但愿那些恶报别找着我。

根据佛法的原理,众生无量劫来,欠了无数业债,修行人也不例外。那么这辈子,因果现前的时候,怎么办呢?曹雪芹在第84回"探惊风贾环重结怨"里,也还是想逃的。

> 那大夫……躬身回贾母道:"……如今的牛黄都是假的,要找真牛黄方用得。"

巧姐病了,大家来看。

巧姐比喻因果不爽,巧而不巧。

大夫说,面对自己的因果,要坦诚面对,不逃避,不推诿。

"牛"就是十二地支里的"丑",五行属土。"黄"是五行里面土的颜色。五行里面,土主忠信、诚实。

大夫说,现在好多人装出诚实的样子,装的就是装的,你自己到底诚不诚,摸摸心口。

王夫人说派人去薛家找,到底有没有找到真牛黄呢？小说没交待,暗示的是找着了,但毕竟字面上没交待,就是这个没交待,才埋下了底下凤姐与贾环的一场恩怨,从此,"两边结怨比从前更加一层了",这说明,真牛黄其实还没找着啊,面对因果的时候,还是想逃。

自己用戥子按方秤了,搌在里面,等巧姐儿醒了,好给他吃。只见贾环掀帘进来,……凤姐见了他母子便嫌,……那贾环口里答应着,只管各处瞧看。看了一回,便问凤姐儿道："你这里听见说有牛黄,不知牛黄是怎么个样儿,给我瞧瞧呢。"凤姐道："你别在这里闹了,姐儿才好些。那牛黄都煎上了。"贾环听了,便去伸手拿那铞子瞧时,岂知措手不及,沸的一声,铞子倒了,火已泼灭了一半。贾环见不是事,自觉没趣,连忙跑了。凤姐急的火星直爆,骂道："真真那一世的对头冤家！你何苦来,还来使促狭！从前你妈要想害我,如今又来害姐儿,我和你几辈子的仇呢？"

当因果现前的时候,三十六计,走为上,所以贾环"连忙跑了",连家都不敢回。

丫头回去,果然告诉了赵姨娘。赵姨娘气的叫快找环儿。环儿在外间屋子里躲着,被丫头找了来。赵姨娘便骂道："……你偏进去,又不就走,还要'虎头上捉虱子'。你看我回了老爷,打你不打!"这里赵姨娘正说着,只听贾环在外间屋子里更说出些惊心动魄的话来。

逃避因果不说,还要进一步造更多的因果。赵姨娘骂贾环,其实骂的不是儿子逃避责任,还是在骂凤姐强势,贾环干脆说,看我以后要了那小女孩的命,你们就知道厉害了。

面对冤家对头,这时候不是坦诚,而是反过来抱怨人家,加害人家。

(七) 因果挡不住

第85回,"贾存周报升郎中任,薛文起复惹放流刑",一个升官,一个流放,对比极其鲜明。

善有善报,恶有恶报,因果这东西,该来的就来了,躲不掉啊。

北静王甚加爱惜,又赏了茶。因说道:"昨儿巡抚吴大人来陛见,说起令尊翁……他陛见时,万岁爷也曾问过,他也十分保举,可知是令尊翁的喜兆。"宝玉连忙站起,听毕这一段话,才回启道:"此是

> 王爷的恩典,吴大人的盛情。"

吴就是"无"。吴大人保举贾政升官,却不知道他叫什么名字。不需要知道了,都是冥冥之中的因果,查无此人。

像这种事,现实当中也有一些,有的人考试,答的不怎么样,也能高分,阅卷的跟他没亲没故的,而且正规考试都挺严的,都要把名字密封了再阅的。考试要公平,不能心存侥幸心理,可有个别的事情真的没法解释,有些人就说这是运气。

> 北静王又说了些好话儿,忽然笑说道:"我前次见你那块玉倒有趣儿,回来说了个式样,叫他们也作了一块来。今日你来得正好,就给你带回去玩罢。"

北静王的喻意前面解释过了,跟身心气质有关的。

他给宝玉做了一块玉。材料是真的,可跟宝玉的比起来,终究是块假玉。这是什么情况?

以前留意身心气质的保养,现在才知道,那也是假的。

像有些练外道的,身心气质都非常好,值得咱们随喜赞叹。可要是照禅宗的见地来说,压根不走色身路线。什么身体倍儿棒,气质倍儿好,拿这种照片给禅师看,禅师恐怕瞟都懒得瞟。

身体和气质既是色法,就还是因果流转里的东西,不是修行人的终极目的。修行人要的,是那个不生不灭的东西。

宝玉在项上摘下来,说:"……前儿晚上,我睡的时候,把玉摘下来挂在帐子里,他竟放起光来了,满帐子都是红的。"

执著越来越少,佛性光明就越来越亮。

且说宝玉回到自己房中,告诉袭人道:"老太太和凤姐姐刚才说话含含糊糊,不知是什么意思。"袭人想了想,笑了一笑,道:"这个,我也猜不着。但只刚才说这些话时,林姑娘在跟前没有?"宝玉道:"林姑娘才病起来,这些时何曾到老太太那边去呢?"正说着,只听外间屋里麝月与秋纹拌嘴。袭人道:"你两个又闹什么?"……宝玉笑道:"几个钱,什么要紧?傻东西,不许闹了!"说的两个人都咕嘟着嘴,坐着去了。

说到宝玉要跟宝钗结婚的事,"射月"跟"求文"马上就闹矛盾了。
林黛玉病了,快要死了,文字上的计较快结束了,真正的月亮要现身了。

却说袭人……夜间躺着,想了个主意:不如去见见紫鹃,看他有什么动静,自然就知道了。……原来袭人来时,要探探口气,坐了一回,无处入话。又想着黛玉最是心多,探不成消息,再惹着了他,倒是不好。又坐了坐,搭讪着辞了出来了。

再从"字卷"里求,也求不出个什么消息了。

晚间，宝玉回房，袭人便回道："今日廊下小芸二爷来了。"……宝玉接过看时，上面皮儿上写着："叔父大人安禀。"宝玉道："这孩子怎么又不认我作父亲了？"……袭人也笑道："那小芸二爷也有些鬼鬼头头的。什么时候又要看人，什么时候又躲躲藏藏的，可知也是个心术不正的货！"……宝玉道："可笑芸儿这孩子竟这样的混账！"

贾芸比喻偷心。袭人说，贾芸是个心术不正的货，比喻修行人对于偷心审判一番，贴上标签。

不下苦功夫，试图从文字里一锹挖出个银娃娃，这条路现在显得越来越难走了。

有人可能会说，公案不是记载着，有些禅师是正在看书的时候，看到了某一句，突然大悟的吗？公案只记载了悟道因缘，没有记载他以前的艰辛，路，都是要一步一步走的。

听见外面人说："这是新扮的《蕊珠记》里的《冥升》。小旦扮的是嫦娥，前因堕落人寰，几乎给人为配；幸亏观音点化，他就未嫁而逝。此时升引月宫。不听见曲里头唱的：'人间只道风情好，那知道秋月春花容易抛？几乎不把广寒宫忘却了！'"第四出是《吃糠》。第五出是"达摩带着徒弟过江回去"。正扮出些海市蜃楼，好不热闹。

众人正在高兴时，忽见薛家的人满头汗闯进来，向薛蝌说道："二爷快回去！一并里头回明太太，也请回去！家里有要紧事。"

林黛玉的生日非常热闹，还专门安排了几场戏，只是最后这三出，实在不吉利得很。

《冥升》，预示林黛玉要死去了。《吃糠》，是东汉秀才蔡伯喈，辞别父母和妻子，进京赶考，考上状元，被丞相强行招赘为婿，他过着锦衣玉食的生活，老家那边正闹灾荒，父母和妻子吃糠度日，母亲噎死，父亲病死，后来妻子孤苦伶仃，只身一人上京寻夫。这出戏反映的，是林黛玉痴心一场，谁知道贾宝玉要娶别人了。达摩带着徒弟过江回去，是达摩的传法使命完成了，要回老家了。

三场戏都是比喻，林黛玉虽然为修行人带来了灵性、进步，但是到了今天这一步，她的使命已经快完成了。

痴心追求佛法，这是必经的阶段，但是到了一定的时候，痴心就要放下了。

假如一开始就不要这个痴心呢？那是凡夫逻辑。有人问定山禅师："十二时中如何得与道相应？"平时怎么用功呢？定山说："皇天无亲，唯德是辅。"那人一听，说："怎么则不假修证也？"照这么说，就不用修行喽？定山说："三生六十劫。"生生死死，你自在吗？

所以佛说，"我法妙难思"，不入这个门，想靠大脑推理，用逻辑探讨，哪能弄明白呢？

迷在痴心里，就是"正扮出些海市蜃楼，好不热闹"，自己觉得很有修行，有各种境界，就是这样啊！

正在自我感觉良好的时候，宿世恶业的果报现前，就是"众人正在高兴时，忽见薛家的人满头汗闯进来"。"家里有要紧事"，就是责问，你的生死大事弄明白了吗，在境界里玩有意思吗？

薛姨妈同宝钗进了屋子,因为头里进门时,已经走着听见家人说了,吓的战战兢兢的了,一面哭着,因问:"到底是合谁?"只见家人回道:"太太此时且不必问那些底细。凭他是谁,打死了总是要偿命的,且商量怎么办才好。"

薛蟠和酒保斗气,干脆把人家打死了。

具体的细节不用多讨论了,只是把关键说一下。这里的关键,是主要由"薛蚪"出面摆平的,花了好多钱,各方打点,才把薛蟠的命保住了。薛蚪比喻自甘卑下。曹雪芹说,面对过去的冤亲债主,只有拿出谦卑的姿态,再愿意舍钱,才能让他们满意,偿还自己的业债。

(八) 人天善法靠不住

薛姨妈道:"上年原病过一次,也就好了。这回又没听见娘娘有什么病,只闻那府里头几天,老太太不大受用,合上眼便看见元妃娘娘,众人都不放心。直至打听起来,又没有什么事。到了大前儿晚上,老太太亲口说是'怎么元妃独自一个人到我这里?'众人只道是病中想的话,总不信。老太太又说:'你们不信,元妃还和我说是:荣华易尽,须要退步抽身。'众人都说:'谁不想到,这是有年纪的人思前想后的心事。'所以也不当件事。恰好第二天早起,里头吵嚷出来说:'娘娘病重,宣各诰命进去请安。'他们就惊疑的了不得,赶着进去。他们还没有出来,我们家里已听见周贵妃薨逝了。你想外头的讹言,家里的疑心,恰碰在一处,可奇不奇?"

元妃比喻的是人天善法,她也快要死了。

她说,"荣华易尽,须要退步抽身",意思就是人天善法靠不住。不从心上明白,光是想靠着"善有善报,恶有恶报"的原理,追求做个好人,这样即使下辈子福报很大,那个福报也总有花完的时候,花完了以后,以前的恶业又找上门了。

有人可能会说,我下辈子继续做好人,不就行了吗,这样的话生生世世是好人,生生世世是好报,岂不美哉?问题就在这里,得意的时候,有多少人会想到失意呢?仗着福报好,为非作歹,这样的人倒是多得很。自古以来,圣贤君子多出于患难,就像孟子说的,"人之有德慧术知者,恒存乎疢疾。独孤臣孽子,其操心也危,其虑患也深,故达",福报好的话,说不定贪玩去了,甚至为非作歹去了,哪里还会用功呢?

前几年正月,外省荐了一个算命的,说是很准的。老太太叫人将元妃八字夹在丫头们八字里头,送出去叫他推算,他独说:"这正月初一日生日的那位姑娘只怕时辰错了;不然,真是个贵人,也不能在这府中。"老爷和众人说:"不管他错不错,照八字算去。"那先生便说:"甲申年正月丙寅,这四个字内,有'伤官败财'。惟'申'字内有'正官'、'禄马',这就是家里养不住的,也不见什么好。这日子是乙卯。初春木旺,虽是'比肩',那里知道愈比愈好,就像那个好木料,愈经斫削,才成大器。"独喜得时上什么辛金为贵,什么巳中"正官禄马"独旺,这叫作"飞天禄马格"。又说什么:"日逢专禄,贵重的很。天月二德坐本命,贵受椒房之宠。这位姑娘,若是时辰准了,定是一位主子娘娘。"——这不是算准了么?我们还记得说:"可惜荣华不久;只怕遇着寅年卯月,这就是比而又比,劫而又劫,譬如好木,太要做玲珑别透,本质就不坚了。"

曹雪芹借算命先生之口,聊了半天的八字知识,目的是要告诉我们:命再好,也是世间福报,世间福报是有限的。

元春的八字是"甲申(年) 丙寅(月) 乙卯(日) 辛巳(时)",大运是"乙丑 甲子 癸亥 壬戌"。咱们把曹雪芹的论断再稍微解释一下,没点八字基础的读者可以直接跳过去。

乙木生在寅月,日主和月干丙火伤官均属得令。寅中所含甲木为劫财(曹雪芹叫"败财")。伤官坐劫财,这是作者说的"伤官败财"。

年支申中,主要含的是庚金,庚是乙的正官(对女命来说,庚是乙的丈夫),庚以申为禄,申为四马之地(寅申巳亥)之一,所以作者说"正官""禄马"。每个人的八字都有四个地支,是不是说申年乙日的女命都有这么好呢?不是的,还要结合其他因素,通盘观察,几项有利因素配合一起,才是真的好。

年支申离日主远,从而正官禄马离得远,说明要去远方求富贵,所以说

"这就是家里养不住的"。那年月女性嫁人，最好离父母近点，所以算到这里，"也不见什么好"。

五行之中，独木主仁，既主仁，则不那么忌讳比肩、劫财，就像树，独木不成林，所以作者说"愈比愈好"。木不斫不成器，喜金适当砍削，元春八字里带庚辛金，所以说"愈经斫削，才成大器"。辛干透出，辛削乙木的力量比庚更强，阴克阴同性相克的缘故。

《三命通会》云："乙卯日辛巳时，春生，身强煞浅，大贵。"所以作者说"独喜得时上什么辛金为贵"。当然，看古代命书要小心，鱼龙混杂，而且有些说法可能有问题，最常见的，是要好就好的不得了，简直帝王将相，要坏就坏的不得了，简直潦倒一生，语气上太夸张。

巳中含庚金、丙火、戊土，庚长生在巳，丙、戊禄在巳。乙卯日驿马在巳，春天木旺火也跟着旺，巳火一旺，里面的庚金、丙火、戊土都跟着加强了旺势，所以说"正官禄马独旺"。

至于"飞天禄马格"是怎么回事呢？曹雪芹用的不知道是哪个派别的八字理论，他这个"飞天禄马格"的推算方法，与《三命通会》记载的并不一样，但实质上也有相通之处。年支申中，含庚金、戊土、壬水，庚是正官，戊是正财，被月支寅冲，冲出财官，同时又有时支巳来遥合住申，使得财官被冲出后又能为我所用，乙日身旺不怕财官，所以又是一重贵气。

乙禄在卯，乙卯日即为"日逢专禄"。日支为夫妻宫，可见嫁的丈夫有希望帮助富贵。

寅月，月德贵人为丙，所以说"天月二德坐本命"。其实元妃这个八字里，没有天德贵人，只有月德贵人。天德贵人、月德贵人有一个入命，都能帮人逢凶化吉。至于说"贵受椒房之宠",就显然是结合了前面论断,而不光是单凭一个贵人来说的。

作者说"只怕遇着寅年卯月",这就没办法解释了,因为元春活到三十一岁,经历了三次寅年卯月,或者卯年寅月,为什么只是三十一岁那年的卯年寅月才出事呢?显然要结合大运、流年、流月、流日才好定论。作者没交待大运、流年细节,咱们也别较真了。薛宝钗本来不是专业搞算命的,在小说里要扮演的角色对算命有点外行,作者借她之口转述,也不能过于专业了,演戏毕竟要以穿帮为限。

作者这里,使用了一些格局断法,神煞断法,在今天有些命理师那里,已经有所摒斥了。根据比较公认的观点,古人的格局断法是有一些可取之处的,神煞断法也并不像有人说的那样,是装神弄鬼。诸如贵人、羊刃等常见的神煞,还是有道理的,不必一味抛弃。

从古到今,跟元春一样的八字有多少?跟朱元璋一样的八字有多少?为什么那些人没有做贵妃,做皇帝呢?这是否定四柱命理学问的人,常常提出的一个质疑。原因其实相当复杂,常见的原因,有时代背景、出生地域、后天修为、节气差异等。同样的八字,乱世的朱元璋,跟和平时期的人,人生选择怎么可能一样呢?大陆出生的人,跟荒岛出生的人,富贵程度怎么可能一样呢?心存善念的人,跟不懂得行善积德的人,吉凶后果怎么可能一样呢?同样的八字,但逢上的二十四节气不一样,从而大运时间也不一样,命运转折怎么可能一样呢?

结合佛学来看八字命理这门学问,八字只是决定了一个人出生时所感应的天地之气,这些气场会左右后天的很多东西,类似于今天科学界的基因决定论,但是一个人是带着前世业力来的,他这些业力要在后天发挥很大的作用,尤其是他的后天心行很重要,所以他的人生情况,并不单是出生时的气场能注定了的。

拾肆

出世法：退无可退

第86回，『受私贿老官翻案牍，寄闲情淑女解琴书』是个承上启下的章回。承上，是世俗那边很难搞，启下，是佛法这边很难搞，简直越搞越搞不下去。要是修其他有些宗派，稍微一修就有效验了，越修越深入，越修越法喜充满，可是禅门宗徒要的，都不是什么效验、风景，只要最后那个透心凉的东西，所以到了一定的时候，会有越搞越搞不下去的挫折感。

（一）佛法难知

第86回,"受私贿老官翻案牍,寄闲情淑女解琴书",是个承上启下的章回。承上,是世俗那边很难搞;启下,是佛法这边很难搞,简直越搞越搞不下去。

要是修其他有些宗派,稍微一修就有效验了,越修越深入,越修越法喜充满,可是禅门宗徒要的,都不是什么效验、风景,只要最后那个透心凉的东西,所以到了一定的时候,会有越搞越搞不下去的挫折感。

宝玉……一面瞧着黛玉看的那本书,书上的字一个也不认得。有的像"芍"字;有的像"茫"字;也有一个"大"字旁边,……看着又奇怪,又纳闷,便说:"妹妹近日越发进了,看起天书来了!"黛玉嗤的一声笑道:"好个念书的人！连个琴谱都没有见过。"

看琴谱像天书,比喻看佛经和公案像天书,佛祖到底在打什么哑谜呢?

黛玉道:"……若要抚琴,必择静室高斋,或在层楼的上头,或在林石的里面,或是山巅上,或是水涯上。……还有一层,又要指法好,取音好。若必要抚琴,先须衣冠整齐,或鹤氅,或深衣,要如古人的仪表,那才能称圣人之器。然后盥了手,焚上香,……还要知道轻重疾徐,卷舒自若,体态尊重方好。"宝玉道:"我们学着玩,若这么讲究起来,那就难了。"

很多古人说,你要成道,得有这样那样的规矩,这样那样的次第,这样那样的讲究……修行人愈发糊涂了,不用跟我说这些了,我玩了多少辈子了,之所以选择走禅门路线,不就是图个"一念缘起无生,超出三乘权学"吗?

孙悟空在菩提老祖那里,也有差不多的经历。老祖用了好多套路,跟他扯了半天,他都不学,老祖就显得很生气,骂他几句,拿戒尺往他头上打了三下,倒背着手进屋了,随手又把中门关了。孙悟空是个有来头的,所以当下就明白,老祖是要他从后门进去,秘传,至于中门么,那个开得很大,我就不用了。

要注意的是,孙悟空是个有来头的,所以老祖才跟他玩这一手。假如福慧都有严重差距的,还是走中门吧。

几乎所有的圣贤教法,包括儒学在内,都有针对上根人和中下根人的不同说法。跟中下根人,有许多的讲究,是不是说错了呢?不是的,即使是上根人,在那头明白了,再回头来,也会发现,原来那些讲究都不是瞎讲究,其实一处都不含糊,圣人设教果然厉害,没有一句废话。孔子虽然"从心所欲"但是"不逾矩",我们看《乡党》这一篇,他没有一处含糊的;佛陀大彻大悟,但是他的一言一行都足为人天师范。

紫鹃不等说完,便道:"姑娘也是才好。二爷既这么说,坐坐,也该让姑娘歇歇儿了,别叫姑娘只是讲究劳神了。"

紫鹃是"字卷",刚要深入探讨经典的弦外之音,文字障又出来作怪了。在文字里越抠越整不明白,干脆放一放。

却说黛玉叫进宝钗家的女人来,问了好,呈上书子,黛玉叫他去喝茶,便将宝钗来书打开看时,只见上面写着:……黛玉看了,不胜伤感。

宝钗一般不作悲音,这时候写了一封孤苦伶仃的信给黛玉,表达了修行人的挫折感。世法、出世法,两头茫然。

说着,外头婆子送了汤来。雪雁出来接时,那婆子说道:"柳嫂儿叫回姑娘:这是他们五儿作的,没敢在大厨房里作,怕姑娘嫌腌臜。"

汤是要一口一口喝的,五儿比喻要做禅门五家子孙的决心。茫然之下,姑且先一口一口地喝汤,继续在禅门里摸索吧。

> 只见内中夹着个绢包儿。黛玉伸手拿起,打开看时,却是宝玉病时送来的旧绢子,自己题的诗,上面泪痕犹在。里头却包着那剪破了的香囊、扇袋并宝玉通灵玉上的穗子。……这黛玉不看则已,看了时,也不说穿那一件衣裳,手里只拿着那两方手帕,呆呆的看那旧诗,看了一回,不觉得簌簌泪下。

回想夙愿,立志把佛法弄到手,眼前却到处撞墙,伤感啊!

(二) 对打坐的重新评估

对于打坐,宋朝以前的禅门,没有专门提倡,甚至有时候,祖师会告诉徒弟,你执著打坐,能求个什么道出来?六祖解释坐禅和禅定,让当时的人耳目一新,因为当时流行说你必须打坐,才有成道的希望。六祖说:

> 善知识,何名坐禅?此法门中,无障无碍,外于一切善恶境界心念不起,名为坐;内见自性不动,名为禅。
> 善知识,何名禅定?外离相为禅,内不乱为定。外若著相,内心即乱;外若离相,心即不乱。本性自净自定,只为见境思境即乱,若见

诸境心不乱者,是真定也。善知识,外离相即禅,内不乱即定,外禅内定,是为禅定。

打坐是个好东西,为什么有的祖师要否定呢?祖师否定的,不是打坐,是对打坐的执著。如果没有基本的禅门见地,不注意心法,盲目打坐,很容易跑到声闻的路子上去,甚至外道的路子上去。世上流行的打坐说法,可能有很多都是声闻路线甚至外道路线。大乘跟二乘的区别,极其微妙,一不小心就跑岔了,这里面说起来太严重了。有个流行的说法,说大乘要度人,小乘只度自己,有道理,但也容易误解,因为大乘普度众生,正是由于没有执著众生概念,不被"量"框住,所以才是度无量众生,假如有个量的限制,然后说要度哪些人,那就不知道是哪一乘了。大乘跟小乘的区别不是事相上的,是心上的,表面大乘的可能是小乘,表面小乘的可能是大乘。当然了,不管他大乘还是小乘,都走在成佛路上,都值得随喜赞叹。

《红楼梦》这里,第 87 回,"感秋声抚琴悲往事,坐禅寂走火入邪魔",描述了曹雪芹对于打坐的反思。他发现,不注意心地用功,打坐很容易出偏。

这宝玉见是妙玉,不敢惊动。妙玉和惜春正在凝思之际,也没理会。宝玉却站在旁边,看他两个的手段。……惜春尚未答言,宝玉在旁,情不自禁,哈哈一笑,把两个人都唬了一大跳。……妙玉听了,忽然把脸一红,也不答言,低了头,自看那棋。……宝玉尚未说完,只见妙玉微微的把眼一抬,看了宝玉一眼,复又低下头去,那脸上的颜色渐渐的红晕起来。宝玉见他不理,只得讪讪的旁边坐了。

拾肆　出世法:退无可退

惜春还要下子,妙玉半日说道:"再下罢。"便起身理理衣裳,重新坐下,痴痴的问着宝玉道:"你从何处来?"宝玉巴不得这一声,好解释前头的话,忽又想道:"或是妙玉的机锋?"转红了脸,答应不出来。妙玉微微一笑,自合惜春说话。惜春也笑道:"二哥哥,这什么难答的?你没有听见人家常说的,'从来处来'么?这也值得把脸红了,见了生人的似的?"

妙玉听了这话,想起自家,心上一动,脸上一热,必然也是红的,倒觉不好意思起来。因站起来说道:"我来得久了,要回庵里去了。"

有些读者说,看来,妙玉还是暗恋宝玉啊!字面上看,确实有那么回事。

从喻意看,这段情节,集中描述了"有为、造作"的缺陷。

平时的男女习气不除,光是打坐能怎么样呢?即使坐到很高的境界,遇着一个机缘,习气大爆发,原来还是在三界里转,还是在生死里转。所以《楞严经》说:"汝修三昧,本出尘劳,淫心不除,尘不可出。纵有多智,禅定现前,如不断淫,必落魔道,上品魔王,中品魔民,下品魔女。"

习气爆发的时候,不用说是宝玉这个男人站在旁边,哪怕换个男人,妙玉也一样。

她不是暗恋宝玉,真的是莫名其妙、身不由己啊!

《维摩诘经》里有段情节,"天女散花",花落到大菩萨的身上,马上就掉下来了,落到声闻人的身上,就粘住了,任凭声闻人怎么施展神通,也去不掉身上的花。习气的力量。

妙玉道:"从古只有听琴,再没有看琴的。"宝玉笑道:"我原说我是个俗人。"说着,二人走至潇湘馆外,在山子石上坐着静听,甚觉音调清切。只听得低吟道:……

妙玉这里听黛玉弹琴,显得非常内行,比喻修行人智慧猛利,能悟出经典的很多弦外之音。但是,接下来就描述了她的走火入魔,这就是《楞严经》说的"纵有多智,禅定现前,如不断淫,必落魔道",哪怕再聪明,不断淫的话也仍然是个问题。

且说妙玉归去,……吃了晚饭,点上香,拜了菩萨,命道婆子自去歇着,自己的禅床靠背俱已整齐,屏息垂帘,跏趺坐下,断除妄想,趋向真如。

注意这里的"断除妄想,趋向真如",典型的二乘见解。

稀里糊涂地修,意味着稀里糊涂地证。

惜春听了,默默无语。因想:"妙玉虽然洁净,毕竟尘缘未断。可惜我生在这种人家,不便出家,我若出了家时,那有邪魔缠扰!一念不生,万缘俱寂。"想到这里,蓦与神会,若有所得,便口占一偈云:

大造本无方,云何是应住?

既从空中来,应向空中去。

曹雪芹说，经历之后，我才知道，关键不是打不打坐，而是尘缘断没断，心里对世间到底还有没有留恋。当然，如果对比禅宗公案，就会发现，惜春这时候的见解，还是有尾巴的，"应向空中去"并不究竟，还是想要有个去处，还是有个"空"可以安身。严格说来，前两句诗还算干净，后两句诗都是尾巴。

说到这里，咱们再说一下，自杀的人自以为对世间没有留恋了，那只是他对活人的世界没有留恋了，他还是寄希望于死后的东西，至少幻想着死后能一了百了，其实还是有所厌恶、有所追求，逃出一个坑，跳进另一个坑，还是属于对世间的留恋，所以自杀绝对不是解脱之道，该还的债根本逃不掉。

（三）回到现实

前面好多回都说过"回到现实"了，怎么又出来一个啊？没办法，禅门修行的心路历程，就是经常在世间和出世间来回奔波，在玄想与现实之间反复摸索，没有悟道之前，来回的次数不计其数，曹公也是这样过来的，只能按照他的成长路线解读。

第88回，"博庭欢宝玉赞孤儿，正家法贾珍鞭悍仆"，又回到现实的人伦，回到现实的反思。

那鸳鸯却带着一个小丫头,提了一个小黄绢包儿。惜春笑问道:"什么事?"鸳鸯道:"老太太……发心要写三千六百五十零一部《金刚经》。这已发出外面人写了。但是俗说:《金刚经》就像那道家的符壳,《心经》才算是符胆,故此,《金刚经》内必要插着《心经》,更有功德。……"惜春听了,点头道:"别的我做不来,若要写经,我最信心的。你搁下喝茶罢。"

试图用意识思维去寻找佛法,已经知道不通了,那就老老实实抄经吧。

对很多人来说,抄经有点麻烦,没有那个耐心,哪比得上捧起经来,来它个一目十行,效率多高啊!这种计较,正是贼心不死。抄经,可以专治这种贼心。不是说一定要抄多少内容、多少字数,就是锻炼自己的耐心,一个字一个字地抄,在抄的过程中,福慧增长了,对经典的理解也加深了,三宝的加持也都在其中了。

像《心经》这么短的经典,才两百多个字,好多人都背得滚瓜烂熟了,但是,里面每一句话、每一个字,都含义极深,背得熟了就等于明白佛意了吗?这时候不妨多抄一些,在抄写的过程中,会有一些新的进步。还有某些经典,比如《地藏经》《维摩诘经》,密义很多,字面上却容易看过去,这时候如果抄写一下,也会有一些殊胜之处。

谈抄经的好处,也是不得已而说的,真要抄经,不用多想,做下去就OK了。

惜春都应了,鸳鸯送辞了出来,同小丫头来至贾母房中,回了一遍,看见贾母与李纨打"双陆",……忽见宝玉进来,手中提了两个细篾丝的小笼子,笼内有几个蝈蝈儿,说道:"我听说老太太夜里睡不着,我给老太太留下解解闷。"……贾母道:"你们娘儿两个跟着我吃罢。"李纨答应了。……琥珀过来回贾母道:"东府大爷请晚安来了。"

一个陪老太太玩,一个给老太太送蝈蝈解闷,接下来宝玉又力赞贾环、贾兰懂事,这就是回目里说的"博庭欢宝玉赞孤儿"。

曾国藩说,"事亲以得欢心为本",就是能让父母开心起来,而不光是从物质上赡养。这个不容易。

贾珍正在书房里歇着,听见门上闹的翻江搅海,叫人去查问,回来说道:"鲍二和周瑞的干儿子打架。"贾珍道:"周瑞的干儿子是谁?"门上的回道:"他叫何三,……"贾珍道:"这却可恶!把鲍二和那个什么何三给我一块捆起来!周瑞呢?"……就把周瑞踢了几脚。贾珍道:"单打周瑞不中用。"喝命人把鲍二和何三各人打了五十鞭子,撵了出去,方和贾琏两个商量正事。

这是回目说的"正家法贾珍鞭悍仆"。打的不是仆人,是自己的歪心思、坏毛病。

"何三"是"周瑞"的干儿子,谐音"合散"。周瑞比喻想求人际关系上的全面融洽,这必然会很在乎跟人家的聚散,这是一个妄想派生出来的另一个挂碍，所以他这个干儿子不是东西。

小红进来回道："芸二爷在外头要见奶奶。"凤姐一想："他又来做什么？"便道："叫他进来罢。"

贾芸又来求见凤姐，想走后门，结果这次碰了一鼻子灰，凤姐没有答应他的请求，还叫他把带来的东西都带走，毫不客气。这是贾芸最后一次试图钻空子，比喻修行人对偷心的警惕，并试图杜绝。

正说着，只见奶妈子一大起带了巧姐儿进来。……贾芸一见，便站起来，笑盈盈的赶着说道：……那巧姐儿便哑的一声哭了。贾芸连忙退下。……那巧姐儿回头把贾芸一瞧，又哭起来，叠连几次。

巧姐比喻因果不虚，贾芸比喻投机取巧。第一次照面，巧姐当场就指出了贾芸的恶处。小孩不会说话，但是这一系列的哭已经告诉了所有人，面前这个男人不是好人。巧姐的表现，比喻修行人对偷心和因果的衡量，比喻一次心理斗争。

贾芸点点头儿，说道："二奶奶太利害，我可惜不能常来！刚才我说的话，你横竖心里明白，得了空儿再告诉你罢。"小红满脸羞红，说道：……这里小红站在门口，怔怔的看他去远了，才回来了。

拾肆　出世法：退无可退

试图抄捷径得到佛法,这个偷心其实还在。

　　平儿走来笑道:"我倒忘了:今儿晌午,奶奶在上头老太太那边的时候,水月庵的师父打发人来,……回到炕上,只见有两个人,一男一女,坐在炕上。他赶着问是谁,那里把一根绳子往他脖子上一套,他便叫起人来。……"

"假勤"水月庵里乌七八糟的事情越来越闹大了,比喻曹公对以往"修行"的深刻反省。

　　平儿道:"小丫头子有些胆怯,说鬼话。"凤姐说:"那一个?"小丫头进来。问道:"什么鬼话?"那丫头道:"我刚才到后边去叫打杂儿的添煤,只听得三间空屋子里哗喇哗喇的响,我还道是猫儿耗子;又听得'嗳'的一声,像个人出气儿的似的。我害怕,就跑回来了。"……将近三更,凤姐似睡不睡,觉得身上寒毛一乍,自己惊醒了,越躺着越发起渗来,因叫平儿秋桐过来作伴。……凤姐因夜中之事,心神恍惚不宁,只是一味要强,仍然扎挣起来。正坐着纳闷,忽听个小丫头子在院里问道:……凤姐听见,吓了一跳。

心地越来越空,就越来越发现心底深处的恐惧。

　　观世音菩萨被称为"施无畏者",《心经》说"无罣碍故,无有恐怖",诸佛菩萨自己没有恐惧,所以能帮助别人放下恐惧。

恐惧的源头,就是"罣碍",留恋什么东西,就害怕失去那样东西。众生最留恋的,是自己的肉体,所以众生最怕的,是死亡,这是无量劫来对肉体之我的执著习气,所熏出来的根深蒂固的恐惧。

小孩可能害怕进黑屋,害怕这害怕那,因为他妄想少,没有那么多硬气在撑,等到成年以后,追求的多了,好像胆量就上来了,其实是心思更乱了。众生一直有各种恐惧,只是当他追求很多东西的时候,心思都被欲望和情绪占据了,顾不上发现心底的恐惧。

(四) 妄想不妄

第89回,"人亡物在公子填词",宝玉悲怀跟晴雯之间的往事种种。心地越来越空,回想当年的热血沸腾,真是感慨啊! 但是,悲感之余,宝玉又给晴雯上了香,比喻妄想其实也不坏。

"蛇影杯弓颦卿绝粒",是黛玉伤感跟宝玉之间的痴情一场,然后绝食,比喻修行人第一次尝试对"法"死心。

> 只见焙茗拿进一件衣裳来。宝玉不看则已,看了时,神已痴了。那些小学生都巴着眼瞧。却原是晴雯所补的那件雀金裘。……宝玉

无奈,只得穿上,呆呆的对着书坐着。

悲怀晴雯。当年我可是希望有朝一日万众仰望啊,那时候热血沸腾,可也正是因为有那些痴想,我才拼了命地追求佛法,追求修行,如今想来,慨悼不已。

宝玉听了这话,正碰在他心坎儿上,叹了一口气道:"那么着,你就收起来给我包好了。我也总不穿他了!"说着,站起来脱下。袭人才过来接时,宝玉已经自己叠起。

虽然伤怀,但是我不会再拣起那个妄想了。我今后死了出人头地的心,哪怕僻处陋巷,箪食豆羹,终了一世,也心甘情愿了。

外面袭人等都静悄无声。宝玉拿了一幅泥金角花的粉红笺出来,口中祝了几句,便提起笔来写道:"怡红主人焚付晴姐知之:酌茗清香,庶几来飨。"其词云:……袭人道:"怎么出来了?想来又闷的慌了。"宝玉笑了一笑,假说道:……

虽然那是妄想,但我知道,那些妄想也是清净真如的妙用,并不是什么坏东西,不妨再表达一下敬意。

《楞严经》说,"此见妙明与诸空尘,亦复如是,本是妙明无上菩提净圆真心,妄为色空及与闻见",所有的妄想、世界、万法,总不过是清净本心的显现。

所谓"烦恼即菩提"是也。世界就是一个圆觉大海,任凭怎么折腾,总在海里。

小说这段情节,属于修行人自己的用心,如何看待自己的妄想,不是说妄想就可取,更不是劝别人打更多的妄想,这个要注意。别人怎么用心,管不着。

这正是曹雪芹所修的方式,区别于小乘佛法的根本之处。小乘的对妄想有排斥,大乘的对妄想没有排斥。大乘只是远离妄想,不是灭掉妄想。怎么远离呢?就是《圆觉经》说的"知幻即离",关键是"知",知道是虚幻的,当下就脱开了。脱开了以后怎样呢?没有真也没有妄,如是而已。

(五)尝试对"法"死心

《金刚经》说:"汝等比丘,知我说法,如筏喻者,法尚应舍,何况非法。"执著非法,就是那些恶的东西,这是凡夫逻辑;执著佛法,这是法执。小说行文到这里,许多的"非法"已经扔掉了,法执问题越来越凸显了。

到了潇湘馆里,……一面看见中间挂着一幅单条,上面画着一个嫦娥,……宝玉道:"原来如此。可惜我不知音,枉听了一会子!"黛玉道:"古来知音人能有几个?"宝玉听了,又觉得出言冒失了,又怕寒了黛玉的心。坐了一坐,心里像有许多话,却再无可讲的。黛玉因方才的话也是冲口而出,此时回想,觉得太冷淡些,也就无话。宝玉越发打量黛玉设疑,逐讪讪的站起来说道:……黛玉送至屋门口,自己回来,闷闷的坐着,心里想道:"宝玉近来说话,半吐半吞,忽冷忽热,也不知他是什么意思。"

对于所追求的"佛法",也越来越死心了,所以宝黛二人越来越难投机了。

雪雁只顾发呆,倒被他吓了一跳,因说道:"你别嚷,今日我听见了一句话,我告诉你听,奇不奇?——你可别言语。"说着,往屋里努嘴儿。……紫鹃正听时,只听见黛玉咳嗽了一声,似乎起来的光景。……谁知黛玉一腔心事,又窃听了紫鹃雪雁的话,虽不很明白,已听得了七八分,如同将身撂在大海里一般。思前想后,竟应了前日梦中之谶,千愁万恨,堆上心来。左右打算,不如早些死了,免得眼见了意外的事情,那时反倒无趣。

黛玉偷听到了宝玉订亲的谣言,决定绝食而死,这是比喻尝试对"法"死心。

这次只是"尝试",为什么呢?是在"字卷""学言"的引导下进行的,跟着古人的唾沫星子走一回。

佛经里没有明显的这类说法,都是表达的很圆满,字面上不容易看出来。但是禅宗的公案,祖师们有一些很明白的说法,比如赵州说的"好事不如无","佛之一字,吾不喜闻",德山的呵佛骂祖,洞山说的"头角才生已不堪,拟心求佛好羞惭",等等。这些说法都是针对已经机缘成熟的人才有效的,都是苦追林黛玉好多年打算回头的,初学者根本没办法效仿。

既然是在"字卷""学言"的引导下进行的,那就只是军事演习而已,不是抡刀上阵。

这里雪雁正在屋里伴着黛玉,见他昏昏沉沉,……正怕着,……只见外面帘子响处,进来了一个人,却是侍书。

侍书来了,把话说开了,原来宝玉订亲只是谣传,黛玉又偷听到了,又肯吃东西了,比喻军事演习结束,戒严解除,百姓照常生活。"侍书",传达的对书本的恭敬信息,比"字卷""学言"更明确,比喻修行人尝试死心之后,更加恭敬地阅读佛经,从佛经里寻求彻底的解脱之道。

明明是要扔开文字,怎么又"更加恭敬地阅读佛经"呢?这是要进一步扫除微细的尘惑。像这些逻辑,字面上自相矛盾的说法,笔者也没有办法,只能这样表述,不玩这些体验,只想用世间逻辑单向思维的话,真的很难搞懂。

药山禅师在看经,徒弟看到了,忍不住问,您平时不让大家看经,怎么自己又看呢?药山说,我只图遮眼。徒弟一想,干脆我也看得了,就问,我也这么干行不行?药山说,你要看哪,墙壁都得被你看穿了。

那么问题来了,药山到底是不是在看经?

贾母听了,皱了一皱眉,说道:"林丫头的乖僻,虽也是他的好处,我的心里不把林丫头配他,也是为这点子;况且林丫头这样虚弱,恐不是有寿的。只有宝丫头最妥。"

换个心态读经，原来佛是这个意思，叫我连"法"也要扔掉。

（六）面子：放下与捡起

第90回，"失绵衣贫女耐嗷嘈，送果品小郎惊叵测"，接着前面的心理体验，外面包裹的自我那层壳好像要开始褪掉，并不甘心，还是捡回了修行证果的妄想。"绵衣"，就是自我那层外壳；"果品"，就是证果，得道；"惊叵测"，就是怀疑不定。

婆子道："蒙奶奶们派我在这里看守花果，我也没有差错，不料那姑娘的丫头说我们是贼。"……婆子道："这里园子，到底是奶奶家里的，并不是他们家里的。我们都是奶奶派的，贼名儿怎么敢认呢？"凤姐照脸啐了一口，厉声道："你少在我跟前唠唠叨叨的！你在这里照看，姑娘丢了东西，你们就该问哪！怎么说出这些没道理的话来？把老林叫了来，撵他出去！"……岫烟再三替他讨饶，只说自己的丫头不好。凤姐道："我看着那姑娘的分上饶你这一次！"婆子才起来磕了头,又给岫烟磕了头,才出去了。

自我外壳的最粗显表现,就是"面子",死要面子活受罪。

"婆子",就是掉在是非、道理里面,婆婆妈妈的计较个没完。

根据一系列自己编织的道理,来维护自己的面子,自我就会越来越坚固,所以修行人到了一定的时候,不妨懂得没面子的好处。俗话说"人至贱则无敌",本来是贬义的,但用在修行上,倒是妙的很,还有个面子要维护,还在乎名声,怎么解脱啊!

婆子不肯担贼名,王熙凤"照脸啐了一口",比喻修行人猛然警觉自己的面子心,吐自己一口唾沫。邢岫烟比喻自甘寒微,OK,你们说我是贼,那我就是贼喽,无所谓啦。

有天夜里,子湖禅师忽然在僧堂前大喊:"有贼!"大家都惊动了,跑过来问贼在哪。正好有个和尚从僧堂出来,子湖一把抓住,跟维那(庙里管纪律的)说:"捉住了!捉住了!"那和尚赶紧辩解:"不是我!"子湖松开手,有点惋惜:"是倒是,只是你不肯承当啊。"

药山禅师也说:"我跛跛挈挈,百丑千拙,且恁么过。"

菩萨是要游于三界,随缘应化的,假如还嫌小偷这个名声不好听,不肯背上小偷的标签,那万一将来需要化身成小偷怎么办呢,那时候难道还要寻思一下,哎呀,小偷太难听了,我还是演警察吧,那还能叫菩萨吗?

岫烟笑道:"没有什么要紧的,是一件红小袄儿,已经旧了的。我原叫他们找,找不着就罢了。这小丫头不懂事,问了那婆子一声,那婆子自然不依了。这都是小丫头胡涂不懂事,我也骂了几句。已经过去了,不必再提了。"……到了自己房中,叫平儿取了一件大红洋绉的小袄儿,一件松花色绫子一斗珠的小皮袄,一条宝蓝盘锦镶花线裙,一件佛青银鼠褂子,包好叫人送去。

这就是回目说的"失绵衣贫女耐嗷嘈"。不那么在乎面子了,就是丢了破外衣,扔了就扔了呗,我无量劫来被这张脸给骗死。

"红小袄",红色就是好看、鲜艳,面子的特点。

外壳越剥落,里面越穷,所以说"贫女"。要穷到什么时候呢?穷到一无所有。庄子反复说的无知、无我、无用,就是叫人返回赤贫状态啊!

丢掉面子概念,又如何呢?把破袄子扔了,新的真正华美的衣服就来了,只是这新的衣服虽然华美,实在说不上好在哪,没法用文字描述,或者说,用文字描述的话,描述不完,所以凤姐送来的衣服,花红柳绿的简直什么颜色都有,连"宝"字和"佛"字都用上了。

薛蝌回到自己屋里,……想到闷来,也想吟诗一首,写出来出出胸中的闷气。又苦自己没有工夫,只得混写道:

蛟龙失水似枯鱼,两地情怀感索居。

同在泥涂多受苦,不知何日向清虚?

我倒是自甘寒微了,也不在乎面子不面子了,人家骂我小偷我也认了,可是就这么下去吗?我憋屈啊!

正在那里想时，只见宝蟾推进门来，拿着一个盒子，笑嘻嘻放在桌上，薛蝌站起来让坐。宝蟾笑着向薛蝌道："这是四碟果子，一小壶儿酒。大奶奶叫给二爷送来的。"……宝蟾方才要走，又到门口往外看看，回过头来向着薛蝌一笑，又用手指着里面说道："他还只怕要来亲自给你道乏呢。"……话说薛蝌正在狐疑，忽听窗外一笑，唬了一跳，心中想道："不是宝蟾，定是金桂。只不理他们，看他们有什么法儿！"听了半日，却又寂然无声。自己也不敢吃那酒果，掩上房门，刚要脱衣时，只听见窗纸上微微一响。……猛回头，看见窗上的纸湿了一块。走过来觑着眼看时，冷不防外面往里一吹，把薛蝌唬了一大跳。听得吱吱的笑声，薛蝌连忙把灯吹灭了，屏息而卧。只听外面一个人说道："二爷为什么不喝酒吃果子就睡了？"

觉得憋屈，"宝禅""金贵"的习气就出来混闹了。

自大的习气又回来了，禅门用功有修有证的妄想又回来了（宝禅送果）。

　　原来和薛蟠好的那些人，因见薛家无人，只有薛蝌办事，年纪又轻，便生出许多觊觎之心。也有想插在里头做跑腿儿的；也有能作状子，认得一两个书办，要给他上下打点的；甚至有叫他在内趁钱的；也有造作谣言恐吓的：种种不一。薛蝌见了这些人，远远的躲避，又不敢面辞，恐怕激出意外之变，只好藏在家中听候转详。

各种习气的翻腾。

拾肆　出世法：退无可退

（七）对禅的进一步认识

> 金桂也觉得脸飞红了，因说道："你这个丫头就不是个好货！想来你心里看上了，却拿我作筏子，是不是呢？"宝蟾道："只是奶奶那么想罢咧，我倒是替奶奶难受。奶奶要真瞧二爷好，我倒有个主意。……"金桂听了这话，两颧早已红晕了，笑骂道："小蹄子，你倒像偷过多少汉子似的！怪不得大爷在家时，离不开你！"

第91回，"纵淫心宝蟾工设计，布疑阵宝玉妄谈禅"。放开了跑到禅宗公案里搜寻答案，这是"纵淫心宝蟾工设计"。宝玉跟黛玉谈的都是佛法，也都是禅语机锋，为什么叫"妄谈"呢？因为还是在情识的范围里转。对答完了，宝玉又想从鸟叫中寻求吉凶，露出了狐狸尾巴。这是"布疑阵宝玉妄谈禅"。

"淫"有过度、沉溺的意思，比如"淫雨霏霏"，就是雨下得没完没了，很烦人。"纵淫心宝蟾工设计"，就是索性放纵"宝禅"的习气，到禅宗公案里搜寻一番，我到底怎么才能把自甘卑下（薛蝌）跟"天上天下，唯我独尊"（佛出生时候说的）有机统一起来。这个有机统一，就是由宝蟾设计，把薛蝌跟金桂撮合起来。

这个想法,纯属妄想,都是在情识鬼窟里瞎摸乱撞。所以接下来是"布疑阵宝玉妄谈禅",都是"妄"。尽管如此,这是禅门修行路上的正常探索,无可厚非。

有人问百丈禅师:"如何是奇特事?"言下之意,老和尚您别绕圈子了,直接告诉我,佛境界是个什么东东。百丈回答说:"独坐大雄峰。"这跟佛说的"天上天下,唯我独尊"差不多,那个徒弟马上磕头,可见又抓住新的知识见解了。百丈二话不说,抄起家伙给他来一下子。徒弟挨了打,体悟了没有,公案里没有记载。

金桂道:"太太请里头坐,没有外人。他就是我的过继兄弟,……"金桂见婆婆去了,便向夏三道:"你坐着罢。今日可是过了明路的了,省了我们二爷查考。我今日还要叫你买些东西,只别叫别人看见。"

夏三,就是"下三"。他是金桂的兄弟,比喻自以为金贵的人,其实是下三等。

金桂最后死在夏三买的毒药上,这也算是小说对后人的提醒。

黛玉道:"原是有了我,便有了人;有了人,便有无数的烦恼生出来:恐怖,颠倒,梦想,更有许多缠碍。……都是你自己心上胡思乱想,钻入魔道里去了。"宝玉豁然开朗,笑道:"很是,很是。你的性灵,比我竟强远了。……我虽丈六金身,还借你一茎所化。"

黛玉谈佛法了,而且谈的让人没话说。是啊,世界本来无事,但我从"我"出发,就觉得有事了。

黛玉道:"宝姐姐和你好,你怎么样?宝姐姐不和你好,你怎么样?宝姐姐前儿和你好,如今不和你好,你怎么样?今儿和你好,后来不和你好,你怎么样?你和他好,他偏不和你好,你怎么样?你不和他好,他偏要和你好,你怎么样?"宝玉呆了半晌,忽然大笑道:"任凭弱水三千,我只取一瓢饮。"黛玉道:"瓢之漂水,奈何?"宝玉道:"非瓢漂水,水自流,瓢自漂耳。"黛玉道:"水止珠沉,奈何?"宝玉道:"禅心已作沾泥絮,莫向春风舞鹧鸪。"黛玉道:"禅门第一戒是不打诳语的。"宝玉道:"有如三宝。"

让咱们来看看两位高人的机锋对决。

黛玉说,妄想缠绕,一团乱麻,千头万绪的时候,怎么办?

宝玉想了好久,突然灵光一现,大笑着说,凭他多少妄想,我只活在当下。

宝玉这里的回答,解读起来,不妨用到唯识学上讲的一个术语,"现量"。这个术语,现在更流行的类似表述,是"活在当下"。唯识学有现量、比量、非量的说法,简单地说,现量就是现前呈现出来的东西,不加分别的,是直觉的产物;比量是经过思考、分别以后在心里呈现出来的东西,是推论的产物;非量是错误理解的产物。比方说,我看到面前有一朵花,这是现量;我觉得那朵花很好看,我喜欢它,这是比量。假如那不是一朵花,是我看错了当成一朵花,这是"非量"里面的"似现量",似是而非;假如那本来是一朵真花,但是我推论去推论来觉得应该是人造的假花,这是"非量"里面的"似比量",也还是错误的认识。

有一种观点,建议修行的人不妨常常关注"现量",认为这是一条捷径。流行的说法"活在当下",也经常被很多人当成口头禅。还有观点认为,许多禅宗公案说去说来,就是要引导学人关注现量。真的是这样吗?恐怕很难这么定论。《金刚经》说,"过去心不可得,现在心不可得,未来心不可得",这个"现在心不可得",不就是告诉我们,"活在当下"充其量只是针对一部分人的善巧方便吗?

黛玉大概也是这么想的,所以马上回击宝玉的"活在当下"论,她说,"瓢之漂水,奈何"?你要活在当下,但当下也不过是一系列因缘的假合,这些因缘里的任何一个组成部分,都不是你能抓住的东西,甚至你这个"活在当下"的主人,本身都是因缘假合的东西(可结合参考《楞严经》卷三对"觉知性"的分析),"当下"又能是个什么东东?

宝玉说,你露马脚了吧,你认为瓢是被水漂走的,还是活在推理里面,瓢哪里是被水漂走的呢,瓢自己漂,水自己流,如此而已。宝玉的这一手很厉害,没有熟读深思《楞严经》里"本非因缘,非自然性","我说世间诸因缘相,非第一义","既称为妄,云何有因?若有所因,云何名妄"等一系列开示的话,恐怕很难理解宝玉的回答。就像佛法说的"空",很多佛学教材还要用十二因缘来解释,为什么鸡蛋是空的呢,因为鸡蛋是从母鸡生出来的,鸡蛋不过是由蛋白、蛋黄、蛋壳构成的一个虚假实体,推断起来,究竟蛋白、蛋黄、蛋壳哪一个部分才是真正的鸡蛋呢?都不是,众缘和合,才成了一个鸡蛋,可见鸡蛋没有实在的自性,所以鸡蛋是空的。这种解释也很好,但是,般若、禅宗的"空",虽然不否定前面这种解释,但也包含了当下即空的原理,没有什么推理可言,有推理就是方便之言甚至戏论,感兴趣的读者可以进一步参考《楞严经》卷二关于"见眚"的内容。

黛玉说,好吧,你这一手确实厉害,那我换个问题:"水止珠沉,奈何?"你就这么下去,死了心,不再乱打妄想,难道就究竟了吗?

宝玉说,"禅心已作沾泥絮,莫向春风舞鹧鸪",既然死了心,还有什么讨论的呢?你还要叫人平地吃跤,无事生非,干吗呢?

黛玉说,你别吹牛哦!禅门最欠揍的就是未证言证,未得言得,说大话。就像有人问赵州,出家人以什么为本分?赵州说,莫自欺。

宝玉说,我没有吹牛,这些话都是从自性三宝流露出来的。

是啊,从《红楼梦》第1回我的出身,到现在第91回,我经历了多少死心历程,连纳妾都干过,晴雯、司棋等等一堆浮虚妄想死了多少,我有吹牛吗?

其实呢,宝玉是自己觉得没有吹牛,他确实是这么觉得的,所以是真心话,大概也不算打妄语。但是,毕竟是"自己觉得"的,所以马上就露出狐狸尾巴了:

> 黛玉低头不语。只听见檐外老鸦呱呱的叫了几声,便飞向东南上去。宝玉道:"不知主何吉凶?"黛玉道:"'人有吉凶事,不在鸟音中。'"忽见秋纹走来说道:"请二爷回去。老爷叫人到园里来问过,说:二爷打学里回来了没有?袭人姐姐只说已经回来了。快去罢。"吓的宝玉站起身来,往外忙走。

黛玉被宝玉弄的也没话说了,假如就这么"低头不语"下去,小说可以结束了。结果宝玉马上对境生情,问起鸟叫主何吉凶了(得失心的流露),黛玉估计要撇撇嘴角了。紧接着"求文"又来说了"假正"要见,宝玉又是一个激灵,赶紧回家,这哪是死心的人啊!

回家,继续读经参禅、体验生活去。

(八) 游戏红尘的要领

第92回,"评女传巧姐慕贤良,玩母珠贾政参聚散",游戏红尘的几条启示。

> 话说宝玉从潇湘馆出来,连忙问秋纹道:"老爷叫我作什么?"秋纹笑道:"没有叫。袭人姐姐叫我请二爷,我怕你不来,才哄你的。"宝玉听了,才把心放下,因说:"你们请我也罢了,何苦来唬我?"

读者问曹雪芹,贾政又找宝玉干吗?曹雪芹说,我临时编的,为了行文需要,为了告诉你,宝玉的小心脏其实很脆弱,根本不是他自以为的死心。

> 宝玉将打禅语的话述了一遍。……宝玉道:"头里我也年纪小,他也孩子气,……"袭人道:"原该这么着才是。都长了几岁年纪了,怎么好意思还像小孩子时候的样子?"宝玉点头道:"我也知道。如今且不用说那个。……"

宝玉说,刚才那些灵机一现,俨然大彻大悟似的,其实我自己倒也清楚几两水,我就是个小孩,路还长着呢,刚才不过是一场闲话,磨磨牙打发时光。

袭人说,有这个自知之明就好了,不至于稍微有点知解就到处炫耀,甚至跑到魔道上去,你这么多年熏修经典,不是当年那么自以为是、得少为足了,谦受益满招损啊。

宝玉说,是啊,姑且不扯那些玄的,回到现实吧。

> ……只见老太太那里打发人来,说道:"老太太说了,叫二爷明儿不用上学去呢。明儿请了姨太太来给他解闷,只怕姑娘们都来家里的。史姑娘、邢姑娘、李姑娘们都请了,明儿来赴什么'消寒会'呢。"

佛说,别一个劲迷在文字里("明儿不用上学"),不妨暂时放一放,回到生活,跟众生打交道体会人情("请了姨太太"来"解闷","姑娘们都来家里"),回到穿衣吃饭、知冷着热("消寒会")这些俗事上来。

佛的意思,你为什么觉得寒冷?觉得寒冷想要温暖,那个知冷知热的能知之体,就是你的本性啊。跑到冷热境界里头,是凡夫的迷失;回到知冷知热的能知之性,是菩萨的修行。

宝玉道:"那文王后妃不必说了。那姜后脱簪待罪和齐国的无盐安邦定国,是后妃里头的贤能的。"巧姐听了,答应个"是"。宝玉又道:"若说有才的,是曹大姑……诸人。"巧姐问道:"那贤德的呢?"……巧姐欣然点头。宝玉道:"还有苦的,像那乐昌破镜,……也难尽说。"巧姐听到这些,却默默如有所思。宝玉又讲那曹氏的引刀割鼻及那些守节的,巧姐听着更觉肃敬起来。宝玉恐他不自在,又说:"那些艳的,如王嫱、西子、樊素、小蛮、绛仙、文君、红拂,都是女中的——"尚未说出,贾母见巧姐默然,便说:"够了,不用说了。讲的太多,他那里记得!"

为巧姐讲女传,提示扯俗事莫犯"淫"字。

虽然是俗事,可俗事也有因果啊。佛说,你作为在家人,到什么山唱什么歌,跟俗人扯俗话,无非是些世间善恶、世间愚智、世间苦乐,可是自己要留神,"淫"话是不能说的,荤段子别出口,要当心因果啊。劝人向善总没得错的,可你要是跟人家扯男女、扯是非、扯钱财,把人家的淫心、瞋心、贪心调动起来了,把众生往火坑里引,你自己也会乱的。不是叫你装正经,实在是一条十万伏的高压线啊!

正说到兴头,贾母马上打住,这不是临时读经读到的佛语,是修行人平时经典熏修多了,到了自己失言的时候,马上想到佛经的告诫。

> 凤姐道:"司棋已经出去了,为什么来求我?"那人道:"自从司棋出去,终日啼哭。……那知道司棋这东西胡涂,便一头撞在墙上,把脑袋撞破,鲜血流出,竟碰死了!……他外甥笑道:……岂知他忙着把司棋收拾了,也不啼哭,眼错不见,把带的小刀子往脖子里一抹,也就抹死了。……"

司棋和表哥双亡,提示扯俗事莫犯"瞋"字。

孔子不跟人说怪力乱神,也有这个考虑。

> 冯紫英道:"这四件东西,价儿也不贵,两万银他就卖。母珠一万,鲛绡帐五千,'汉宫春晓'与自鸣钟五千。"贾政道:"那里买的起!"……便与冯紫英道:"这两件东西好可好,就只没银子。我替你留心,有要买的人,我便送信给你去。"

扯俗事莫犯"利"字,哪怕再好的朋友("逢知音")。

纯精神追求的两个人聊天,可以完全不涉及钱。但是现代社会,商业发达,一般人到了一起,难免要聊一聊,最近深圳的房价又暴涨啦,美联储决定不加息啦,某某朋友生意最近不错啦,等等。聊归聊,这里有个东西,修行人暗中的聊天界限,就是,是不是会勾起对方的贪心。聊房价没问题,但是告诉对方,哎呀,你上回卖房亏了,短短三个月少赚一百万,就是问题;聊股市没问题,但是劝说对方,你明天再加仓吧,就是问题;聊某某朋友生意不错没问题,但是暗示对方,你看你就差多了吧,就是问题。等等。

贾政道:"天下事都是一个样的理哟。比如方才那珠子,那颗大的,就像有福气的人似的,那些小的都托赖着他的灵气护庇着。要是那大的没有了,那些小的也就没有收揽了。就像人家儿当头人有了事,骨肉也都分离了,亲戚也都零落了,就是好朋友也都散了。转瞬荣枯,真似春云秋叶一般。你想做官有什么趣儿呢?像雨村算便宜的了。还有我们差不多的人家儿,就是甄家,从前一样功勋,……一会儿抄了原籍的家财,至今杳无音信。不知他近况若何,心下也着实惦记着。"

俗事就是俗事,都是一场空,一场梦,扯归扯,不掉进去。

贾政开始知道自己之"正"的"假"了。

(九) 一个仆人的崛起

第93回,"甄家仆投靠贾家门,水月庵掀翻风月案",讲述了一个仆人的崛起。这个仆人,叫"包勇"。"包勇"不是"假勇",不是"小勇",是浑然一体的大勇。

"甄家仆投靠贾家门",这是勇气的入住,信心的入住;"水月庵掀翻风月案",这是对以往仆人生涯的否定。

在禅门里,做不得主,被境界牵着跑,被文字牵着跑,就是仆人;敢于承当,一切时不迷,就是主人。

佛教说,每个众生本来都是主人,只因为他有了爱恨取舍,就成了情绪的仆人,所爱恨对象的仆人。

《妙法莲华经》讲了一个故事,来比喻佛对众生的慈悲引导。说是有个富豪,他只有一个儿子,但这个儿子从小就离家出走了,一直在外国流浪,到处做临时工,过着贫穷无依的生活,富豪打听不到他的下落。流浪了五十多年,儿子不知不觉离本国越来越近,最后回到了他家所在的城市。有一天,儿子又出来找活干,来到了富豪家,往里一看,只见富豪在大厅里坐在上座,左右围绕着各界名流,大家穿的、用的都是第一等华贵。看到这个场面,儿子吓一跳,我怎么来到王公家里了,快点离开吧,要不然他们逼着我做苦力就惨了,还不如回到底层找点活干,虽然钱少,但是轻松一点。他探头看的时候,富豪已经认出他了,喜出望外,但还没来得及喊他,他就走了,富豪赶紧派人去追,把他带回来,他以为富豪是要害他,当场就吓昏过去了。富豪一想,不行啊,这孩子多年来,已经习惯了卑贱的身份,即使现在告诉他真相,他也不会相信。于是就跟这孩子说,对不起,我们认错人了,你只管走吧。过了几天,富豪派了两个人,都很像底层人,被生活压弯了腰的那种,叫他们去跟儿子说,那个富豪家里现在需要雇人长期打扫厕所,比你干临时工强,你干不干。儿子一听,这事当然可以,于是就来了。儿子在那掏粪,父亲在远处看着感叹,找机会去劝儿子说,你只管好好干,我会提高你的待遇的。就这样留住了儿子,在他家里干了二十年底层工作,这期间,他还给儿子取了个新名字,叫"儿",但儿子没有发觉,还以为是在人家家里。等儿子在这家里已经全面适应之后,富豪又委托他管财务,他做得很好,但刚开始的时候,还是觉得自己卑贱,从豪华库房一下班,又缩到厕所边上的陋室里了。这样做了很久的财务,他才习惯自己的白领地位,能力也越来越强。富豪临终,大家都围在旁边,富豪当众宣布,这个人是我的亲生儿子,小时候离家出走,如何如何。这儿子一听,啊,原来这个家本来就是我的啊,父亲真是太慈悲了,太辛苦了,百感交集啊!

《妙法莲华经》的故事,也是在讲一个仆人的崛起之路。

> 却说冯紫英去后,贾政叫门上的人来吩咐道:"今儿临安伯那里来请吃酒,知道是什么事?"门上的人道:"奴才曾问过,并没有什么喜庆事,不过南安王府里到了一班小戏子,都说是个名班,伯爷高兴,唱两天戏,请相好的老爷们瞧瞧,热闹热闹。大约不用送礼的。"
>
> ……贾政说:"你们是郝家庄的?"两个答应了一声。……这里贾琏便叫那管租的人道:"说你的。"那人说道:"十月里的租子,奴才已经赶上来了。原是明儿可到,谁知京外拿车,把车上的东西不由分说都掀在地下。……"贾琏听了,骂道:"这个还了得!"立刻写了一个帖儿,叫家人:"拿去向拿车的衙门里要车去,并车上东西。若少了一件,是不依的!快叫周瑞。"周瑞不在家,又叫旺儿。旺儿晌午出去了,还没有回来。贾琏道:"这些忘八旦的,一个都不在家!他们成年家吃粮不管事!"

"郝家庄",就是"好家庄"。家庄虽好,却没有得力的仆人,本来是合法运营的货车，在城外遭遇衙吏扣车、殴打，贾琏要派人去跟衙门交涉，叫手下的仆人，叫周瑞周瑞不在，叫旺儿旺儿不在，把贾琏气死。改天再去衙门问，原来那些衙吏也是脱岗出去吃黑的，对于衙门头目来说，他也没有得力的下人。

这比喻修行人在关键时刻才发现，平时靠得住的那些心理因素，都不靠谱啊！仗着"周瑞"，人际关系上的融洽，可以跟别人吹吹牛，说，我这人没有别的优点，就是背后没什么人指指点点，但是到了穷困的时候，想找人帮忙，这才发现，能开口的没几个。仗着"旺儿"，就是"来旺"，觉得今天我还行，相信明天会更好，盲目乐观，结果每一次到了明天就发现，还是跟昨天一样，说不定比昨天还差些。有人听算命的说四十岁以后发达，他就满心期望，就是心里有了"来旺"这个仆人，等他四十岁以后做了大官，才发现，当年期待的"发达"，钱和地位倒是有了，可是更多的苦水也来了，没有自由了，没有朋友了，没有闲暇了，天天像演戏一样，好没意思，穷人想不通他为什么忧郁，他也想不通穷人为什么忧郁。

关键时刻，心里那些原本指望的因素，都指望不上了，这才发现，我以前觉得仗着这些心理因素，可以心安理得，原来都是"临安"啊，我就是"临安伯"啊，临时安了一下而已，不是真正的安顿，只是一种境界，而境界都是会变的，阴极生阳阳极生阴，今天越安，明天越乱。

这就是甄家推荐一个得力仆人包勇入住的背景。

曹雪芹说，只有自信、自强才是王道。

这个自信，不是"旺儿"所比喻的依仗着"势"所带来的盲目乐观，而是经过多年探索，终于明理之后的自信。

临安伯过来留道:"天色尚早。听见说琪官儿还有一出《占花魁》,他们顶好的首戏。"宝玉听了,巴不得贾赦不走。于是贾赦又坐了一会。果然蒋玉函扮了秦小官伏侍花魁醉后神情,……宝玉这时不看花魁,只把两只眼睛独射在秦小官身上。更加蒋玉函声音响亮,口齿清楚,按腔落板,宝玉的神魂都唱的飘荡了。直等这出戏煞场后,更知蒋玉函极是情种,非寻常脚色可比。因想着:"《乐记》上说的是:'情动于中,故形于声;声成文谓之音。'所以知声,知音,知乐,有许多讲究。声音之原,不可不察。诗词一道,但能传情,不能入骨,自后想要讲究讲究音律。……"

《占花魁》,说的是卖油郎秦钟,跟一个妓院红人之间的感情故事。曹雪芹安排这出戏,只为了字面上扯圆(字面上当年秦钟、蒋玉函、宝玉都是好朋友),所以他也没有明确点出秦钟的名字。

宝玉欣赏琪官的神采,然后又结合《乐记》,感叹以前学习诗词,光是"传情","不能入骨",比喻反思以前在那些心理因素上耽误了太久,流于肤浅,原来人可以有一种力量,可以具有强大的爆发力、穿透力、感染力。

这种力,在佛教里叫"大雄大力"。怎么来的呢?从"将玉函"来。"意"不再胡乱攀缘了,力量就出来了。从"大雄大力"等而下之,就是咱们通常能理解的、几千年儒门中人一直在做的、曾国藩所明确提倡的"慎独"之力,他临死的时候告诉子孙,只有慎独,才能问心无愧、光明磊落地做事,这可是他多年的人生经验高度总结啊。类似的,像运动员,平时胡来一点也许没人说他,但临上赛场的前一天,他必须吃好喝好休息好,这也是"将玉函",为的,还是那个力。再等而下之的,就是逛街的时候可以体会体会,出门的时候兴高采烈,浑身都是劲儿,到了街上太好玩了,左看右看动心多了,就累得很快。逛街的累,其实不是身体累,而是心累。逛书店也一样,走马观花就累得快,索性拿起一本沉浸其中,比如您正在看这本《禅解红楼梦》,看两个小时也不一定累。

过不几时,忽见有一个人,头上戴着毡帽,身上穿着一身青布衣裳,脚下穿着一双撒鞋,走到门上,向众人作了个揖。

包勇来了。

头上毡帽是圆的,比喻明理;一身青色,比喻浑身都是胆,胆五行属木,对应青色;脚下撒鞋,"撒"就是洒,全放开的,不畏手畏脚。

包勇道:"小的本不敢说:我们老爷只是太好了,一味的真心待人,反倒招出事来。"贾政道:"真心是最好的了。"包勇道:"因为太真了,人人都不喜欢,讨人厌烦是有的。"贾政笑了一笑道:"既这样,皇天自然不负他的。"

包勇说,心直会得罪人。贾政说,怕什么,苍天在上。

贾政接来看时,上面写着:

西贝草斤年纪轻,水月庵里管尼僧。

一个男人多少女,窝娼聚赌是陶情。

▌禅解红楼梦

不肖子弟来办事,荣国府内好声名!

"假勤"东窗事发,原来是打着佛教的招牌,天天在那胡作非为(比喻乱打妄想)。接下来,贾琏把这个事给处理了,王夫人吩咐,除了祭祀喜庆,贾芹无事不要进来。

这个情节的喻意,前面都解释过了。补充一点,为什么说"假勤"是仆人生涯呢?迷在"修行"里,不懂得佛从不说法,不懂得本无可修,所以还是做不得主,成了"法"的仆人。有人说,那我干脆一步到位,什么都不修,保持凡夫现状,直接做主人,行吗?打个未必恰当的比方,做官的人,不经过基层锻炼、中层锻炼,直接要做朝廷大员,您觉得可行吗?

在《大般涅槃经》里,佛称赞了一些菩萨"具足多闻"的情形,然后说,"若知如来常不说法,亦名菩萨具足多闻。何以故?法无性故。如来虽说一切诸法,常无所说",后来六祖也说,"但信佛无言,莲花从口发"。

(十) 玉的丢失

第94回,"宴海棠贾母赏花妖,失宝玉通灵知奇祸",海棠冬天开花,宝玉丢了玉。海棠花是"解语花",冬天里开花,逆天地节气,比喻通达佛门智慧,是超越时空的事情。宝玉丢玉,比喻原先执著的"佛性"概念,被自然而然地淡化了,假的概念淡化,真的东西开始浮现。

> 正说着,只见傅试家两个女人过来请贾母的安,鸳鸯要陪了上去。那两个女人因贾母正睡晌觉,就与鸳鸯说了一声儿回去了。紫鹃问:"这是谁家差来的?"鸳鸯道:"好讨人嫌!家里有了一个女孩儿,长的好些儿,便献宝的似的,……"

上文是对"修行"的反思,这里是对俗情的反思。鸳鸯把"附势"家的人讽刺了一通,比喻对以前俗缘牵扯的反省。

不落圣,不落凡,这是禅门风范。

接下来,紫鹃回去的路上,边走边想宝玉的婚姻,黛玉的大事:

> 紫鹃本是想着黛玉,往下一想,连自己也不得主意了,不免神都痴了。要想叫黛玉不用瞎操心呢,又恐怕他烦恼;要是看着他这样,又可怜见儿的。左思右想,一时烦躁起来,自己啐自己道:"你替人耽什么忧!就是林姑娘真配了宝玉,他的那性情儿也是难伏侍的。宝玉性情虽好,又是贪多嚼不烂的。我倒劝人不必瞎操心,我自己才是瞎操心呢!从今以后,我尽我的心伏侍姑娘,其余的事全不管!"这么一想,心里倒觉清净。

紫鹃说,打妄想就是打妄想,都是在虚妄里瞎计较一场,我啊,默然如此行去,这世界本来就是这么简单!

> 大家说笑了一回,讲究这花开得古怪。……探春虽不言语,心里想道:"必非好兆:大凡顺者昌,逆者亡。草木知运,不时而发,必是妖孽。"但只不好说出来。独有黛玉听说是喜事,心里触动,便高兴说道:……贾母王夫人听了喜欢,便说:"林姑娘比方得有理,很有意思。"

探春比喻读世俗的书,所以这里她根据世俗知见,认为"解语花"逆时而开,必是妖孽。黛玉比喻修行人所理解的佛法,经常比喻佛经,所以她认为是喜事。佛赞叹黛玉说,你解的对。

> 宝玉看见贾母喜欢,更是兴头,因想起:"晴雯死的那年,海棠死的;今日海棠复荣,我们院内这些人,自然都好,但是晴雯不能像花的死而复生了!"顿觉转喜为悲。忽又想起前日巧姐提凤姐要把五儿补入,"或此花为他而开,也未可知。"却又转悲为喜,依旧说笑。

宝玉解的也对。大妄想死,解语花死;觉花要开,解语花开。
当然了,这次开的只是花骨朵。

> 王夫人见众人都有惊惶之色,才信方才听见的话,便道:"那块玉真丢了么?"众人都不敢作声。

在王夫人来之前，李纨等人已经把大观园搜了个遍，甚至由李纨出主意，从主子到丫鬟都脱衣搜身，也没有找到那块玉，比喻佛性是无形的、无住的，在哪个妄想里找，都不可能找到它。

佛性不在某个妄想里，难道在妄想之外吗？也不是。无在无不在。感兴趣的读者，可以再参阅《楞严经》卷四"离即离非，是即非即"的内容。古代有些研究《圣经》的学者，一直无法论证上帝到底住在哪里，无论是科学探测，还是逻辑推理，都没有办法，只好笼统说上帝住在天国，但上帝也在我们心里。

一面林之孝家的进来说道："姑娘们大喜！林之孝测了字，回来说：这玉是丢不了的，将来横竖有人送还来的。"……林之孝家的道："他说：底下'贝'字拆开，不成一个'见'字，可不是不见了？因上头拆了'当'字，叫快到当铺里找去。'赏'字加一'人'字，可不是'偿'字？只要找着当铺就有人，有了人便赎了来：可不是偿还了吗？"……

话说焙茗在门口和小丫头子说宝玉的玉有了，那小丫头急忙回来告诉宝玉。……宝玉不等说完，便道："你快拿三百五百钱去取了来，我们挑着看是不是。"里头袭人便啐道：……

要找到佛性，求助于世俗知见是没有用的。世俗知见，乍一听有道理，也能说得俨然神仙似的，再扯下去，就胡说八道了。再听下去，就要上当受骗了。

妙玉笑了一笑,叫道婆焚香,在箱子里找出沙盘乩架,书了符,命岫烟行礼祝告毕,起来同妙玉扶着乩。不多时,只见那仙疾书道:

噫! 来无迹,去无踪,青埂峰下倚古松。欲追寻,山万重,入我门来一笑逢。

跟上面测字的刘铁嘴相比,妙玉代表的是佛门身份。所以要找到佛性,得求助于三宝才有消息。

妙玉毕竟比喻有为造作,不是彻底的佛门知见,所以她也解不出来。拿回怡红院,众人七嘴八舌,不知道"入我门来"是哪个门,探春甚至说"若是仙家的门,便难入了",比喻世俗知见、妄想是找不到这个门的,都是瞎猜瞎蒙。

"欲追寻,山万重",越找越找不到,千山万水也不行。"入我门来一笑逢",机缘到了,打破哑谜。机关在哪呢? 在"青埂峰下倚古松",以情为界埂,迷在情里,爱恨不休,还是不迷在情里,放开自我执著?"松"是放松、放开,"古松",不是现代的松,不是世俗心灵鸡汤说的放松,不是说到公园活动活动舒散筋骨那个放松,而是三世诸佛从古传下来的放松之道。

王夫人……那日正在纳闷,忽见贾琏进来请安,嘻嘻的笑道:"……舅太爷升了内阁大学士……"王夫人听说,便欢喜非常。

"王子腾"又升官了。"王子腾"的喻意,前面都解释过了。

稍刻,小太监传谕出来,说:"贵娘娘薨逝。"……凤姐胞兄王仁,知道叔叔入了内阁,仍带家眷来京。凤姐心里喜欢,便有些心病,有这些娘家的人,也便撂开,所以身子倒觉得比先好了些。王夫人看见凤姐照旧办事,又把担子卸了一半;又眼见兄弟来京,诸事放心,倒觉安静些。

放开对世间善法的执著。一开始不习惯,慢慢就"比先好了些""安静些"。

"王仁"("亡仁")的到来,是怎么说呢?放开对善的执著,心里不善的东西自然会冒出来,这个时候,是把那些不善的东西干掉,还是觉照它们不管它们,就成了大乘佛法和小乘乃至世间修身学问的分水岭。世间修身学问一般是要干掉它们,就像理学家说的,"存天理,灭人欲",这个"灭"字,充分表达了理学家对心里不善因素的厌恶。问题是,心里的贪瞋痴,本来也是清净佛性的妙用,怎么灭呢,觉得灭掉了,好像干净了,其实是压制住了,即使这辈子压制到死不让它们出头,下辈子恐怕也还是要爆发出来。而且,压制本身,就包含了微细的瞋恨心,不是佛菩萨的无分别心,讨厌自己的恶,那么见到别人的恶自然也很难发自内心地宽容,这就跟"仁"有差距了。

想来宝玉趁此机会竟可与姊妹们天天畅乐,不料他自失了玉后,终日懒怠走动,说话也胡涂了。并贾母等出门回来,有人叫他去请安,便去;没人叫他,他也不动。袭人等怀着鬼胎,又不敢去招惹他,恐他生气。每天茶饭,端到面前便吃,不来也不要。

别以为宝玉糊涂,人家在用功呢。

用什么功呢?训练无分别。他代表修行人的"意",对善也不攀了,对恶也不攀了,也不思考什么东西了,现前的知道现前,不现前的也不去找,所以说"有人叫他去请安,便去;没人叫他,他也不动","端到面前便吃,不来也不要"。

有些公案,也谈到了类似的功夫。赵州说:"你若一生不离丛林,不语五年十载,无人唤你作哑汉,已后佛也不奈你何。你若不信,截取老僧头去。"这一招有点狠,叫人住在庙里,五年十年不说话。要搁一般人,别说五年十年,五天不说话都难受死了。憋住不说,就是管好这张嘴,管住心不攀缘,为什么呢?嘴巴无非是心的流露。庞居士说,"眼见如盲,口说如哑",也是对无分别心的一种表述。

袭人担心宝玉是病了,去找紫鹃、黛玉、探春、宝钗来开导宝玉,谁知她们都不来,这都是宝玉用功的细节,咱们别被字面骗了。既然是用功,解读起来也没有办法多说,继续看:

贾母便叫人:"将宝玉动用之物,都搬到我那里去。只派袭人秋纹跟过来,余者仍留园内看屋子。"……贾母道:"什么福气!不过我屋里干净些,经卷也多,都可以念念定定心神。你问宝玉好不好。"那宝玉见问,只是笑。

到了紧要关头,只看点佛经,别的什么文字、妄想都扔一边。所以贾母叫宝玉、袭人、秋纹三个人搬出大观园,去跟她住。

　　为什么要看佛经呢?佛经是任何时候都离不得的,修行路上岔路多,成佛之前看,成佛之后继续念。成佛了念什么经?成佛了之后,一开口就是佛经嘛。

　　为了提防各种岔路,佛在《楞严经》里,还专门传授了楞严咒,告诉大家,这个咒有无量无边的好处,其中一条,是可以确保你不会走上岔路,直至大彻大悟。

　　贾母说"我屋里干净些,经卷也多",这是小说里,她第一次承认自己就是佛的喻象。

　　　过了些时,竟有人到荣府门上,口称送玉来的。……凤姐告诉道:"你的玉有了。"宝玉睡眼朦胧,接在手里也没瞧,便往地下一摔,道:"你们又来哄我了!"说着,只是冷笑。

　　有人送了块假玉,外表跟真的一样,只是没有宝色,有些暗淡,大家都差一点被骗了。交给宝玉,他看都不看就扔了。这比喻修行路上岔路多,一不小心就认假为真了。

　　曹雪芹是多少辈子善根修出来的,所以遇到这些岔路,没有认假为真。可是古往今来,认假为真的据说就太多了,有点光影门头,就觉得自己开悟了,觉得自己见性了。宋朝以前的公案,找不到哪个禅宗祖师标榜自己有什么特殊之处,或者标榜自己看到了什么奇特景象。

（十一）不著佛求，不著法求

黄檗禅师有个公案，说唐宣宗还在做沙弥的时候（当时宫廷斗争很厉害），问黄檗："不著佛求，不著法求，不著僧求，长老礼拜当何所求？"《维摩诘经》说"夫求法者，不著佛求，不著法求，不著众求"，不往"圣"那边跑，有求皆苦，那么老和尚您拜佛的时候是求什么呢？黄檗说："不著佛求，不著法求，不著僧求，常礼如是事。"沙弥又问："用礼何为？"明白道理就行了，也用不着磕头呀。话刚落音，黄檗甩手就给他一个巴掌。他不服，就说，太粗鲁了。黄檗说，这里是什么地方，说粗说细的！又给他一个巴掌。两巴掌下来，唐宣宗大概也该知道了，磕头不细，巴掌不粗。

第96回"瞒消息凤姐设奇谋，泄机关颦儿迷本性"，第97回"林黛玉焚稿断痴情，薛宝钗出闺成大礼"，第98回"苦绛珠魂归离恨天，病神瑛泪洒相思地"，都是集中围绕"不著佛求，不著法求"所下的功夫。

又加贾琏打听明白了，来说道："舅太爷是赶路劳乏，偶然感冒风寒。到了十里屯地方，延医调治，无奈这个地方没有名医，误用了药，一剂就死了。但不知家眷可到了那里没有。"

"王子腾"死了。我不要菩萨的标签了,"大菩萨""法王子"这些头衔不追求了。

十里屯,就是十字路口,上通佛界,下通恶道,左右通人天,在这个地方死,就是哪都不去了,就是菩萨的"悲不入涅槃,智不住三有"精神。"里""屯"都有停住下来的意思。

> 凤姐道:"依我想,这件事,只有一个'掉包儿'的法子。"贾母道:"怎么'掉包儿'?"凤姐道:"如今不管宝兄弟明白不明白,大家吵嚷起来,说是老爷做主,将林姑娘配了他了,瞧他的神情儿怎么样。要是他全不管,这个包儿也就不用掉了;若是他有些喜欢的意思,这事却要大费周折呢!"……
>
> 正说间,丫头传进话来,说:"琏二爷回来了。"……贾琏请了安,将到十里屯料理王子腾的丧事的话说了一遍,便说:"有恩旨赏了内阁的职衔,谥了文勤公,……"

要娶薛宝钗,先骗宝玉说娶的是林黛玉,这就是回目说的"瞒消息凤姐设奇谋"。修行人无量劫来求佛求法,现在要"不著佛求,不著法求",这个弯拐得很大,一时转不过来,怎么办呢?只好哄着自己,我这不正是为了真正的佛法吗?

而且,我"不著佛求,不著法求",不是凡夫的诽谤三宝、造下无边恶业,我是为了究竟解脱,然后说法无量,度无量众生啊!所以大家正在商量、犯难的时候,"贾琏"回来了,报告了王子腾谥为"文勤公"的消息,帮助大家结束进一步的讨论,这个事就这么定下来了。

"文",就是讲经说法,释迦牟尼佛也被称为"释迦文佛"。"勤",就是生生世世度人,没有休息。"公",就是无我。

王子腾死了,这边死心了;谥为"文勤公",接下来是生生世世无休无止的度人事业。

这也就是暂时的权宜之计,先哄一哄自己,还有"度人"的概念、"众生"的概念。

那丫头道:"为什么呢?就是为我们宝二爷娶宝姑娘的事情。"黛玉听了这句话,如同一个疾雷,心头乱跳。略定了定神,便叫这丫头:"你跟了我这里来。"那丫头跟着黛玉到那畸角儿上葬桃花的去处。

"畸角",不通;"葬桃花的去处",埋葬一切痴心妄想的地方。

黛玉自己坐下,却也瞅着宝玉笑。两个人也不问好,也不说话,也无推让,只管对着脸傻笑起来。

无心人对无心人,没话说。

凤姐笑道:"给你娶林妹妹过来,好不好?"宝玉却大笑起来。……宝玉说道:"我有一个心,前儿已交给林妹妹了。他要过来,横竖给我带来,还放在我肚子里头。"

宝玉说,我要把往外求法的那颗心收回来。

这里王夫人叫了凤姐命人将过礼的物件都送与贾母过目,并叫袭人告诉宝玉。那宝玉又嘻嘻的笑道:"这里送到园里,回来园里又送到这里,咱们的人送,咱们的人收,何苦来呢?"贾母王夫人听了,都喜欢道:"说他胡涂,他今日怎么这么明白呢?"

本来就不糊涂,大家被字面骗了而已。宝玉说,天下本来是一家,什么来来往往、得得失失,有来有往吗,有得有失吗?

楚王丢了一张弓,手下要出去找。楚王说,不用了,楚国的人丢了东西,楚国的人拣去了,如此而已。孔子听说了,就说,把"楚国"去掉就更好了。老子听说了,就说,把"人"进一步去掉就更好了。古人编这个故事,也就是个调侃,好像孔子老子天天都闲得没事干似的。

黛玉这才将方才的绢子拿在手中,瞅着那火,点点头儿,往上一撂,……回手又把那诗稿拿起来,瞧了瞧,又撂下了。紫鹃怕他也要烧,连忙将身倚住黛玉,腾出手来拿时,黛玉又早拾起,撂在火上。

这就是回目说的"林黛玉焚稿断痴情",不死在法执里。

紫鹃出手来拦,她谐音"字卷",没拦住。这个可以参考德山悟道因缘。

德山悟道以后,说了一句话:"从今向去,更不疑天下老和尚舌头也!"第二天,他把以前写的《青龙疏钞》,厚厚的一堆文稿,多少年心血凝聚的,曾经引以为豪的,堆在法堂前面,举着火对大家说:"穷诸玄辩,若一毫置于太虚;竭世枢机,似一滴投于巨壑。"一把火烧了。

紫鹃没拦住,其中所喻的意思,不妨留心德山说的"不疑天下老和尚舌头",别光顾着看后面的热闹。

正在那里徘徊瞻顾,看见墨雨飞跑,紫鹃便叫住他。……墨雨仍旧飞跑去了。

"墨雨"跟书呆子气有关。这是他在小说里最后一次出场,这一"飞跑去了",从此不见踪影。

原来雪雁因这几日黛玉嫌他小孩子家懂得什么,便也把心冷淡了;况且听是老太太和二奶奶叫,也不敢不去,连忙收拾了头。平儿叫他换了新鲜衣服,跟着林家的去了。

雪雁谐音"学言",是黛玉从南边带来的贴身丫鬟,平时伺候得好好的,偏这几天"把心冷淡了",并顺势离开黛玉,再过段时间,就打发出去嫁人了,这都是作者的苦心安排。

回家,宝玉越加沉重,次日,连起坐都不能了,日重一日,甚至汤水不进。薛姨妈等忙了手脚,各处遍请名医,皆不识病源。只有城外破寺中住着个穷医,姓毕,别号知庵的,诊得病源是悲喜激射,冷暖失调,饮食失时,忧忿滞中,正气壅闭:此内伤外感之症。于是度量用药。至晚服了,二更后,果然省些人事,便要喝水。

"毕知庵",就是"毕知俺",来自一个破寺,身无分文,这是谁呢?就是贫僧。谁是贫僧?佛陀、大菩萨,都是身无分文的贫僧,因为"无我"嘛。

关键时刻,还是佛究竟知道我,所以叫"毕知俺"。"毕",就是究竟、彻底。

不是林黛玉死了,墨雨跑了,雪雁离开林黛玉了吗?怎么"毕知俺"又来救我了?抛开三宝加持的因素不说,即使曹雪芹这时候还捧佛经,您觉得他是在看经呢,还是没有看经呢?

修行这事,离了三宝的加持、护念,根本没法玩。即便是孔子那时候没有佛教传进来,他不也是尊敬鬼神,承认有梦见周公吗?假如他只是偶然梦见一两次,那倒也罢了,问题是,他年老体衰梦不到周公了,居然感觉很遗憾,说明了什么呢?根据很多佛经上的说法,且不说三宝加持,即使是天神,也都不可思议,很多天人是菩萨示现的,比如《华严经》里就说了很多,一开头的"世主妙严品",就列举了种种天王的不可思议境界。《华严经》卷五十八,"菩萨摩诃萨有十种修行法",其中一条,就是"常为诸天之所觉悟修行法"。

宝钗听了这话,便又说道:"实告诉你说罢:那两日你不知人事的时候,林妹妹已经亡故了。"宝玉忽然坐起,大声诧异道:"果真死了吗?"……宝玉听了,不禁放声大哭,倒在床上,忽然眼前漆黑,辨不出方向,心中正自恍惚,只见眼前好像有人走来。宝玉茫然问道:"借问此是何处?"那人道:"此是阴司泉路。你寿未终,何故至此?"……那人冷笑道:"林黛玉生不同人,死不同鬼,无魂无魄,何处寻访?凡人魂魄,聚而成形,散而为气,生前聚之,死则散焉。常人尚无可寻访,何况林黛玉呢?汝快回去罢。"宝玉听了,呆了半晌,道:"既云死者,散也,又如何有这个'阴司'呢?"那人冷笑道:"那'阴司',说有便有,说无就无,皆为世俗溺于生死之说,设言以警世。便道上天深怒愚人;或不守分安常;或生禄未终,自行夭折;或嗜淫欲,尚气逞凶,无故自殒者。特设此地狱,囚其魂魄,受无边的苦,以偿生前之罪。汝寻黛玉,是无故自陷也。且黛玉已归太虚幻境,汝若有心寻访,潜心修养,自然有时相见;如不安生,即以自行夭折之罪,囚禁阴司,除父母之外,图一见黛玉,终不能矣。"那人说毕,袖中取出一石,向宝玉心口掷来。

那人说的地狱情况,可以参见《地藏经》,也可以参见《楞严经》卷八"造十习因,受六交报"的内容。《楞严经》里,阿难问佛:"此诸地狱为有定处?为复自然彼彼发业各各私受?"地狱这种东西,到底是客观存在于太阳系的某个地理位置呢,还是众生因为自己的恶业而自然显现给他的境界呢?佛解释了许多,总结说,"皆是众生迷妄所造","妄想发生,非本来有","此等亦皆自虚妄业之所招引。若悟菩提,则此妄缘,本无所有","菩提心中,皆为浮虚妄想凝结"。所以那人说"说有便有,说无就无",下个死结论,说地狱一定有,或者地狱一定无，都不究竟。

那人是谁呢？可能是佛菩萨示现，也可能是作者的灵光一现。他能把地狱情况说得如此透彻，对于林黛玉也说得非常清楚，告诉宝玉"潜心修养，自然有时相见"，显然不是一般的阴司中人。

宝玉为什么要演这么一出呢？这是提醒，解脱不要寄望于死后。曹雪芹那个时代，大约"中阴解脱""中阴自救"之类的说法已经有一定流行了，所以他写这一段，提醒修行人小心。"中阴解脱""中阴自救"有没有问题呢？没有问题。那问题在哪呢？问题在于那是迫不得已的办法，人已经死了，这时候不走中阴解脱路线好像没有办法了，所以不能盲目寄望。况且，到底有没有谁是在中阴身状态下悟道解脱的，无从查考。

> 当时黛玉气绝，正是宝玉娶宝钗的这个时辰。……一时，大家痛哭了一阵，只听得远远一阵音乐之声，侧耳一听，却又没有了。探春、李纨走出院外再听时，惟有竹梢风动，月影移墙，好不凄凉冷淡！

这里的"音乐"，是庆贺之意。虽说可喜，但要执著，又成魔障了，所以"侧耳一听，却又没有了"。

> 却说宝玉虽然病好，宝钗有时高兴，翻书观看，谈论起来，宝玉所有常见的，尚可记忆，若论灵机儿，大不似先，连他自己也不解。宝钗明知是"通灵"失去，所以如此。倒是袭人时常说他："你为什么把从前的灵机儿都没有了？倒是忘了旧毛病也好，怎么脾气还照旧，独道

理上更胡涂了呢?"宝玉听了,并不生气,反是嘻嘻的笑。

以前的"灵机儿",是出于"我懂""我能"。现在"更胡涂了",是因为敢于承认"我不懂""我不能"。前文讨论过《庄子》里面啮缺问王倪的典故,都是说这个原理。

知道自己的不知,这正是知;不知道自己的不知,才是愚痴。佛陀称为"正遍知",跟《圣经》里面说的上帝的"全知全能",是有区别的。关于"正遍知"的情况,可以参考僧肇的《般若无知论》。《圣经》说上帝"全知全能",有没有错呢?虽然表述上容易误解,但也没有错,只要你知道上帝是如来藏的代名词就行了。

况且亲戚姊妹们:为宝琴已回到薛姨妈那边去了。史湘云因史侯回京,也接了家去了,……所以园内的只有李纨、探春、惜春了。

妄想越来越少。

拾伍

一系列检讨

当年石头降生,为的是修成圆觉,只通内学不通外务,怎么行呢?。第99回,「守官箴恶奴同破例,阅邸报老舅自担惊」,我自己守着原则,这是「守官箴」；;但是外界的因缘极其复杂,我不能以不变应万变,最后只好有所妥协,这是「恶奴同破例」。尽管如此,世情险恶,不能不战战兢兢如履薄冰,这是「阅邸报老舅自担惊」。

（一）学会妥协

当年石头降生，为的是修成圆觉，只通内学不通外务，怎么行呢？第99回，"守官箴恶奴同破例，阅邸报老舅自担惊"，我心里妄想越来越少，这是内在的，但出来应酬世间的东西，还是有一些不通。我自己守着原则，这是"守官箴"；但是外界的因缘极其复杂，我不能以不变应万变，最后只好有所妥协，这是"恶奴同破例"。尽管如此，世情险恶，不能不战战兢兢如履薄冰，这是"阅邸报老舅自担惊"。

那些家人，跟了这位老爷，在都中一无出息，好容易盼到主人放了外任，便在京指着在外发财的名儿向人借贷做衣裳，装体面，心里想着到了任，银钱是容易的了。不想这位老爷呆性发作，认真要查办起来，州县馈送，一概不受。

贾政出京，做了外任的官，负责江西的粮道漕运。粮道，就是吃饭的事业；漕运，就是流通无碍；所以粮道漕运，就代表了修行人的外务，也就是在世间的生存能力。

贾政在这里表现出来的，是固执不通，弄得下面的人捞不到好处，怨声载道，身边伺候的长随们纷纷离去。

那些长随怨声载道而去，只剩下些家人，又商议道："他们可去的去了，我们去不了的，到底想个法儿才好。"内中有一个管门的叫李十儿，便说："你们这些没能耐的东西着什么急呢！我见这'长'字号儿的在这里，不犯给他出头。如今都饿跑了，瞧瞧十太爷的本领，少不得本主儿依我！只是要你们齐心打伙儿弄几个钱，回家受用；若不随我，我也不管了，横竖拼得过你们。"

李十儿的"十"，就是没有原则，投机取巧，四面八方哪方有利奔哪方。"长字号的"，就是老成持重，有原则。所以李十儿说，"我见这'长'字号儿的在这里，不犯给他出头。如今都饿跑了，瞧瞧十太爷的本领"。

正说着，只见粮房书办走来找周二爷。……李十儿过来拉着书办的手，说："你贵姓啊？"书办道："不敢，我姓詹，单名是个会字。从小儿也在京里混了几年。"

"詹会"就是"沾惠"，职务是"书办"，有一定文化知识的投机者。没文化真可怕,有文化更可怕。

他要来找周二爷,"二"是落在二元对待里,"周"是周圆。方以类聚,物以群分。

接下来,詹会跟李十儿密谋了半夜,第二天试探贾政,挨了骂,第三天,把下面的人串通起来,消极怠工,弄得贾政很为难。

贾政道:"据你一说,是叫我做贪官吗?送了命还不要紧,必定将祖父的功勋抹了才是?"李十儿回禀道:"老爷极圣明的人,没看见旧年犯事的几位老爷吗?这几位都与老爷相好,老爷常说是个做清官的,如今名在那里?现有几位亲戚,老爷向来说他们不好的,如今升的升,迁的迁。只在要做的好就是了。老爷要知道:民也要顾,官也要顾。若是依着老爷,不准州县得一个大钱,外头这些差使谁办?只要老爷外面还是这样清名声原好;里头的委屈,只要奴才办去,关碍不着老爷的。奴才跟主儿一场,到底也要掏出良心来。"贾政被李十儿一番言语,说得心无主见,道:"我是要保性命的!你们闹出来不与我相干!"说着,便踱了进去。

李十儿便自己做起威福,钩连内外一气的哄着贾政办事,反觉得事事周到,件件随心,所以贾政不但不疑,反都相信。便有几处揭报,上司见贾政古朴忠厚,也不查察。惟是幕友们耳目最长,见得如此,得便用言规谏,无奈贾政不信,也有辞去的,也有与贾政相好在内维持的。于是,漕务事毕,尚无陨越。

字面上,曹雪芹这是要教坏后人的节奏。是啊,有些清官没有好下场,反倒有些混饭的庸官甚至贪官混上去了,那贾政还能怎么办呢?只能向现实妥协了!

喻意上,曹雪芹说,不懂得向现实妥协的人,处世是不通的。

贾政妥协了,所以曹雪芹自己通了。"于是,漕务事毕,尚无陨越。"

他这里说的官场规则,只是比喻,因为官场是人情世故最集中的表演舞台,他要拿这个做典型代表。真的官场是不是这样呢?恐怕就很难一概而论了。在官本位的古代,尤其是高度专制的明清两朝,除了明君在位以外,其他时间大约是这样的,真做事的人不一定有好结果,只有会混的才如鱼得水,所以官场就遵循了"劣币驱逐良币"的规则,大家要贪就一起贪,要混就一起混。抗倭大将戚继光,早年恪守清廉家教,在官场上碰了壁,眼见有些正派的同僚也突然坐牢,后来他就行贿受贿,在官场上终于混开了,但是,他受的贿不是用于自家,而是用于公务开支以及打点上面的人,他行的贿也不是为了自己的乌纱帽,仅仅是要确保抗倭大业不至于被小人中断,这样的贪官可谓历史上少有,真正是一位廉洁的贪官,一位胸怀万民的贪官,这条路太难走,咱不服不行啊!

一日,在公馆闲坐,见桌上堆着许多邸报。贾政一一看去,见刑部一本:"为报明事,会看得金陵籍行商薛蟠……"贾政便吃惊道:"了不得!已经提本了!"随用心看下去,是薛蟠殴伤张三身死,串嘱尸证,捏供误杀一案。贾政一拍桌道:"完了!"

世路就是这样,动辄得咎,只能问心无愧外加战战兢兢。

薛蟠比喻粗暴习气,当年粗暴习气惹的祸,被人家翻出来了。年轻时干的乱七八糟的事,那时候叫少不更事,现在翻出来了叫丑闻。各大媒体纷纷头版头条,发现了新大陆,简直是要置人于死地的节奏。

庄子也讲过这些人情世故,他的结论也是战战兢兢如履薄冰。《庄子》的第四篇《人间世》,集中讲述了一个修行人如何圆满处世的问题。他先借孔子之口,讲了"心斋"之术,作为处世的内功。颜回要拯救百姓,孔子说你目前段位还不行啊,不过你可以讲讲你所仗的本事都有哪些,颜回就汇报了,汇报一条孔子否定一条,最后孔子告诉他,你要学"心斋"。什么是"心斋"呢,就是禅门讲的"无心","斋"就是干净的意思。讲完内功,庄子开始谈世情的险恶,你自己心里妄想少了,但是你世路还不通啊,怎么通呢,庄子说:首先,你不要考虑个人得失,大不了脑袋掉了碗大一个疤,你问心无愧就行,就像《红楼梦》这里,手下再坏,贾政自己还是正的;其次,你要学会战战兢兢如履薄冰,世上的人不好惹,怠慢不得,就像那养马的,平时把马伺候得跟老祖宗似的,可有一天,他发现马身上有只蝇子在吸血,于是一个巴掌拍过去,蝇子打死了,这本来是好心,可马怎么想呢,马就生气了,于是立即发威,不干了,跑了,庄子说,人情就是这样的翻覆无常啊!再次,你得彻底死了那颗给世界添乱的心,什么建功立业,什么拯救万民,还不是救起一批另杀一批的那种,你光是看见那些建立盖世功勋的人有多牛,救了多少人,哪里知道,不出来抛头露面的那些高人,暗地里救的人有多少,说白了,你还是自私在作怪,不过是要打着冠冕堂皇的旗号,满足你自己的权力欲望、支配欲望,把小时候的自卑彻底发泄出来。

(二) 对文字的反思

第 100 回,"破好事香菱结深恨,悲远嫁宝玉感离情",试图把"金贵"和"蚪"统一起来的妄想,被证明是行不通的;至于世间文字,也可以继续看,但是再不被世间文字所转了。

> 且说薛姨妈……又托人花了好些钱,总不中用,依旧定了个死罪,监着守候秋天大审。薛姨妈又气又疼,日夜啼哭。……薛姨妈哭着说道:"……你还不知道:京里官商的名字已经退了,两处当铺已经给了人家,银子早拿来使完了。……要是这么着,你娘的命可就活不成了!"……正说着,只听见金桂跑来外间屋里哭喊道:……说着,便将头往隔断板上乱撞,撞的披头散发。

配合自大("金贵")的习气,掉在得失里,就痛苦得要命。

> 薛蚪见这话越发邪僻了,打算着要走。金桂也看出来了,那里容得,早已走过来一把拉着。……正闹着,忽听背后一个人叫道:"奶

奶！香菱来了。"把金桂吓了一跳。回头瞧时，却是宝蟾掀着帘子看他二人的光景，一抬头，见香菱从那边来了，赶忙知会金桂。金桂这一惊不小，手已松了。

金桂要勾搭薛蝌，被香菱撞见了，坏了她的好事。"金桂这一惊不小"，类似于第12回，贾瑞正要行淫，"忽然灯光一闪"，都是修行人的突然惊悟。香菱比喻对故乡的迷失，这时候突然意识到，我这是干吗呢，试图把"金贵"和"蝌"统一起来，不还是在外相上转吗，这哪里能回家呢，只能是离家越来越远。

却说赵姨娘听见探春这事，反喜欢起来，心里说道：……一面想着，一面跑到探春那边与他道喜，说：……探春听着毫无道理，只低头作活，一句也不言语。赵姨娘见他不理，气忿忿的自己去了。

探春要嫁的，是"镇海总制"家的。世间文字就是这样，虽然不究竟，但能维持世间的基本运转。设想一下，离开了智慧学问，岂不都成了只有四肢没有大脑的生物；离开了艺术，岂不都成了只知道现实利益的工具；离开了算术，连个房子都造不起来；离开了物理化学，哪有电灯电脑卫星火箭这些工具。只不过，对于究竟解脱来说，世间文字终究是要远离的，所以某些大科学家最后转向了宗教，试图在内心里找出终极答案。

赵姨娘在这里的表现，是曹雪芹提醒，虽然远离，但是不要小瞧了世间文字，更不要摆出高高在上的姿态，奚落世间文字。如来说一切法皆是佛法，

《妙法莲华经》也说"是法住法位,世间相常住",不掉进去,世间法也是佛法。

那雪雁虽是宝玉娶亲这夜出过力的,宝钗见他心地不甚明白,便回了贾母王夫人,将他配了一个小厮,各自过活去了。

不"学言"了。

(三) 对"观心"的反思

第101回"大观园月夜警幽魂,散花寺神签惊异兆",对"观心"也反思了。

却说凤姐……因而走至茶房窗下,听见里面有人嘁嘁喳喳的,又似哭,又似笑,又似议论什么的。凤姐知道不过是家下婆子们又不知搬什么是非,心内大不受用,……。

心本来就是这样的,各种想法来来去去,嘁嘁喳喳的,能理出个什么头绪呢。

凤姐刚举步走了不远,只觉身后咈咈哧哧,似有闻嗅之声,不觉头发森然直竖起来,由不得回头一看,只见黑油油一个东西在后面伸着鼻子闻他呢,那两只眼睛恰似灯光一般。凤姐吓的魂不附体,不觉失声的"咳"了一声,却是一只大狗。

守着个心要观,到了一定的时候,发现困在阴境界里。

观去观来,所观的妄想越来越少,而能观的那个东西,却像狗一样在到处寻,都是自己心里的一场虚妄计著。佛教里有"能"和"所"这一对相互对立的概念,"能"是从我发出来的,"所"是一定的意向对象,这是一对同时存在的概念。当"所"越来越没得可观的时候,这个"能"也就越来越显得多余了,甚至只想保留"能"的话,那个所谓的"能"又成了一个新的"所"。《楞严经》说"元明照生所,所立照性亡",我们本来是明明了了的,因为这个明了功能,真的明了了一些外境之后,就拿这些外境当成了"所",然后相应地就有了"能",觉得自己真的知道了什么似的,其实那个原本的"照性"(真正的知道),已经被我们扔在一旁了,接下来就是在"所"的各种现象里纠缠不已。

禅宗是当下观空,当下没有了"所",自然当下也就没有了"能"。洞山与师伯出去行脚的时候,看见深山小溪里有菜叶子漂下来,知道这里头有人,而且应该是修行人,于是就沿着小溪往里找,溪旁的草很深,很艰难地走了几里路,找着了,是个和尚,很瘦,相貌古怪。洞山他们放下行李,问讯了之后,一番机锋对答,那个和尚都一一拆招,可见是个明白人,于是洞山就问:"和尚得何道理,便住此山?"和尚说:"我见两个泥牛斗入海,直至于今绝消息。"包括能所在内,二元对待一齐消。

《红楼梦》这里,拿狗比喻越来越显得多余的"能"。妄想一大堆的时候,有个观,那是看家狗;妄想越来越少的时候,还要去观,就成了"寻",成了一条到处乱嗅的狗,甚至连王熙凤都要被吓到。

> 凤姐此时肉跳心惊,急急的向秋爽斋来,将已来至门口,方转过山子,只见迎面有一个人影儿一晃。凤姐心中疑惑,还想着必是那一房的丫头,便问:"是谁?"问了两声,并没有人出来,早已神魂飘荡了。恍恍惚惚的似乎背后有人说道:"婶娘,连我也不认得了?"……凤姐听了,此时方想起来是贾蓉的先妻秦氏,便说道:"嗳呀!你是死了的人哪,怎么跑到这里来了呢?"

困在阴境界里,所以有这段鬼魂的情节。

境界有阴有阳,阳是喜乐的、开放的,阴是寂寞的、封闭的。死守个大观园,有心可观,观到后来,就成了阴境界。

这些东西并不神秘,大家每天都在阴阳境界里来回切换。跟朋友开心聊天,这是阳境界;回去了一想,哎呀,我得收一收心了,泡上茶,闭目养养,这是阴境界;喝了一会儿茶,小孩嚷着要一起下棋,又回到阳境界;等等。

小说只是拿鬼魂满足一下情节需要,但是,有没有鬼魂这回事呢?量子力学的发展,或许将有助于回答这个问题。风水上对于有些"鬼屋",认为有理气上的原因,尤其是"骑缝向",据说最容易招来鬼魂,所以中国的寺庙道观,有些专门立骑缝向,大概是出于慈悲,允许那些鬼魂自由进出,以方便他们亲近解脱之法,结束流浪生涯,往生善处。

  至次日五更,贾琏就起来要往总理内庭都检点太监裘世安家来打听事务,因太早了,见桌上有昨日送来的抄报,便拿起来闲看。……第三件,苏州刺史李孝一本:参劾纵放家奴,倚势凌辱军民,以致因奸不遂,杀死节妇事。凶犯姓时,名福,自称系世袭三等职衔贾范家人。

  "裘世安",就是"求世安",求的不是暂时的安,而是生生世世的安,也就是大解脱。"总理内庭",统筹用心的全局。"都检点",全盘检点。"太监",监控无死角。

  "时福",一时之福,非永久之计。"贾范",假的模式,靠不住。

  检点就是反思,反思去反思来,只求一时之福,有个暂时的心安理得境界,都是靠不住的,焉知今日之福非他日之祸。

  那凤姐刚有要睡之意,只听那边大姐儿哭了,凤姐又将眼睁开。平儿连向那边叫道:……那边李妈从梦中惊醒,听得平儿如此说,心中没好气,狠命的拍了几下,口里嘟嘟囔囔的骂道:"真真的小短命鬼儿!放着尸不挺,三更半夜嚎你娘的丧!"一面说,一面咬牙,便向那孩子身上拧了一把。那孩子哇的一声,大哭起来。凤姐听见,说:"了不得!你听听,他该挫磨孩子了!你过去把那黑心的养汉老婆下死劲的打他几下子,把姐姐抱过来罢。"平儿笑道:"奶奶别生气,

拾伍 一系列检讨

他那里敢挫磨妞儿？只怕是不提防碰了一下子，也是有的。这会子打他几下子没要紧，明儿叫他们背地里嚼舌根，倒说三更半夜的打人了。"

平儿明知道李妈打了孩子，还要护着，这是偏袒吗？不是，比喻对原先"观心"的放开。有什么坏念头，要闹就让它闹吧。

谁知贾琏去迟了，那裘世安已经上朝去了，不遇而回，心中正没好气，进来就问平儿道："他们还没起来呢么？"……贾琏生气，举起碗来，哗啷一声，摔了个粉碎。凤姐惊醒，唬了一身冷汗，……

求不了"世安"，只因为我太要强啊，还想有为，还想造作，还想明天会更好。所以贾琏对凤姐非常生气。

贾琏道："你打量那个王仁吗？是忘了仁义礼智信的那个'忘仁'哪！"凤姐道："这是什么人这么刻薄嘴儿糟塌人！"贾琏道："不是糟塌他呀。今儿索性告诉你，你也该知道知道你那哥哥的好处！到底知道他给他二叔做生日呵！"

王仁的二叔，叫"王子胜"，这就跟"王子腾"大不一样了。人家"王子腾"是走自己的路，让别人去说吧。"王子胜"是边跑自己的路，边留心旁边的人，看看自己是不是第一名。

贾琏把王仁批了一通,凤姐透露王子胜不是东西,矛头都在指向凤姐所喻的要强好胜不仁心理上。

凤姐不等说完,便道:"你提晴雯,可惜了儿的!……那一天,我瞧见厨房里柳家的女人,他女孩儿叫什么五儿,那丫头长的和晴雯脱了个影儿。……不如我就叫他进来。可不知宝二爷愿意不愿意?要想着晴雯,只瞧见这五儿就是了。"宝玉本要走,听见这些话又呆了。袭人道:"为什么不愿意?早就要弄进来的,……"

凤姐说,死了那份将来万众仰望的心,难免心里没着没落的,不如估且安慰一下自己,我是禅门子孙,用这个名份代替一下那个妄想的位置。

这里宝钗穿衣服。凤姐儿看他两口儿这般恩爱缠绵,想起贾琏方才那种光景,甚是伤心,坐不住,……

宝钗道:"他又忘了什么,又叫他回来?"秋纹道:"我叫小丫头问了焙茗,说是'二爷忘了一句话,二爷叫我回来告诉二奶奶:若是去呢,快些来罢;若不去呢,别在风地里站着'。"说的贾母凤姐并地下站着的老婆子丫头都笑了。宝钗的脸上飞红,把秋纹啐了一口,说道:……

宝玉跟宝钗"两口儿这般恩爱缠绵",比喻跟众生亲密无间。

要强的人,把"我"字写得很大,从而也就有不仁的一面,哪里能跟别人亲密无间呢？所以凤姐看看别人，想想自己，惭愧啊！

    只见散花寺的姑子大了来了，给贾母请安，见过了凤姐，坐着吃茶。

"散花"，就是很好看的那朵花要解散了，一场痴心妄想要散了。"大了"，不是"小了"，而是"不了了之"。"不了"，怎么能"了之"呢？直面自己的"不了"，承认自己的"不了"，这才叫"大了"。

"知"也一样。苏格拉底说，我所知道的唯一一件事，就是我一无所知。貌似他好谦虚哦！

    却说凤姐素日最是厌恶这些事，自从昨夜见鬼，心中总只是疑疑惑惑的，如今听了大了这些话，不觉把素日的心性改了一半，已有三分信意，……

修行人不是信佛吗，怎么凤姐"素日最是厌恶这些事"，到现在才"有三分信意"呢？信佛哪有那么容易啊！老太太磕头，求佛保佑全家平安，这是信佛；修行人上香礼拜，求佛加持进步，这也是信佛；经常亲近三宝，看佛经，这也是信佛；开始明白自己原来有自性三宝，这也是信佛；相信自性三宝，再不怀疑，这也是信佛。最后这种信佛，才算是比较究竟的信佛啊。

凤姐专喻要强好胜之心，这正是把佛晾在一边的表现，所以"素日最是厌恶这些事"。这就像儒家的君子、小人的说法，标签不是固定的，可能有时候是君子,有时候是小人。当他是小人的时候,什么道德都扔爪哇国了。

花要散了,所以凤姐"已有三分信意"。

> 大了道:"奶奶又来搬驳了。一个佛爷可有什么凭据呢?就是撒谎,也不过哄一两个人罢咧,难道古往今来多少明白人多被他哄了不成?奶奶只想,惟有佛家香火历来不绝,他到底是祝国裕民,有些灵验,人才信服啊。"

有些读者坚持怀疑佛教,曹雪芹说,请你看看上面这段话。

> 那凤姐儿……于是叩头,拾起一看,只见写着"第三十三签,上上大吉"。大了忙查簿签看时,只见上面写道:"王熙凤衣锦还乡。"……说着,又瞧底下的,写的是:
> 去国离乡二十年,于今衣锦返家园。
> 蜂采百花成蜜后,为谁辛苦为谁甜?
> 行人至,音信迟。讼宜和。婚再议。
> ……宝钗把签帖念了一回,又道:"家中人人都说好的,据我看,这'衣锦还乡'四字里头还有缘故,后来再瞧罢了。"

大概曹雪芹也知道,读者们会很讨厌王熙凤,所以他提醒说,别讨厌她,她也是清净自性的一个显现,也是修行人的一个妙用,用完了回归本位,仍然是清净的。"衣锦还乡",不是狼狈收场,更不是死了拿床芦席一卷扔荒郊野外喂狗。

（四）留心起心动念

第 102 回，"宁国府骨肉病灾祲，大观园符水驱妖孽"，宁国府比喻起心动念，发现起心动念的一些问题，再用有为的方法去调整。

王夫人道："……我见那孩子眉眼儿上头也不是个很安顿的。……我告诉你，不过留点神儿就是了。你们屋里，就是袭人那孩子还可以使得。"宝钗答应了，……

王夫人说，好不容易把晴雯撵走了，又来了个五儿，我看她也有点娇媚，你小心点儿。这是作者对自己起心动念的提醒。

那日，尤氏过来送探春起身，因天晚省得套车，便从前年在园里开通宁府的那个便门里走过去了，觉得凄凉满目，台榭依然，女墙一带都种作园地一般，心中怅然，如有所失。因到家中，便有些身上发热，扎挣一两天，竟躺倒了。

"尤氏"泛喻对异性色相的喜欢。看到"女墙"一带都平为园地了,"如有所失",回家就病了。"女墙"以前热闹,因为对女人有很大兴趣,同时自己又提防着,现在萧条了,因为没那么大兴趣了,也用不着多少提防了。

女墙的萧条,才是尤氏发病的根本原因。不过字面上,曹雪芹不想说得那么直接,禅嘛,滴水不漏才能免吃棒子。

贾蓉请来了毛半仙,捣了半天鬼,又是六爻,又是大六壬,漏洞百出,自相矛盾,果然是捣鬼。六爻那段解说里毛半仙的谬误之处,好多人都看到了,毕竟六爻简单一些,容易学;至于大六壬,好多人不懂,不过也有人在网上推出了那个盘,说是二月辛亥日起的课(根据应该是毛半仙说的"再隔两日,子水官鬼落空"),殊不知这就与上文毛半仙说的"如今子亥之水休囚"矛盾了,试想,亥日水正当令,哪里会休囚呢?

有人据此说,高鹗续书水平不咋地,你看他排个盘都有问题,其实这正是曹雪芹的用意所在,故意卖破绽,叫你留心尤氏发病的真正原因,别掉到"毛半仙"的江湖套路里了。"毛"者,毛手毛脚也;"半仙"者,只知一半也。

大六壬属于一种高级预测学,要死记硬背的东西非常多,有人甚至说比奇门遁甲都难,曹雪芹连这个都能说出许多专业解释,他哪里会犯六爻解说里的那种低级错误呢?只有一种可能:他是故意的。除了提醒读者注意尤氏真正病因以外,大概也想顺道提醒一下,术数预测毕竟是世间之学,充其量能做"半仙",玩玩就算了。

> 过了些时,果然贾珍也病,……贾珍方好,贾蓉等相继而病。如此,接连数月,闹的两府俱怕。

拾伍 一系列检讨

发现起心动念上的一系列问题。

这是修行到现在,进一步追根溯源,从行为到内心,追到对色相的微细执著问题了,都属于用功的微妙细节,如人饮水冷暖自知。

> 贾赦没法,只得请道士到园作法,驱邪逐妖。……本家众人都道拿住妖怪,争着要看,及到跟前,并不见有什么形响。……贾珍等病愈复原,都道法师神力。独有一个小厮笑道:"头里那些响动,我也不知道。就是跟着大老爷进园这一日,明明是个大公野鸡飞过去了。拴儿吓离了眼,说的活像!我们都替他圆了个谎,大老爷就认真起来。倒瞧了个很热闹的坛场!"

这还是作者在故意卖破绽,哪里是捉外在的妖邪,其实就是自己心里有鬼,通过有为的方法调整一下而已。

(五)"金贵"之死

第103回,"施毒计金桂自焚身,昧真禅雨村空遇旧",不再执著"天上天下,唯我独尊",但有为心仍然不死,对于真禅当面错过,继续求。

贾琏道:"太太说的很是。方才我听见参了,吓的了不得,直等打听明白才放心。也愿意老爷做个京官,安安逸逸的做几年,才保得住一辈子的声名。就是老太太知道了,倒也是放心的。只要太太说的宽缓些。"

贾政被参,大家虚惊一场。在乎"保得住一辈子的声名",就是有为心不死,还想继续折腾,这为"昧真禅雨村空遇旧"埋下了伏笔。

这一回要死掉"金贵"的心,但是"金贵"到底怎么死,检讨起来是很复杂的,从糊里糊涂,到内心各种挣扎纠结,再到理出大纲,再到完全清楚。

婆子叹说道:"人再别有急难事。什么好亲好眷,看来也不中用!姨太太不但不肯照应我们,倒骂我胡涂!"薛姨妈听了,又气又急道:……

先是薛姨妈派了个婆子,来跟王夫人报告,绕了半天,王夫人也不清楚怎么回事。

婆子饶舌,比喻对于"金贵"这个心理因素,修行人一开始是糊里糊涂的,也闹不清楚为什么就觉得自己这么牛。"婆子"就是婆婆妈妈,一大堆乱七八糟的道理扯不清楚。

婆子回去跟薛姨妈说王夫人不想过问,把薛姨妈气了个半死,这比喻修行人一开始也想过,我觉得金贵就金贵呗,谁爱看不惯就看不惯,我才不在乎别人寒心不寒心呢。

正说着,只见贾琏来了,给薛姨妈请了安,道了恼,回说:"我婶子知道弟妇死了,问老婆子,再说不明,着急的很,打发我来问个明白,还叫我在这里料理。该怎么样,姨太太只管说了办去。"

不行啊,我还想做众生的依靠呢("琏"是宗庙之器),我还是得了结自己的"金贵"之气。于是,贾琏来了。

宝钗便说:"若把香菱捆了,可不是我们也说是香菱药死的了么?妈妈说这汤是宝蟾做的,就该捆起宝蟾来问他呀。一面就该打发人报夏家去,一面报官才是。"

初步判定,"金贵"之气应该跟"宝禅"的心态有关,所以立即把宝蟾捆了。

那夏家本是买卖人家,如今没了钱,那顾什么脸面,……一直跑到薛家。进门也不搭话,就"儿"一声"肉"一声的闹起。

"夏"就是"瞎"。夏家婆子和他的傻儿子在这里胡搅蛮缠,比喻修行人这时候内心也是一团乱麻,有各种推测、各种挣扎。

金桂的母亲正在撒泼,只见来了一位老爷,几个在头里吆喝,那些人都垂手侍立。金桂的母亲见这个光景,……也便软了些。

初步理出大纲。

只见炕褥底下有一个揉成团的纸包儿。……宝蟾看见道:"可不是有了凭据了！这个纸包儿我认得：头几天耗子闹的慌,奶奶家去找舅爷要的,拿回来搁在首饰匣内。必是香菱看见了,拿来药死奶奶的。……"

"金贵"之气是一种很毒的东西。在佛教里,贪瞋痴被称为三毒,都是从"我"字中来,"金贵"是一种极端的自我心态,所以是最毒的。

金桂的母亲便依着宝蟾的话,取出匣子来,只有几支银簪子。薛姨妈便说:"怎么好些首饰都没有了？"宝钗叫人打开箱柜,俱是空的,……宝蟾见问得紧,又不好胡赖,只得说道:"奶奶自己每每带回家去,我管得么？"

自以为很牛,其实是在白白地消耗福报。表面很傲,内心里都掏空了。就像孔子说的:"如有周公之才之美,使骄且吝,其余不足观也已。"哪怕你有周公那样的才华和地位,一骄傲自大,也就不值一提了,大家照样打心眼里瞧不起你。孔子说的"吝",就是小气,为什么小气呢,太自我了。

宝蟾不待说完便道:"是了！我老实说罢。昨儿奶奶叫我做两碗汤,说是和香菱同喝。我气不过,心里想着：香菱那里配我做汤给他喝呢？我故意的一碗里头多抓了一把盐，记了暗记儿，……我正笑香菱没嘴道儿，那里知道这死鬼奶奶要药香菱，必定趁我不在，将砒霜撒上了，也不知道我换碗——这可就是'天理昭彰，自害自身'了！"于是众人往前后一想，真正一丝不错，便将香菱也放了，扶着他仍旧睡在床上。

水落石出。"金贵"是自己给自己下毒，本来想毒别人，压倒别人，显得比别人强，结果是自己害自己，消耗了福报，耽误了解脱。执著于"天上天下，唯我独尊"，以为这是秘诀，以为这是回到故乡（香菱所喻）的捷径，却没想到故乡没有回成，自己倒作践了一场。

话说这"天上天下，唯我独尊"，佛刚出生就说的八个字，到底有没有问题呢？完全没有问题。这八个字，换个说法，就是"三界唯心"，我所理解的一切，包括我心里理解的环境、我心里理解的众生、我心里理解的知识，全都是我的心所映现出来的，这个道理，就是《大般涅槃经》《楞伽经》《楞严经》《圆觉经》《解深密经》等大乘经典所经常分析的一个重要话题，尤其是《楞伽经》，反复训练"三界唯心"的原理，所以中国早期的禅宗把它列为印心经典。"唯我独尊"的"我"，就是佛性，不是凡夫执著的那个"我"。

且说贾雨村升了京兆府尹，兼管税务。一日，出都查勘开垦地亩，路过知机县，到了急流津，正要渡过彼岸，因待人夫，暂且停轿。只见村旁有一座小庙，墙壁坍颓，露出几株古松，倒也苍老。雨村下轿，闲步进庙，但见庙内神像，金身脱落，殿宇歪斜，旁有断碣，字迹模糊,也看不明白。意欲行至后殿,只见一株翠柏,下荫着一间茅庐,庐中有一个道士,合眼打坐。

"京兆府尹",京城的高级地方长官;"兼管税务",还要考虑钱财事项。雨村本来就比喻功利之心,这下子更忙了,与即将遇到的甄士隐形成强烈反差,所以回目说他"昧真禅"。

"知机县","金贵"之心刚死,正是一个"无我"的禅机,这时候初步领略了一些禅境。"急流津",急流而退的地方,正是选择的重大关头,如果不退,就顺水继续漂。"渡过彼岸",解脱。"待人夫",福德和智慧还不够。"暂且停轿",停下来回光返照。

小庙破旧得要命,真禅不在相上。"字迹模糊,也看不明白",此中有真意,欲辨已忘言。

"意欲行至后殿,只见一株翠柏",不用再往里搞复杂了,就在眼前,现成的,"庭前柏树子",明白吗?"合眼打坐",本来不动。

雨村便道:"本府出都查勘事件,路过此地,见老道静修自得,想来道行深通,意欲冒昧请教。"

开口本府,岂是请教之态;谩呼老道,殊非敬师之仪。

那道人说:"来自有地,去自有方。"雨村知是有些来历的,便长揖请问:"老道从何处焚修,在此结庐?此庙何名?庙中共有几人?

或欲真修,岂无名山？或欲结缘,何不通衢？"

来,就那么来；去,就那么去；万法如是。何待更饶舌,追勘来去处。

那道人微微笑道:"什么'真'？什么'假'？要知道'真'即是'假','假'即是'真'。"

不二。

雨村听见说出"贾"字来,益发无疑；便从新施礼,道:……那道人也站起来回礼,道:"我于蒲团之外,不知天地间尚有何物。适才尊官所言,贫道一概不解。"说毕,依旧坐下。

打那么多妄想,你累不累？

正要下礼,只见从人进来禀说:"天色将晚,快请渡河。"雨村正无主意,那道人道:"请尊官速登彼岸,见面有期,迟则风浪顿起。果蒙不弃,贫道他日尚在渡头候教。"说毕,仍合眼打坐。

父母之恩未报,久远之业未偿。再会。

话说贾雨村刚欲过渡,见有人飞奔而来,跑到跟前,口称:"老爷！方才逛的那庙火起了。"……雨村虽则心里狐疑，究竟是名利关心的人，那肯回去看视，……

略尝禅味，又复火起。

（六）全面检讨心行

第 104 回"醉金刚小鳅生大浪，痴公子余痛触前情"，第 105 回"锦衣军查抄宁国府，骢马使弹劾平安州"，全面检讨心行，试图使自己穷到无立锥之地。第 106 回"王熙凤致祸抱羞惭，贾太君祷天消祸患"，经过一番大检讨，虔诚发愿，愿我生生世世代众生受一切苦，愿一切众生安乐，至于我为自己打的小算盘么，决定扔了。

雨村怒道："这人目无法纪！问他叫什么名字。"那人回道："我叫醉金刚倪二。"雨村听了生气，叫人打这东西，瞧他是金刚不是。手下把倪二按倒，着实的打了几鞭子。倪二负痛，酒醒求饶。

略尝禅味之后，一对境，发现自己又乱了，原来我还差得很远。状态好的时候,我也俨然觉悟的样子,自己觉得也踏实了,仿佛我已是金刚之身;一对境,我这个"金刚"真不靠谱儿。

问题出在哪呢?就出在又起火了。不是人家起火,不是人家放火,是我自己的得失心,或者叫功利心,还很厉害,引发了一系列的贪瞋痴,把世界当真了,所以世界就要玩我了。

> 倪家母女将倪二被贾大人拿去的话说了一遍,"求二爷说个情儿放出来!"贾芸一口应承,……

倪二比喻分别心,这个前面解释过了。分别心加上功利心,困上加困,所以倪二被贾雨村拴着拉回衙门关起来了。

要解困,怎么办呢?修行人首先想到的还是有为法,冒出来的还是偷心,所以倪家母女去求贾芸,贾芸一口应承。

> 一面想着,来到家中,只见倪家母女正等着呢。贾芸无言可支,便说是:……倪家母女听来无法,只得冷笑几声,……

偷心本来就是分别心,怎么能救出倪二呢?

禅门的见地,本来就没有什么分别心、功利心,都是自己贴的标签、玩的概念。分别亦是不分别,功利本来无功利。但作者这个时候显然没有体认到这一点,只是书上看过,事情一来,又忘了,又回到心灵鸡汤那种水缸里按葫芦的路数上了。

倪二回家，他妻女将贾家不肯说情的话说了一遍。倪二正喝着酒，便生气要找贾芸，……倪二道："你们在家里那里知道外头的事？前年我在场儿里碰见了小张，说他女人被贾家占了，他还和我商量，我倒劝着他才压住了。不知道小张如今那里去了，这两年没见。若碰着了他，我倪二太爷出个主意，叫贾二小子死给我瞧瞧！好好的孝敬孝敬我倪二太爷才罢了！"

既然偷心这么扯淡，索性趁着我的分别心，把贾府掀个底朝天，把我的心行里那些旮旯全部清理一遍。

雨村出来，独坐书房，正要细想士隐的话，忽有家人传报说："内廷传旨，交看事件。"

解脱不解脱先放一边，我看看内心里都有些什么鬼。

众人道："本来也巧。怎么一连有这两件事？"贾政道："事倒不奇，倒是都姓贾的不好。算来我们寒族人多，年代久了，各处都有。现在虽没有事，究竟主上记着一个'贾'字就不好。"众人说："真是真，假是假，怕什么？"

我执著于佛经上说的"假"字，却未曾向"真假不二"这个地方仔细用过心。佛说这世界是假的，他老人家只是为了叫我去掉原来的一些执著，等原来

拾伍 一系列检讨

的凡夫见解转得差不多了,他老人家又说,其实这世界也不是假的,他称为"如是",就这样。这样是哪样呢?贴个"假"的标签也不对,贴个"真"的标签也不对,贴什么标签都是我自己闹情绪。他老人家说,这世界是"幻"的,这才是圆满的说法,对于局外人来说是一场梦,对于局内人来说还是真的,这才叫两边不落话柄。

我老是抓住一个"假"字不放,就成了法执,就有了一些抵触情绪、排斥情绪,就不能敞开胸怀接纳这个世界。

至于人家说的"真是真,假是假,怕什么",那是众人之言、凡夫之见啊,掉在真假对立里使劲分别啊,我不就是他们的其中一员吗?

> 众人道:"没听见别的,只有几位侍郎心里不大和睦,内监里头也有些。想来不怕什么,只要嘱咐那边令侄诸事留神就是了。"

虽然我标榜正派,但因为有个"正"的标准,还是会引发一些贪瞋痴。凡夫的见解,是解决贪瞋痴问题(嘱咐那边令侄诸事留神),哪里知道,根子还在我心里有个标准呢?

> 贾政见了宝玉……心甚欢喜,……又见宝钗沉厚更胜先时,兰儿文雅俊秀,便喜形于色。独见环儿仍是先前一样,究不甚钟爱。

我有了标准,就有了爱恨,这不就是传说中的分别心吗?

宝玉出来便轻轻和袭人说,央他把紫鹃叫来,有话问他,……正说着,麝月出来说:"二奶奶说:天已四更了,请二爷进去睡罢。袭人姐姐必是说高了兴了,忘了时候儿了。"

我还想在"字卷"里讨究竟,对文字还是不肯死心。

赵堂官便转过一副脸来,回王爷道:"请爷宣旨意,就好动手。"这些番役都撩衣奋臂,专等旨意。西平王慢慢的说道:"小王奉旨,带领锦衣府赵全来查看贾赦家产。"贾赦等听见,俱俯伏在地。王爷便站在上头说:"有旨意:贾赦交通外官,依势凌弱,辜负朕恩,有忝祖德,着革去世职。钦此。"赵堂官一叠声叫拿下贾赦,其余皆看守。

"赵堂官","照堂官";"赵全","照全"。"锦衣府",最高执法机构,命令不是别人加给我的,是我自己给自己下达的最高通牒。赵堂官毫无情面可言,只因为他的喻意如此。我要拿出个狠心,把心行彻底清理一遍了。

"西平王",五行里面,西方属金,主"义"、主"杀",这位王爷虽然比喻我对自己的狠心,动机却不是自残,而是要"平王",即扫平心地。

此番查抄的重点,是奔着心来的,所以是要查抄宁国府;顺带拜"照全"之功,把行为也检点检点,所以荣国府也跟着遭殃了。

我平时在面对色相的时候,不管他美女也好,大餐也罢,甚至是好玩的电子产品如Ipad、Galaxy之流,都是动心的,都是有贪著的,所以首当其冲,拿下"假色"一干人等,这是罪魁祸首。

  一会子,又有一起人来拦住西平王,回说:"东跨所抄出两箱子房地契,又一箱借票,都是违例取利的。"老赵便说:"好个重利盘剥!很该全抄!请王爷就此坐下,奴才去全抄来,再候定夺罢。"

  我对利益长期以来看不开,好多时候打着学佛的旗号,其实是要满足私欲。不光是要满足私欲,而且我还想一本万利。这个得失心一直盘踞在我的心底,像条眼镜蛇一样。

  里头那些查抄的人,听得北静王到,俱一齐出来。及闻赵堂官走了,大家没趣,只得侍立听候。

  北静王来了,他告诉贾政,贾府的事情,其他的都好办,放高利贷的事情很棘手。
  贾政表示,宁国府的家产全部充公,高利贷的事情也决不隐瞒姑息,比喻利益这块,修行人决定再不为自己考虑。
  "照堂官"照完了,使命完成了,所以他走了。剩下的是行为上怎么办,所以北静王来跟荣国府的贾政对话。"北静"是北方肾水的安静,属于身体方面的,即行为方面的。

  邢夫人也不答言,仍走到贾母那边。见眼前俱是贾政的人,自己夫子被拘,媳妇病危,女儿受苦,现在身无所归,那里止得住悲痛?

"我"没有了根据地,对他人的"刑"又将从何谈起?

到这步田地,无数儒门中人所向往的"仁"才现出了曙光。问心无愧地被禅门中人称为"仁者",也才出现了希望。

听见外面看守军人乱嚷道:……贾政出外看时,见是焦大,便说:"怎么跑到这里来?"焦大见问,便号天跺地的哭道:……正在着急听候内信,只见薛蝌气嘘嘘的跑进来说:……

还"骄大"的起来吗?我不是龙,仅仅是一条小蝌蚪。

高高山顶立,深深海底行。

薛蝌道:"说是平安州就有我们,那参的京官就是大老爷,说的是包揽词讼,所以火上浇油。……"

贾赦一直在"平安州"胡作非为,现在被人参了一本。比喻以往靠着在相上("色")的纠缠,居然也经常混个心安理得,俨然究竟了似的,现在都揪出来了。

"平安州"的东窗事发,其实是对宁国府的致命一击。

《华严经》卷五十八说"菩萨摩诃萨有十种魔",其中一种魔,叫"三昧魔",贪著禅定的舒服境界懒得出来。这种"三昧魔"也是一种"平安州",还想有个据点,还是一种微细执著。有些修行人打坐时候很安稳,下了座一对境,就乱了,就想逃回蒲团上去,美其名曰回到座上练定力,这也是有个"平

拾伍 一系列检讨

安州"。

那长史道:"……贾琏着革去职衔,免罪释放。"

我也不做什么宗庙之器("琏")了,我承认自己一没能力,二没资历,无责一身轻。

少停,传出旨来:承办官遵旨——一查清,入官者入官,给还者给还,将贾琏放出,所有贾赦名下男妇人等造册入官。

对钱财再不挂心了,对色相执著("贾赦名下男妇人等")也收起来了。

贾政连连叹气想道:"我祖父勤劳王事,立下功勋,得了两个世职,如今两房犯事,都革去了。我瞧这些子侄没一个长进的! 老天哪,老天哪! 我贾家何至一败如此! ……"想到那里,不觉泪满衣襟。

一切有为法,如梦幻泡影,如露亦如电,应作如是观。

我修了这么多年,轰轰烈烈的,到头来得到了什么呢?

我一直以为可以修得个什么东西到手,却终于发现,到手的都不是真货,真货不是能到手的。这正是《心经》上说的:"无智亦无得,以无所得故。"也怪不得老子说,"为道日损,损之又损,以至于无为",我只有一边走一边扔包袱的份儿，哪有一边走一边添置行李的呢？

又想："老太太若大年纪，儿子们并没奉养一日，反累他老人家吓得死去活来，种种罪孽，叫我委之何人？"

佛恩到底怎么报呢？己事不明，带累三宝啊！

正在独自悲切，只见家人禀报："各亲友进来看候。"……贾政听了点头，便见门上的进来回说："孙姑爷打发人来说，自己有事不能来，着人来瞧瞧。说大老爷该他一项银子，要在二老爷身上还的。"贾政心内忧闷，只说："知道了。"众人都冷笑道："人说令亲孙绍祖混账，果然有的。……"

亲友们来探望，说了一堆直话，贾政刚点完头，孙绍祖来消息了。

事到如今，只有谦虚再谦虚，韬光再韬光，诚所谓"苦口的是良药，逆耳定是忠言"。至于以佛祖真传自居的心态（"孙绍祖"所喻），给我带来了多少自大，多少傲慢。

贾琏走到旁边，见凤姐奄奄一息，就有多少怨言，一时也说不出来。平儿哭道："如今已经这样，东西去了，不能复来。奶奶这样，还得再请个大夫瞧瞧才好啊！"贾琏啐道："呸！我的性命还不保，我还管他呢！"凤姐听见，睁眼一瞧，虽不言语，那眼泪直流。

要强好胜有所仗恃的心,要死就让它死吧。

这里贾母命人将车接了尤氏婆媳过来。可怜赫赫宁府,只剩得他们婆媳两个并佩凤偕鸾二人,连一个下人没有。

曹雪芹说,前面说的那些,都是心地上用功的事,作为一个在家居士,我可没有把老婆休了。有老婆是一回事,怎么用心又是一回事,一码归一码,别因为"修行"就让家人遭殃啊!

一日傍晚,叫宝玉回去,自己扎挣坐起,叫鸳鸯等各处佛堂上香;又命自己院内焚起斗香,用拐拄着,出到院中。琥珀知是老太太拜佛,铺下大红猩毡拜垫。贾母上香跪下,磕了好些头,念了一回佛,含泪祝告天地,道:"皇天菩萨在上,……总有合家罪孽,情愿一人承当,求饶恕儿孙。若皇天怜念我虔诚,早早赐我一死,宽免儿孙之罪!"默默说到此处,不禁伤心,呜呜咽咽的哭泣起来。……鸳鸯、彩云、莺儿、袭人看着,也各有所思,便都抽抽搭搭的。余者丫头们看的伤心,不觉也都哭了。竟无人劝。满屋中哭声惊天动地,……

发愿都是跟佛学的,像《华严经》《药师经》《佛说无量寿经》《地藏经》《普门品》等经典,都为后人树立了发愿的榜样,曹雪芹也不例外,也是跟着经典里的诸佛之愿学,所以这里由贾母出面发愿。

虔诚发愿了,流泪是正常现象。感天动地啊!曹雪芹当时是哭得稀里哗啦的。

正自不解,只见老婆子带了史侯家的两个女人进来,请了贾母的安,又向众人请安毕,便说道:……

此际发愿,青史不朽。

(七) 福报从心量中来

贾政叫现在府内当差的男人共四十一名进来,问起历年居家用度,共有若干进来,该用若干出去。那管总的家人将近年支用簿子呈上。贾政看时,所入不敷所出,……想到这里,背着手踱来踱去,竟无方法。……贾政道:"这还了得!"想来一时不能清理,只得喝退众人,早打了主意在心里了,……

愿发完了,也哭完了,可睁眼一瞧,还是那个穷样啊,要桌子没桌子,要板凳没板凳,天冷了连床鸭绒被都买不起。咋办?

有人就说,你看看,搞什么精神追求,弄那些虚头八脑的干啥,衣食都成问

拾伍 一系列检讨

题,还不如去东莞找个工厂,累是累了点,好歹几年下来也能有点积蓄,再娶个媳妇,后半生也能有个指望。

曹雪芹不是这么想的,面对现实的衣食问题,他认为,这是我福报上的事情。怎么解决福报问题?从眼前做起,我要培福。怎么培福?从布施做起,打开心量。

老子说:"圣人不积。既以为人己愈有,既以与人己愈多。"把一毛钱看得很重,一毛钱就真的会很重要。要想有钱,先学习有钱人对待钱的心态。

第107回,"散余资贾母明大义,复世职政老沐天恩",讲了"福报从心量中来"的道理。

> 却说贾母叫邢王二夫人同着鸳鸯等开箱倒笼,将做媳妇到如今积攒的东西都拿出来,又叫贾赦、贾政、贾珍等一一的分派。

学习佛的布施精神,拿出家底,再不藏私。

> 凤姐开眼瞧着,只见贾母进来,满心惭愧。先前原打量贾母等恼他,不疼他了,是死活由他的,不料贾母亲自来瞧,心里一宽,觉那拥塞的气略松动些,便要扎挣坐起。

学习佛的广大心量,包容一切。

> 贾政要循规矩,在伦常上也讲究的,执手分别后,自己先骑马赶

至城外,举酒送行,又叮咛了好些国家轸恤勋臣,力图报称的话。贾赦等挥泪分头而别。

上不怨天,下不尤人。

贾府被抄,贾政不仅亲自送大哥和侄子远行,"在伦常上也讲究的",而且到了这个份上也没有怨恨国家,还提醒大哥和侄子懂得感恩,将功补过。

贾政带了宝玉回家,未及进门,只见门上有好些人在那里乱嚷,说:"今日旨意:将荣国公世职着贾政承袭。"那些人在那里要喜钱,门上人和他们分争,说:"是本来的世职,我们本家袭了,有什么喜报?"……大家都来贺喜。那知贾政纯厚性成,因他袭哥哥的职,心内反生烦恼,只知感激天恩。于第二日进内谢恩,到底将赏还府第园子,备折奏请入官。内廷降旨不必,贾政才得放心回家,以后循分供职。

心量打开了,福报就来了,所以贾政得到了世袭爵位。

门上人说的话,就是《金刚经》里讲的道理,"菩萨所作福德,不应贪著",福报大了之后,怎么看待这些福报呢,不执著,不沾沾自喜。一切众生福报本来具足,只因为执迷,显示出了福报的优劣不等。

不贪著福报,所以贾政只是刚开始欢喜了一下子。接下来反思,这些好处,全靠了三宝加持、众生恩德,于是贾政"只知感激天恩"。对于到手的东西,不敢自己独吞,于是贾政上奏,要上缴一部分财产,比喻要拿出来给众生

拾伍 一系列检讨

分,至于人家要不要,那是另外一回事。该尽的心都尽了,这才敢享用福报,所以"贾政才得放心回家,以后循分供职"。

(八) 随缘消旧业

第 108 回"强欢笑蘅芜庆生辰,死缠绵潇湘闻鬼哭",以及第 109 回的"候芳魂五儿承错爱"部分,属于前进无路的内容。再想往世间法走,很勉强;往出世间走,此路不通。于是从"还孽债迎女返真元"开始,讲了很多偿还业债的事情。这正是古人说的:"随缘消旧业,不更造新殃","了即业障本来空,未了先须偿宿债"。

那包勇正在酒后胡思乱想,忽听那边喝道而来。包勇远远站着,只见那两人轻轻的说道:"这来的就是那个贾大人了。"包勇听了,心里怀恨,趁着酒兴,便大声说道:"没良心的男女!怎么忘了我们贾家的恩了?"雨村在轿内听得一个"贾"字,便留神观看,见是一个醉汉,也不理会,过去了。……那荣府的人本嫌包勇,只是主人不计较他,如今他又在外头惹祸,正好趁着贾政无事,便将包勇喝酒闹事的话回了贾政。……他也不敢再辩,只得收拾行李往园中看守浇灌去了。

包勇喝醉了，听人说这次抄家跟贾雨村忘恩负义有关，于是就当街喊骂了一句，打算当场闹起来，大不了把贾雨村打死，谁知雨村"见是一个醉汉，也不理会，过去了"。

包勇喝醉，比喻业障缠绕之下，虽然有心，但是无力，所谓的勇气被很多东西裹住了，发挥不出来。喝醉至少有三种情形：一是酒醉，喝高了，一般过几个小时就清醒了；二是情醉，迷在情里，众生一般都是这样，具体多久清醒过来，因人而异；三是定醉，迷在禅定境界里，二乘的人容易这样，具体多久清醒过来，也是因人而异，有的人一醉几劫。包勇的醉，比喻的是第二种。

雨村不理会，比喻修行人试图强行死掉功利之心，但是死不掉，业障在缠着呢。

贾政打发包勇"往园中看守浇灌"，浇灌的不是花草，是那颗勇气。

湘云在旁说道："太太们请都坐下，让我们姐妹们给姐姐拜寿。"宝钗听了，倒呆了一呆，回来一想："可不是明日是我的生日吗？"

史湘云回来了，一起给宝钗庆生，比喻还想把以前的豪情捡起来，往世间法走走。

迎春道："他又说咱们家二老爷又袭了职，还可以走走，不妨事的，所以才放我来。"说着又哭起来。……凤姐虽勉强说了几句有

> 兴的话，终不似先前爽利，招人发笑。……凤姐也知贾母之意，便竭力张罗，……说着，回过头去，看见婆婆、尤氏不在这里，又缩住了口。

开心不起来。专门说迎春的参与，是为了凸显业债在这个修行阶段的角色。

接下来大家掷骰子行令，从薛姨妈的"临老入花丛"、贾母的"将谓偷闲学少年"，到宝玉先掷的"臭"、后掷的"张敞画眉"，再到李纨掷的"十二金钗"，说明世路不通，虽然勉强入世，各种情缠，但再浓的情也是"臭"的，终须醒来。

> 宝玉……复又看看湘云宝钗，虽说都在，只是不见了黛玉。一时按捺不住，眼泪便要下来，恐人看见，便说身上燥的很，脱脱衣裳去，挂了筹，出席去了。

想起苦苦追求佛法而不得，很伤心，眼前的热闹真没意思，出局吧，于是"便说身上燥的很，脱脱衣裳去，挂了筹，出席去了"。"筹"是"筹码"，用来入世跟人家玩的资本，比如我的才华，我的资金，我的权力，等等，都不要了，所以"挂了筹"。很燥，去脱脱衣裳，就是去清凉清凉。

> 鸳鸯下手的就是湘云，便道："白萍吟尽楚江秋。"众人都道："这句很确。"

湘云这句诗，换个说法，就是"落了片白茫茫大地真干净"。

……那里知道宝玉的心全在潇湘馆上？此时宝玉往前急走，袭人只得赶上，见他站着，似有所见，如有所闻，便道："你听什么？"宝玉道："潇湘馆倒有人住么？"袭人道："大约没有人罢。"宝玉道："我明明听见有人在内啼哭，怎么没有人？"……说着，便滴下泪来，说："林妹妹，林妹妹！好好儿的，是我害了你！你别怨我，只是父母作主，并不是我负心！"愈说愈痛，便大哭起来。

出世的路也走不通，只好大哭一场。

宝玉……直到天亮，方才醒来，拭了拭眼，坐着想了一回，并无有梦。便叹口气道："正是'悠悠生死别经年，魂魄不曾来入梦'！"

白天追不到佛法，夜里梦见也行啊，哪知夜里也不行。

只见小丫头进来，说："二姑奶奶要回去了。听见说，孙姑爷那边人来，到大太太那里说了些话，大太太叫人到四姑娘那边说，不必留了，让他去罢。如今二姑奶奶在大太太那边哭呢，大约就过来辞老太太。"

业债又出来纠缠了。

拾伍 一系列检讨

怎奈这位呆爷今晚把他当作晴雯,只管爱惜起来。那五儿早已羞得两颊红潮,又不敢大声说话,只得轻轻的说道:"二爷,漱口啊。"……宝玉笑道:"实告诉你罢,什么是养神?我倒是要遇仙的意思。"五儿听了,越发动了疑心,便问道:"遇什么仙?"……宝玉道:"……大凡一个人,总别酸文假醋的才好。"……正说着,只听外面咕咚一声,把两个人吓了一跳。里间宝钗咳嗽了一声,宝玉听见,连忙努嘴儿,五儿也就忙忙的息了灯,悄悄的躺下了。

五儿比喻要做禅门五家子孙的妄想。

宝玉跟五儿纠缠了好久,人家五儿愣是一本正经,谈不到一块儿。宝玉倒不是要调戏上手,说的都是真心话,偏偏五儿觉得二爷是要勾引她,于是两个人绕了半天,尽打擦边球。

妄想就是妄想啊,看来,想做五家子孙这条路,也走不通啊。那就回家洗洗睡吧。

那五儿听了这一句,越发心虚起来,又不好说的,只得且看宝钗的光景。……宝玉听了,自己坐不住,搭讪着走开了。五儿把脸飞红,只得含糊道:……

想起自己的这个妄想,真的非常惭愧。

我是禅门五家子孙,那人家就不是喽,人家众生就比我低一头喽,这哪是大慈大悲呢,哪是万法平等呢。惭愧,惭愧。

有个标签,都是累赘。自己累,人家累。

(九) 接下使命

于是当晚袭人果然挪出去。这宝玉固然是有意负荆,那宝钗自然也无心拒客,从过门至今日,方才是雨腻云香,氤氲调畅。从此"二五之精,妙合而凝"。

"二五之精,妙合而凝"是什么意思呢?周敦颐《太极图说》里说:

无极而太极。

太极动而生阳,动极而静,静而生阴,静极复动。一动一静,互为其根。分阴分阳,两仪立焉。

阳变阴合,而生水火木金土。五气顺布,四时行焉。五行一阴阳也,阴阳一太极也,太极本无极也。五行之生也,各一其性。

无极之真,二五之精,妙合而凝。乾道成男,坤道成女。二气交感,化生万物。万物生生而变化无穷焉。

完全用一堆易学术语去解释,也可以,但是也不妨结合佛学原理来解释。

周大师说,世界本来是空的,但是妄想一动,就有了"动"相(这可以参考《楞严经》卷四),这是阳;有了动就有了静,这是阴。因为万法只要掉在"有"里,就必定是成对的,黑格尔说这叫"一切事物本身都自在地是矛盾的",老子说这叫"反者道之动",佛家说这叫"对待"。

阴阳是不断相互交合、转化的,于是五行就出来了。其实在这些纷乱的阴阳五行背后,那个无极的本体是一直存在的,一直不动的,各种纷扰其实还是空的,所以周大师说"五行一阴阳也,阴阳一太极也,太极本无极也"。

有了五行,更复杂了,五行相互作用,相生相克,于是世界在各种动静中就闹出了各种动静,"万物生生而变化无穷焉"。

虽然世界万象纷呈,但追根溯源,那个无极的本体是"二五之精,妙合而凝",才生出了后面的一系列万法。"二"是阴阳,"五"是五行,阴阳的"精"就是阴阳的纯粹之气,五行的"精"就是五行的纯粹之气,凭着纯阴纯阳纯五行的相互作用,才能生出万法。纯阴纯阳纯五行,是相对于混杂的阴阳五行来说的,打个可能不恰当的比方,太监是男的,但他具有许多女性特征,这就不是纯阴阳了,一个有点刚烈又有点狡猾的人,其性格就不是纯五行了(纯五行的人其实是不存在的,只是打个比方而已)。所以古人婚配,讲究男人要像个男人,以阳刚为本色,不是刚烈的那种表现在外的东西,女人要有足够的女人味,以柔顺为本色,不是懦弱的那种表现在外的东西,认为这样生出来的孩子才容易在性格上四平八稳,不至于过刚或过柔。不过到了现代,男女之间的阴阳区分已经越来越模糊了,也不能说现代人有什么错,时代现象而已。

用佛家的原理来解释,混杂的阴阳五行,就是妄想缠绕,妄想缠绕,怎么能明白那个本体的"空"呢?

所以小说这里,经过前面一些检讨,死了许多妄想,才有了宝玉和宝钗的"二五之精,妙合而凝"。再不想折腾其他的许多东西了,放下妄想,完全面对现实,这才能生出妙法之果,回到自己的本来。当然从字面上看,他二人倒不是生出妙法之果,而是要造人的节奏。

> 这里贾母因疼宝玉,又想宝钗孝顺,忽然想起一件东西来,便叫鸳鸯开了箱子,取出祖上所遗的一个"汉玉玦",……宝玉接来一瞧,那玉有三寸方圆,形似甜瓜,色有红晕,甚是精致。宝玉口口称赞。

"玦"是"决定","玉"是比喻佛性,"汉"是历史上传下来的。"三寸方圆,形似甜瓜,色有红晕",比喻心。

佛说,孩子,三世诸佛传下来的妙法使命,我交给你了。

使命交给了你,我就打算涅槃了,你继续往下传就 OK 了。佛临涅槃的时候,说:"应可度者,若天上人间皆悉已度;其未度者,皆亦已作得度因缘。自今已后,我诸弟子展转行之,则是如来法身常在而不灭也。"

紧接着是贾母的逝世,比喻涅槃。有人认为佛的涅槃就是死了,佛到底死没死呢?这就得参究大乘经典了。对有些人来说,佛死了;对有些人来说,佛还在;对有些人来说,佛一直在。

拾伍 一系列检讨

使命给了宝玉,不是该完事了吗,怎么后面还有太虚幻境的情节呢?这个可以参考公案,得到师父认可之后,还要追问"还有其他的秘密吗","难道就这样",这样的徒弟多了去了,有的师父当场死给徒弟看,更常见的是要靠徒弟继续秘密用心,后面的路还长着呢,根本没有终点。

难道曹雪芹这时候真的从佛那里接到了什么使命吗?也就是自己心里的事罢了。以前靠吃妈妈的奶水,现在我要断奶了,自己挑起来了。

> 贾琏即忙答应去了,回来说道:"这刘大夫新近出城教书去了,过十来天进城一次。这时等不得,又请了一位,也就来了。"

众生请佛这位大医王住世,百般挽留,所以是"刘大夫"。佛说,我自知时。佛示现的这一辈子,就是这样,做事都是潇洒得很,要出家就出家了,要涅槃就涅槃了,凡夫站在凡夫逻辑上,实在无法理解,出家前功名富贵说扔就扔,出家后盖世功勋说走就走。

"留大夫"出城教书去了,比喻佛要走留不住,他老人家要换个方法继续播洒智慧光明。

> 妙玉道:"我吃过午饭了,我是不吃东西的。"……妙玉道:"我久已不见你们,今日来瞧瞧。"又说了一回话,便要走。……妙玉道:"我高兴的时候来瞧你。"

妙玉虽然比喻有为造作,但在这里倒是给佛的入灭添加了一个很好的注解。我来了，我走了。我来这个世界一场，不是找你们要吃的，是挂念你们，出于慈悲。

佛经上说，诸佛菩萨、阿罗汉这些圣人，都是不吃东西的，这个说法很有意思，不修行的人很容易找到抬杠理由，有心的人不妨参究参究。

岂知那婆子刚到邢夫人那里，外头的人已传进来，说："二姑奶奶死了。"

这就是回目说的"还孽债迎女返真元"，迎春还完了债，就走了，比喻修行一场的真相，就是"随缘消旧业，不更造新殃"。

老太太想史姑娘，叫我们去打听。那里知道史姑娘哭的了不得，说是姑爷得了暴病，大夫都瞧了，说这病只怕不能好，若是变了痨病，还可捱个四五年，所以史姑娘心里着急。

面对业债，天大的豪情也没用。还吧。

听见贾母喉间略一响动，脸变笑容，竟是去了。享年八十三岁。

佛涅槃了。

佛世寿八十岁，同时佛又是三世常住的，他老人家到底走没走呢？

(十)"我"开始坍塌

> 凤姐一肚子的委屈,愈想愈气,直到天亮,又得上去。要把各处的人整理整理,又恐邢夫人生气;要和王夫人说,怎奈那夫人挑唆。这些丫头们见邢夫人等不助着凤姐的威风,更加作践起他来。

这就是第110回回目说的"王凤姐力诎失人心"。没有靠山了,想自己顶起来,哪里能顶的起来?要按世俗逻辑,当然是有可能顶起来的,可是《红楼梦》是讲佛门修行的,按照佛法的原理,要顶起来还是妄想,随它去才叫"无为",所以曹雪芹把凤姐安排得如此无奈。

有人问法真禅师:"劫火洞然,大千俱坏,未审这个坏不坏?"劫火烧起来,什么都烧坏的时候,不知道佛性会不会也跟着烧坏?禅师说:"坏。"那人很奇怪:"恁么则随他去也?"照这么说,就随它去喽?禅师说:"随他去。"那人觉得禅师说的不对,明明经上说佛性是金刚不坏的嘛,而且,我们修行就是要做主,怎么能"随他去"呢?于是他就告辞,去见到投子禅师,把上述问答复述了一遍,投子听完,马上上香,朝着法真禅师的方向礼拜说:"西川古佛出世。"投子告诉他,你快回去找法真禅师忏悔。他一听,赶紧回来找法真禅师,没想到法真禅师已经涅槃了,那就赶快回去找投子吧,再跑过去一看,投子也涅槃了。

要照世俗逻辑,这位徒弟真是点背,真让人替他惋惜。其实呢,哈哈,遇到两位古佛现身说法,做梦都得笑醒了。

说着,只见贾兰走来说:"妈妈,睡罢。一天到晚,人来客去的也乏了,歇歇罢。我这几天总没有摸摸书本儿。今儿爷爷叫我家里睡,我喜欢的很,要理个一两本书才好,别等脱了孝再都忘了。"李纨道:"好孩子,看书呢,自然是好的,今儿且歇歇罢,等老太太送了殡再看罢。"贾兰道:"妈妈要睡,我也就睡在被窝里头想想也罢了。"众人听了,都夸道:……

随它去,倒架子,难道是颓废吗?当然不是。岂不见老子云:"无为而无不为。"死了那份要强好胜的心,正好闷头做事,不再吃着碗里的望着锅里的。所以这里描述了贾兰的好学。

众人都夸他,正是老子说的"不敢为天下先,故能成器长",越是不要强,众人越是抬举。

这里涉及到两种不同的晋升理念。一种认为,要升高,就得要强好胜,甚至在必要的时候把同僚踩下去。另一种认为,我也没想着能给大家做什么惊天动地的事情,实在是时空机缘,让我坐到这个位子,那我就尽力给大家做一点,等我能做的做完了,就让贤,后来的人接着上。

《庄子·应帝王》这一篇,标题是讲一个修行人登峰造极的情形,内容却不是告诉咱怎么威风八面、手转乾坤的,而是大谈特谈无为、无知、无用。庄子举了列子的例子,说列子跟着老师壶子学道,明白了无我,放弃了从前的各种见解执著,就回家了,闭门多年不出来,一直到死也不想着折腾啥玄妙的了。闭门期间他做什么呢?给老婆做饭,连喂猪这种以前身为男人死都不干的家务,他都干,而且他喂猪有个特点,就是对猪看起来恭恭敬敬,好像不是在喂猪,是在伺候一个人。庄子又说,列子虽然做着这些事,但那是手上在做,心里是没有攀缘的,不掉在得失里。

大家夸完了贾兰,开始数落宝玉和贾环。他们说,那些非分之想,名相意义上的佛性("宝玉"),胡乱攀缘的"假环",都不如贾兰这孩子闷头做事来的实在。

> 且说史湘云因他女婿病着,……宝玉瞅着也不胜悲伤,又不好上前去劝。见他淡妆素服,不敷脂粉,更比未出嫁的时候犹胜几分。回头又看宝琴等也都是淡素妆饰,丰韵嫣然。独看到宝钗浑身挂孝,那一种雅致比寻常穿颜色时更自不同。心里想道:"古人说:千红万紫,终让梅花为魁。看来不止为梅花开的早,竟是那'洁白清香'四字真不可及了。但只这时候若有林妹妹,也是这样打扮,更不知怎样的丰韵呢!"想到这里,不觉的心酸起来,那泪珠儿便一直的滚下来了,趁着贾母的事,不妨放声大哭。

字面上,宝玉真是太痴情了,跟登徒子有得一拼。

这里所喻的,是对所谓"妄想"的看法有所不同了。这些妄想现在都变成素色的了,比以前花红柳绿的更好看了,什么意思呢?妄想本来就是空的,本来就是素色的。以前我讨厌妄想,恨不得把它们赶尽杀绝,现在再看,妄想是个什么东东呢,能抓得住吗,本来都是素的。素,就是干净。

这才叫:"至道无难,惟嫌拣择,但莫憎爱,洞然明白","欲得现前,莫存顺逆。违顺相争,是为心病"。

这么说,是不是我们就可以放开了乱打妄想呢?那又跑偏了,往凡夫那头跑了。

一般来说,要想体认上述的道理,就得先走很长的修行之路,到了一定的时候,才能切身地明白,原来妄想跟我没仇。所以,曹公前面一百多回不是白写的。

《圆觉经》说:"居一切时,不起妄念;于诸妄心,亦不息灭;住妄想境,不加了知;于无了知,不辨真实。"不乱打妄想,但是也不排斥妄想。这是什么情况呢?如人饮水,冷暖自知。

宝玉说,"但只这时候若有林妹妹,也是这样打扮,更不知怎样的丰韵呢",是啊,妄想虽然本来干净,但要是能让我明了佛性,见到真正的佛法的干净,那岂不是更妙?想到这里,又伤心得很,索性放开了哭。人家不懂他为什么哭,也没办法懂。

> 正在着急,只见一个小丫头跑来说:"二奶奶在这里呢!怪不得大太太说:里头人多,照应不过来,二奶奶是躲着受用去了!"凤姐听了这话,一口气撞上来,往下一咽,眼泪直流,只觉得眼前一黑,嗓子里一甜,便喷出鲜红的血来,身子站不住,就蹲倒在地。幸亏平儿急忙过来扶住。只见凤姐的血一口一口的吐个不住。

拾伍 一系列检讨

对"自我"的致命一击。

（十一）不攀圣人，不攀凡夫

第111回，"鸳鸯女殉主登太虚，狗彘奴欺天招伙盗"，讲了不攀圣不攀凡的道理。

> 鸳鸯呆了一呆，退出在炕沿上坐下，细细一想，道："哦！是了。这是东府里的小蓉大奶奶啊！他早死了的了，怎么到这里来？必是来叫我来了。他怎么又上吊呢？"想了一想，道："是了，必是教给我死的法儿。"

"情可亲"现身，告诉鸳鸯怎么死，于是鸳鸯上吊了。秦可卿说，你攀缘圣，也是"情"，经过前面这一百多回的修行，各种秘密加持，各种福慧增长，机缘差不多了，把这份往外跑的情也了断了吧。鸳鸯死了以后，追上秦可卿，秦可卿又给她讲了一番"情"的道理，无非都是回光返照的意思。

念佛也是这样，先不妨把佛当成偶像来拜，到了一定的时候，转回自性三宝，一切时无不是在念佛，所见一切无非净土，所闻一切无非念佛。

宝钗听着这话，好不自在，便说道："我原不该给他行礼，但只老太太去世，咱们都有未了之事，不敢胡为。他肯替咱们尽孝，咱们也该托托他：好好的替咱们伏侍老太太西去，也少尽一点子心那！"说着，扶了莺儿走到灵前，一面奠酒，那眼泪早扑簌簌流下来了。奠毕，拜了几拜，狠狠的哭了他一场。

宝钗说，这么多年的修行，全靠了这份情的引导，我要好好感谢它啊！

何三道："老大，你别是醉了罢？这些话混说的是什么？"说着，拉了那人走到个僻静地方，两个人商量了一回，各人分头而去。

"何三"是"合散"，在乎跟别人的聚散。这是个很大的挂碍，什么面子、机心，都跟这个有关。所以何三跟强盗密谋了一番，把贾府洗劫了一次。

且说包勇……只见一个女尼带了一个道婆来到园内腰门那里扣门。……包勇道："我嫌你们这些人，我不叫你们来，你们有什么法儿？"……妙玉已气的不言语，正要回身便走，不料里头看二门的婆子听见有人拌嘴，……那禁得看腰门的婆子赶上，再四央求，后来才说出怕自己担不是，几乎急的跪下。妙玉无奈，只得随着那婆子过来。包勇见这般光景，自然不好再拦，气得瞪眼叹气而回。

包勇说，我的任务，就是把园门关紧，不通凡，不通圣，你妙玉专门有为造作,怎么能放进来呢?

正在闹着,"里头看二门的婆子"出来了,放妙玉进去了。"里头",比喻内心深处潜伏的东西。"二门",比喻二心,先前的勇气经过转念一想,又打了折扣。"婆子",婆婆妈妈,不果断。

婆子讲了一番俗情道理,无非是担心个人得失,为了个人得失可以下跪,这就是在乎"合散"的真相。于是,"合散"要领着一帮强盗来洗劫了。

《西游记》第14回,"心猿归正,六贼无踪",唐僧师徒遇上了六贼劫道,这六贼的大名,"一个唤做眼看喜,一个唤做耳听怒,一个唤做鼻嗅爱,一个唤作舌尝思,一个唤作意见欲,一个唤作身本忧"。孙悟空没有多想,三下五除二,把六贼当场打死了。不过,唐僧随后表示,太过分了,虽然是六贼,可也不妨跟他们粘粘乎乎的嘛,咱要"慈悲"嘛,何必一通剿杀呢?絮絮叨叨的,孙悟空气得拂袖而去。《红楼梦》这里,包勇也是"气得瞪眼叹气而回"。

何三带人抢劫,全靠了包勇一条大棍,把贼人打跑。争斗之中,"合散"被打死了,周瑞受他的牵连被捆了送官,比喻在乎跟别人关系是否融洽的妄想,也死了。周瑞被送去官府,比喻从此跟人打交道再无诣曲,一秉直心,公事公办。

为什么中间要有个争斗的过程呢?经历一些事情,经历一些思想斗争,看清人跟人之间关系的真相,并不是先前幻想的我对你好你就对我好,自己心里没事才是人际关系的王道。

> 二人正说着,只听见外头院子里有人大嚷的说道:"我说那三姑六婆是再要不得的!我们甄府里从来是一概不许上门的。不想这府

里倒不讲究这个！昨儿老太太的殡才出去，那个什么庵里的尼姑死要到咱们这里来。我吆喝着不准他进来，腰门上的老婆子们倒骂我，死央及着叫那姑子进来。那腰门子一会儿开着，一会儿关着，不知做什么。我不放心，没敢睡，听到四更，这里就嚷起来。我来叫门倒不开了。我听见声儿紧了，打开了门，见西边院子里有人站着，我便赶上打死了。我今儿才知道这是四姑奶奶的屋子，那个姑子就在里头。今儿天没亮溜出去了，可不是那姑子引进来的贼么？"

包勇说，要有为造作，就必然计较得失，这才是引狼入室的真正原因。"合散"虽然跟妙玉不认识，但是在乎"合散"，求个"周瑞"，正是一种有为造作呀，何三跟妙玉是一家的啊！

包勇又说，仗着悟性高（惜春所喻），就想折腾（妙玉所喻），两个聚到一屋，又想掩盖自己的折腾，装出一副无为修行的样子（"天没亮溜出去了"），干吗呢？

包勇的结论是，妙玉，你也要到时候了，走吧。

于是妙玉真的就被劫走了，从此不知下落。

妙玉一人在蒲团上打坐，歇了一会，便嗳声叹气的说道："我自玄墓到京，原想传个名的，为这里请来，不能又栖他处。昨儿好心去瞧四姑娘，反受了这蠢人的气，夜里又受了大惊。"今日回来，那蒲团再坐不稳，只觉肉跳心惊。

妙玉说,我这个有为造作,是从古人的遗教来的,想到繁华闹市里图个好名声,赢得个众口称誉,没想到好名声没弄着,反倒又受气又担惊,我醒醒吧。

"玄墓",古圣人遗留的东西。

妙玉被贼人烧了闷香,心上明白,动不了,比喻有为造作这种习气,是靠了理上的明白才能放弃的,不是说用另一种有为造作来取代。

众人说道:"我们妙师父昨晚不知去向,所以来找。求你老人家叫开腰门,问一问来了没来就是了。"包勇道:"你们师父引了贼来偷我们,已经偷到手了,他跟了贼去受用去了!"

包勇的姓也很有意思,说的话做的事,跟包青天有得一拼,黑面无私。

(十二) 消业的效验

第113回,"忏宿冤凤姐托村妪,释旧憾情婢感痴郎",忏悔业障,跟一切冤亲债主达成和解。

都起来正要走时,只见赵姨娘还爬在地下不起。周姨娘打量他还哭,便去拉他。岂知赵姨娘满嘴白沫,眼睛直竖,把舌头吐出,反把家人唬了一跳。……

以前造的一切恶业,现在该了结了。

赵姨娘先是当着众人的面,大声说出了过去干过的坏事,然后又作出各种丑态,这都是比喻曹雪芹的发露忏悔,对过去所有恶业再不隐藏,至于面子嘛,就扔到爪哇国吧。

可怜赵姨娘虽说不出来,其痛苦之状,实在难堪。

再痛苦也得消业障啊。

凤姐此时只求速死,心里一想,邪魔悉至。只见尤二姐从房后走来,渐近床前,说:……凤姐刚要合眼,又见一个男人一个女人走向炕前,就像要上炕的。凤姐急忙便叫平儿,……

过去的冤亲债主,杀过的,伤过的,欠钱的,欠情的,我欠了他们那么多,怎么偿还呢?只求我自己死心算了,大不了拿命去抵,再不去试图跟他们抗衡了,所以"凤姐此时只求速死"。

一方面忏悔恶业,一方面决定以后善待一切众生(刘姥姥喻象有关),这是回目说的"忏宿冤凤姐托村妪"。

善待一切众生,再不乱造恶业,众生当然会回报的,所以刘姥姥帮助救了

拾伍 一系列检讨

巧姐。

巧姐……便走了去和青儿说话。两个女孩儿倒说得上,渐渐的就熟起来了。

原先因为自我执著,跟众生有很多隔阂,经常青着脸,现在诚心忏悔了,于是大家"就熟起来了"。

贾琏道:"这还要说么？头里的事是你们闹的;如今老太太的还短了四五千银子,老爷叫我拿公中的地账弄银子,你说有么？外头拉的账不开发,使得么？谁叫我应这个名儿！只好把老太太给我的东西折变去罢了！你不依么？"平儿听了,一句不言语,将柜里东西搬出。

消业的一个重要内容,是施散钱财。贾琏有火,平儿有气,再不情愿,也得把压箱底的东西拿出来啊！

钱是个好东西,只要会用。比如《地藏经》上说:

或使病人未终之时眼耳见闻,知道眷属将舍宅、宝贝等,为其自身塑画地藏菩萨形像。是人若是业报合受重病者,承斯功德寻即除愈,寿命增益;是人若是业报命尽,应有一切罪障业障,合堕恶趣者,承斯功德,命终之后即生人天受胜妙乐,一切罪障悉皆消灭。

> 宝玉见屋里人少,想起:"紫鹃到了这里,……如今他的那一面小镜子还在我这里,他的情意却也不薄了。如今不知为什么,见我就是冷冷的。……"
>
> ……那紫鹃的下房也就在西厢里间。宝玉悄悄的走到窗下,只见里面尚有灯光,便用舌头舔破窗纸,往里一瞧。见紫鹃独自挑灯,又不是做什么,呆呆的坐着。
>
> ……这一句话把里外两个人都吓了一跳。你道是谁?原来却是麝月。……麝月道:"二爷,依我劝你死了心罢。白赔眼泪,也可惜了儿的。"

这就是回目说的"释旧憾情婢感痴郎"。

宝玉想起"字卷","他的那一面小镜子还在我这里",是啊,佛经还在书架上,那是帮我照破烦恼的,但有一段时间没仔细看了,不妨再仔细看看。

打开佛经,文字都还是白纸黑字在那,只是所有的文字都指向的是字外的东西,文字本身就是一堆文字而已,所以说"见紫鹃独自挑灯,又不是做什么,呆呆的坐着"。

紫鹃不让宝玉进屋,两个人隔着窗户对话,比喻文字就是文字,钻不进去的,只能善于跳出文字,领悟文字之外的东西。这就是前文引用过的药山的读经方法,他说"只图遮眼",回答得相当高明。

文字之外的是什么东西呢?就是指向真如佛性,那个真正的月亮,所以麝月出现了,打破了宝玉和紫鹃之间的尴尬场面。

(十三) 仁德的回归

第114回,"王熙凤历幻返金陵,甄应嘉蒙恩还玉阙",反省了一系列的不仁习气,仁回来了。这来自孔子说的:"仁远乎哉?我欲仁,斯仁至矣。"仁,就是佛教的大慈大悲。

《大般涅槃经》里,佛举了许多他的神通例子,来说明"一切声闻、缘觉、菩萨、诸佛如来所有善根,慈为根本"。比如提婆达向国王进谗言,佛领着徒弟们刚进城乞食,走在大街上,国王就放出一头狂象,乱踩乱蹋,踩死许多老百姓,象闻到血气,更狂了,一看,咦,那边一大队人穿着红色衣服,那红色应该也是血,于是就冲着佛和弟子们来了,弟子里面段位不够的就吓坏了,到处逃,围观的老百姓一看,哎呀,可怜我们的佛陀啊,没想到今天要惨死在大象的脚下。佛为了降伏这头狂象,"即入慈定舒手示之",伸出手来,五个指尖出现了五头狮子,狂象虽然疯癫,可一看前面,妈呀,我的五位领导坐在人家手上,吓坏了,当场屁滚尿流,给佛跪下来磕头。佛举完这个例子,告诉大家,你们以为当时我有意玩什么神通吗,不是的,"善男子,我于尔时,手五指头实无师子,乃是修慈善根力故,令彼调伏"。

宝玉又想了一想,拍手道:"是的,是的!这么说起来,你倒能先知了。我索性问问你:你知道我将来怎么样?"宝钗笑道:"这是又胡闹起来了。我是就他求的签上的话混解的,你就认了真了。你和我们二嫂子成了一样的了:你失了玉,他去求妙玉扶乩,批出来,众人不解,他背地里合我说,妙玉怎么前知,怎么参禅悟道,如今他遭此大难,如何自己都不知道?这可是算得前知吗?就是我偶然说着了二奶奶的事情,其实知道他是怎么样了?只怕我连我自己也不知道呢。这些事情,原都是虚诞的,可是信得的么?"

宝钗说,一切随缘就算了,你还能怎么着呢?试图预知一些东西,防范一些东西,还是贼心不死。无我,无人,所以说"其实知道他是怎么样了""只怕我连我自己也不知道呢"。

宝钗说,至于江湖上传说的改命、防灾,都是人为安排,还是围绕着一个"我"做文章,梦里说梦,虚诞得很,咱修禅的人,打算醒的人,就死了这份心吧。

这是王熙凤之死的见地前提。

宝玉道:"为什么要搬?住在这里,你来去也便宜些;若搬远了,你去就要一天了。"宝钗道:"虽说是亲戚,到底各自的稳便些。那里有个一辈子住在亲戚家的呢?"

薛姨妈要搬走,比喻不贪恋众生的温情,这是佛学里面"度众生而无众生

相"的道理。《金刚经》说:

> 须菩提,于意云何? 汝等勿谓如来作是念:"我当度众生。"须菩提,莫作是念。何以故? 实无有众生如来度者。若有众生如来度者,如来则有我、人、众生、寿者。

薛姨妈要搬走,这是王熙凤之死的另一个前奏。

> 宝钗走到跟前,见凤姐已经停床,……众人都悲哀不止。

曾经支撑漫漫修行之路的王熙凤,就这么去世了。众人的悲哀,何尝不是作者自己的感慨。

> 那王仁自从王子腾死后,王子胜又是无能的人,任他胡为,已闹的六亲不和。今知妹子死了,只得赶着过来哭了一场。见这里诸事将就,心下便不舒服,说:……从此,王仁也嫌了巧姐儿了。

虽然王熙凤死了,可是他的哥哥"亡仁"还在。比喻修行人虽然不要强了,但是不仁的习气还是有的。

要到什么时候才能彻底地"仁"呢? 曾子说:"士不可以不弘毅,任重而道远。仁以为己任,不亦重乎? 死而后已,不亦远乎?"曾子说,死了,这辈子致力于"仁"的功夫才算告一段落。

《楞严经》说："理则顿悟,乘悟并销;事非顿除,因次第尽。"理上顿悟,习气渐消。只不过他怎么消除习气,就不是别人所能揣测的了,所以《红楼梦》最后说"天外书传天外事",人家怎么玩,都是他自己的秘密,一人一个套路,没办法再用小说一一交待了。

王仁来哭凤姐,贾琏讨厌他,巧姐讨厌他,他也着实表演了一番不仁的戏,比喻修行人对自己"不仁"一面的警醒。

> 贾琏心里倒着实感激他,便将平儿的东西拿了去当钱使用。诸凡事情,便与平儿商量。秋桐看着,心里就有些不甘,……倒是贾琏一时明白,越发把秋桐嫌了,碰着有些烦恼,便拿着秋桐出气。

对"求同"习气的清楚认知。求同必然存异,这是一种不仁。

> 那时清客相公,渐渐的都辞去了,只有个程日兴还在那里,时常陪着说话儿。……程日兴道:"老世翁最是仁德的人;若在别人家这样的家计,就穷起来,十年五载还不怕,便向这些管家的要,也就够了。我听见世翁的家人还有做知县的呢。"

曹雪芹意识到,想"乘日兴",就是还想踩下面的人、利用下面的人,这也是一种不仁。

> 那甄老爷即是甄宝玉之父,名叫甄应嘉,表字友忠,也是金陵人

氏,功勋之后。原与贾府有亲,素来走动的。因前年里误革了职,动了家产。今遇主上眷念功臣,赐还世职,行取来京陛见。

"甄应嘉",即"真应嘉","应嘉"是堪夸的意思。他本来是"金陵省体仁院总裁",这个官职的含义前文解释过了。"表字友忠","表"是外在的表现,"友忠"是待人忠心,不要机诈。这样当然"真应嘉"了,值得大家称赞。

"真"和"假"成对出现,表明甄家和贾家是一家的,那到底是哪家的呢?说真就真,说假就假,不真不假。贾府革职抄家,甄府也革职抄家,贾府赐还世职,甄府也赐还世职,同步的命运。都是金陵人氏,都来自本心净土。

经过前面对不仁的反省,甄应嘉出现了,比喻对不仁习气的断除收到了功效。

甄应嘉道:"主上的恩典,真是比天还高,下了好些旨意。"

回目说"甄应嘉蒙恩还玉阙",这里称赞主上恩典普覆,来自孔子说的"一日克己复礼,天下归仁焉"。这里说的"主上",字面是皇帝,喻意是强调"天下归仁"的那种空间上的广阔。

接下来,甄应嘉委托贾政照看家眷,尤其是他的小儿,甚至委托贾政帮忙提亲,贾政则委托他带信给探春,都是"真友忠"的体现。这来自曾子说的,"仁以为己任","可以托六尺之孤,可以寄百里之命,临大节而不可夺也。君子人与?君子人也"。

> 甄应嘉出来，两人上去请安。应嘉一见宝玉，呆了一呆，心想："这个怎么甚像我家宝玉，只是浑身缟素。"……因又拉着宝玉的手，极致殷勤。

甄宝玉就是贾宝玉，只不过角度不一样。贾宝玉比喻追求妙法的那个"意"，所以在甄应嘉看来"浑身缟素"，素是干净的意思。甄宝玉比喻闷头做事的那个"意"，涉及世间各种因缘，当然就不是素色的了。甄宝玉比贾宝玉小一岁，比喻对于修行人来讲，以追求妙法的那个"意"优先。

作为一位仁者，没有挑挑拣拣，所以甄应嘉"拉着宝玉的手，极致殷勤"。

拾陆

觉悟与行愿

第115回,"惑偏私惜春矢素志,证同类宝玉失相知",连自己先前引以为荣的"悟性",也不要了。贾政的这番话,为这一回扔掉"悟性"执迷,正面"甄宝玉"的现实喻意,拉开了序幕。宝玉答应了个"是","站着不动"。是啊,虽然叫我死心塌地做世间的俗事,我知道这个道理不就行了吗,从智慧上明白不就行了吗,不需要真的去做吧"?宝玉刚退出来,就"遇见赖大诸人拿着些册子进来"。什么册子呢?你从小赖到大,吃了众生多少米面,耗了师亲朋友等多少心血,账本上都记着呢,怎么还?不付诸行动,光是心里有数,怎么行?

（一）抛弃"悟性"执著

第115回，"惑偏私惜春矢素志，证同类宝玉失相知"，连自己先前引以为荣的"悟性"，也不要了。

贾政道："我叫你来不为别的。现在你穿着孝，不便到学里去，你在家里，必要将你念过的文章温习温习。我这几天倒也闲着。隔两三日要做几篇文章我瞧瞧，看你这些时进益了没有。"宝玉只得答应着。贾政又道："你环兄弟兰侄儿我也叫他们温习去了。倘若你做的文章不好，反倒不及他们，那可就不成事了。"宝玉不敢言语，答应了个"是"，站着不动。贾政道："去罢。"宝玉退了出来，正遇见赖大诸人拿着些册子进来。

贾政的这番话,为这一回扔掉"悟性"执迷,正面"甄宝玉"的现实喻意,拉开了序幕。

宝玉答应了个"是","站着不动"。是啊,虽然叫我死心塌地做世间的俗事,我知道这个道理不就行了吗,从智慧上明白不就行了吗,不需要真的去做吧?

宝玉刚退出来,就"遇见赖大诸人拿着些册子进来"。什么册子呢?你从小赖到大,吃了众生多少米面,耗了师亲朋友等多少心血,账本上都记着呢,怎么还?不付诸行动,光是心里有数,怎么行?

正要坐下静静心,只见两个姑子进来,是地藏庵的。见了宝钗,说道:"请二奶奶安。"宝钗待理不理的说:"你们好?"因叫人来倒茶给师父们喝。宝玉原要和那姑子说话,见宝钗似乎厌恶这些,也不好兜搭。

跟馒头庵、水月庵相比,地藏庵的尼姑没有什么人品问题,但是现在既然连"悟性"也要扔掉,那么宝钗的"厌恶"也就可以理解了。

宝玉"正要坐下静静心",还想回到原来的体悟轨道,理理线索,就遇上了这个事,"原要和那姑子说话,见宝钗似乎厌恶这些,也不好兜搭"。

宝钗跟宝玉说,行了,想什么呢,起身,给众生做事去。

有人可能会说,宝钗这不是典型的凡夫逻辑吗,那何不一开始就走世俗路线呢?这可以参考古人说的,"终日吃饭,未曾咬着一粒米;终日行,未曾踏着一片地",做事归做事,不是带着贪心、得失心去做的。

那姑子道:"妙师父的为人古怪,只怕是假惺惺罢。在姑娘面前,我们也不好说的。那里像我们这些粗夯人,只知道讽经念佛,给人家忏悔,也为着自己修个善果。"

对有为造作的评价,非常恰当。但是,说"也为着自己修个善果",这也是不究竟处,只能说她们比妙玉强些。

那妙师父自为才情比我们强,他就嫌我们这些人俗。岂知俗的才能得善缘呢,他如今到底是遭了大劫了!

实话。

岂知惜春一天一天的不吃饭,只想铰头发。彩屏等吃不住,只得到各处告诉。邢、王二夫人等也都劝了好几次,怎奈惜春执迷不解。

这就是回目说的"惑偏私惜春矢素志"。"惑偏私",就是仗着悟性高,往一条小路上跑。哪条小路呢?一定要"为着自己修个善果",都是"执迷不解"。

原来此时贾政见甄宝玉相貌果与宝玉一样,试探他的文才,竟应对如流,甚是心敬,故叫宝玉等三人出来警励他们,再者,到底叫宝玉来比一比。

拾陆 觉悟与行愿

贾政的想法是对的。不当面较量,哪能死了那份心。

本来贾政席地而坐,要让甄宝玉在椅子上坐,甄宝玉因是晚辈,不敢上坐,就在地下铺了褥子坐下。如今宝玉等出来,又不能同贾政一处坐着,为甄宝玉是晚一辈,又不好竟叫宝玉等站着。贾政知是不便,站起来又说了几句话,叫人摆饭,说:"我失陪,叫小儿辈陪着,大家说话儿,好叫他们领领大教。"

"假正"离场。

放下一切标准,咱们敞开了比划。

那甄宝玉素来也知贾宝玉的为人,今日一见,果然不差,只是可与我共学,不可与我适道。他既和我同名同貌,也是三生石上的旧精魂了。我如今略知些道理,何不和他讲讲?

甄宝玉说的"可与我共学,不可与我适道",来自《论语》。孔子说,交朋友没办法求全责备,为什么呢,"可与共学,未可与适道;可与适道,未可与立;可与立,未可与权",有的人可以一起学东西,但没法一起追求大道,他就是研究大道也是纯学术研究,没有那个信念追求;可以一起追求大道的人,未必可以一起自立起来,因为他迷失在关于大道的理论里了,忘了返回自心,陆九渊也说过这种情况;可以一起自立起来的人,未必可以指望他通权达变,因为他虽然自立,心里的规则还很多。

贾宝玉听这话头又近了禄蠹的旧套，……倒是贾兰听了这话，甚觉合意，便说道：……甄宝玉未及答言，贾宝玉听了兰儿的话，心里越发不合，想道："这孩子从几时也学了这一派酸论？"……贾宝玉愈听愈不耐烦，又不好冷淡，只得将言语支吾。幸喜里头传出话来，说："若是外头爷们吃了饭，请甄少爷里头去坐呢。"宝玉听了，趁势便邀甄宝玉进去。

这场比划，是修行人自己的一次激烈思想斗争，贾宝玉虽然一万个不耐烦、不服气，但是也"只得将言语支吾"。贾宝玉的无奈，是修行人在现实面前的无奈，在彻底佛理面前的无奈。"请甄少爷里头去坐"，去见"王夫人""真夫人"，就是请甄宝玉入住心田。

王夫人更不用说，拉着甄宝玉问长问短，觉得比自己家的宝玉老成些。回看贾兰，也是清秀超群的，虽不能像两个宝玉的形象，也还随得上，只有贾环粗夯，未免有偏爱之色。

甄宝玉和贾兰走正道，王夫人都是喜欢的；贾环乱攀缘，王夫人不免要嫌他"粗夯"。不过再粗夯，也不可能说踹就踹啊，只能带着走，边走边调整。孙悟空取经，骂老猪"夯货"骂了一路，老猪好吃懒做又好色，悟空有什么办法呢，人家也是取经团队的正式编制啊，上面钦点的，再嫌也得带着。

内中紫鹃一时痴意发作，因想起黛玉来，心里说道："可惜林姑娘死了！若不死时，就将那甄宝玉配了他，只怕也是愿意的。"正想着，只听得甄夫人道："前日听得我们老爷回来说：我们宝玉年纪也大了，求这里老爷留心一门亲事。"王夫人正爱甄宝玉，顺口便说道："我也想要与令郎作伐。……倒是我们大媳妇的两个堂妹子，生得人材齐正。二姑娘呢，已经许了人家；三姑娘正好与令郎为配。过一天，我给令郎作媒。但是他家的家计如今差些。"

"字卷""痴意发作"，就是又根据文字道理打起妄想了。打什么妄想呢？我就这么死心塌地做世俗的事，我抓什么呢？（字面上，就是我以什么为匹配呢？）假如我苦苦追求的那个"佛法"（林黛玉）还在，我还可以边做世俗的事（甄宝玉），边继续追求"佛法"，可那个"佛法"如今已死了，我对世俗的事怎么下手呢？

王夫人发了话，放心，我把李绮嫁给你。"李绮"，就是"理绮"，你把所领悟的东西，通过文字这种载体，转化成锦绣文章，让世人得度。

"绮"，就是绚烂。谢朓有一句"余霞散成绮，澄江静如练"，一个"绮"字用得非常到位。

王夫人又说，"但是他家的家计如今差些"，时代越发展，文字越发达，想搞出"理绮"的东西越难，书店里鱼龙混杂，两百年后又会诞生互联网这种玩意儿，文字更复杂了，你别在乎就行，只管自己说自己的就行，别指望一开口就引来无数围观群众，能有一个听众你也照讲不误就 OK 了，别图那些虚名。

宝钗道："你又编派人家了。怎么就见得也是个禄蠹呢？"宝玉道:"他说了半天,并没个明心见性之谈,不过说些什么'文章经济',又说什么'为忠为孝'。这样人可不是个禄蠹么?只可惜他也生了这样一个相貌!我想来有了他,我竟要连我这个相貌都不要了!"

还是心有不甘啊!不过,宝玉说"我想来有了他,我竟要连我这个相貌都不要了",这就为后文他的失踪埋下了伏笔。贾宝玉失踪了,甄宝玉继续做着俗事,贾兰玩文字玩得很转,连皇帝都欣赏。失踪,不是死亡,不是去了哪个地方,活不见人死不见尸。

一日,王夫人因为惜春定要铰发出家,尤氏不能拦阻,看着惜春的样子是若不依他,必要自尽的,虽然昼夜着人看守,终非常事,便告诉了贾政。贾政叹气跺脚,只说:"东府里不知干了什么,闹到如此地位!"……岂知尤氏不劝还好,一劝了,更要寻死,说:……

原先老是觉得自己悟性高,引以为豪,拿过来一幅画,一眼就看出道道,拿过来一段佛经或者公案,稍加思索就知道佛祖在说什么,看看我的悟性有多么非凡!

现在才知道,这个"悟性"也不过是自己的妄想,助长傲气的东西,再不及时打住,就被引到小路去了。虽然曾经靠着"悟性",领悟了无数妙理,学习了大量学问,但是,现在是时候抛弃了。

宝玉跟惜春说,拜拜。

过了几天,宝玉更胡涂了,甚至于饭食不进,大家着急起来。

抛弃了对"悟性"的自我执著,好像我就变傻了,没以前灵巧了。没关系,先傻上一段时间再看。

(二)明白路头

第116回,"得通灵幻境悟仙缘,送慈柩故乡全孝道",明白路头,报三宝恩。

贾琏不知何事,这一吓非同小可,瞪着眼说道:"什么事?"那小厮道:"门上来了一个和尚,手里拿着二爷的这块丢的玉,说要一万赏银。"

和尚要一万赏银,这简直是趁火打劫,你不知道贾府最近有多惨有多穷么。

只见那和尚说道:"要命拿银子来!"……说着,把那块玉擎着道:"快把银子拿出来,我好救他。"王夫人等惊惶无措,也不择真假,便说道:"若是救活了人,银子是有的。"那和尚笑道:"拿来!"王夫人道:"你放心,横竖折变的出来。"和尚哈哈大笑,手拿着玉,在宝玉耳边叫道:"宝玉,宝玉!你的'宝玉'回来了。"说了这一句,王夫人等见宝玉把眼一睁。袭人说道:"好了!"只见宝玉便问道:"在那里呢?"那和尚把玉递给他手里。宝玉先前紧紧的攥着,后来慢慢的回过手来,放在自己眼前,细细的一看,说:"嗳呀!久违了。"

和尚说,要明道,把家底交出来,一切你觉得还值俩钱的东西,都给我。

王夫人说,你放心,砸锅卖铁也折变的出来,我真的什么都不要了,只要明了佛性。

和尚说,这就对了,要的就是你这个态度。

终于知道,这个东西从来没有离开过自己,只是无量劫以来执迷,把它晾在一边了。所以宝玉说:"嗳呀!久违了。"

《西游记》里,唐僧师徒历经千难万险,终于来到了灵山圣境,来到了藏经的珍楼,面对各种各样的大乘经典,唐僧眼都看花了,激动得要死,终于要得到真经了!阿傩、伽叶两位尊者手一伸:请问圣僧,从东土过来,有什么好东西送给咱俩?唐僧表示为难,我一个穷和尚,哪有什么好东西给你们呢?两位尊者一笑,空手传经,后人要饿死了。孙悟空气不过,理论了几句,阿傩尊者说,这是什么地方,你还想撒野?也罢,给你们经。结果给的都是无字的经。刚出门没多久,又是一番折腾,师徒四人感觉被耍了,回到灵山,向如来告阿傩、伽叶的状,如来笑着说,那个情况我都知道,你空手取的当然是无字的,空里来空里去嘛,不过既然你们想要有字的经,那我告诉你们,阿傩伽叶没有错。于是又来到藏经楼,人家继续要礼物,唐僧一想,对了,唐王赐我的紫金钵盂,还能值俩钱,沙僧,你去拿来。唐僧双手捧着钵盂,拿出一万分的恭敬,献给尊者,这才取得了有字的真经。86版电视剧里,沙僧交出钵盂的表情,那是一万分的不情愿,皱着眉头,"唉"了一声,那是电视剧改的,小说里没有这个,强调的是唐僧的恭恭敬敬、诚心诚意。

钵盂,那可是吃饭的家伙啊! 我吃饭的家伙都不要了,师父,请受我一拜,让我明道!

这才是和尚索要一万赏银的用意,才是王夫人说的"横竖折变的出来"。还有点藏私的心理,怎么能换来无上大道?

话说佛经里,不是一般都写"阿难""迦叶"吗,怎么《西游记》写成"阿傩""伽叶"呢? 作者表示很为难,不这样写错字不行啊,我这不是编故事吗,又要借用两位尊者的名号,又不想亵渎他们,那只好写错字啦,你只当灵山有两位山寨版的尊者好啦。

阿难记录佛说的话,转化成文字;迦叶传佛心印。一个从文字上传佛的妙法,一个从无字上传佛的妙法,所以要从他俩手里,才能取得真经。

其实,先前传的无字经,是真经;后来传的有字经,也是真经。先明白无字的东西,再来玩文字的东西,跟甄宝玉娶李绮是一码事。

咱们看公案,光是看到那些徒弟在师父的三言两语之下就悟道了,好像很轻松似的,哪里知道,那些徒弟都是豁出了身家性命,吃饭的家伙都不要了,才换来了刹那间的明白呀! 在见师父之前,一般都摸索了多少光阴,踏遍了多少山水,翻烂了多少佛经,才有了刹那间的一点就通啊!

到了后世,据说有的人不顾前面的修行铺垫,只想着刹那明白,盲目效仿祖师的行为,听说哪地方有大师,也闹不清楚是不是真的过来人,家也不顾了,工作也辞了,钱也不要了,跑去给人家磕头,人家不开门的话就一哭二闹三上吊,这哪是拜师呢。这种情况,从东汉魏伯阳那时候就有记载了。

贾政略略一看,知道此玉有些根源,也不细看,便和王夫人道:"宝玉好过来了,这赏银怎么样?"王夫人道:"尽着我所有的折变了给他就是了。"宝玉道:"只怕这和尚不是要银子的罢。"

宝玉说,咱有这个态度就行了,人家要的是态度,还真以为人家稀罕那点破铜烂铁?

麝月上去轻轻的扶起,因心里喜欢忘了情,说道:"真是宝贝!才看见了一会儿,就好了。亏的当初没有砸破!"宝玉听了这话,神色一变,把玉一撂,身子往后一仰。

"射月"闯了大祸了,因为这回要见到月亮了。

又要问时,那和尚早拉着宝玉过了牌楼。只见牌上写着"真如福地"四个大字,两边一副对联,乃是:……

原来一切都本来是真如福地。这段文字的具体解释,请参见前文关于太虚幻境的专章。

宝玉恍惚见那殿宇巍峨，绝非大观园景象，便立住脚，抬头看那匾额上写道："引觉情痴。"两边写的对联道：

喜笑悲哀都是假，贪求思慕总因痴。

本来是住在极乐世界里，只因为迷在爱恨情仇里，极乐世界被自己弄成地球了，到处都是环境污染。

伸手在上头取了一本，册上写着"金陵十二钗正册"。……便打开头一页看去。见上头有画，但是画迹模糊，再瞧不出来。后面有几行字迹，也不清楚，……

太虚幻境的大门上已经写了，"过去未来，莫谓智贤能打破；前因后果，须知亲近不相逢"，就是三世因果不可思议，不可思议就是别想了、别讨论了，也可以想，也可以讨论，但是别指望能弄清楚。没办法再打这个妄想了，所以宝玉看着都模糊得很。

"金陵十二钗"，是对修行人妄想列出的一个大纲，只有框架，好多微细妄想没开列进去，如今连这个大纲也弄不清了。

看到尾上，有几句词，什么"虎兔相逢大梦归"一句，便恍然大悟道："是了！果然机关不爽！这必是元春姐姐了。若都是这样明白，我要抄了去细玩起来,那些姊妹们的寿夭穷通,没有不知的了。我回去自不肯泄漏,只做一个'未卜先知'的人,也省了多少闲想。"

宝玉说,我玩玩神通吧,自己玩,不给人家知道也就是了。

这是等会儿遇上一群鬼怪前来追扑的原因所在。

神通就是这样,想玩,鬼怪们表示奉陪到底。

看到"堪羡优伶有福,谁知公子无缘",先前不懂。见上面尚有花席的影子,便大惊痛哭起来。

无量劫来,我被"情识"骗了多久!放声痛哭。

"优伶",比喻各种戏论者。"公子",比喻佛法之子,"公"是无我的意思。

宝玉只道是问别人,又怕被人追赶,只得踉跄而逃。正走时,只见一人手提宝剑,迎面拦住,说:"那里走!"吓得宝玉惊惶无措。仗着胆抬头一看,却不是别人,就是尤三姐。……尤三姐道:"我奉妃子之命,等候已久。今儿见了,必定要一剑斩断你的尘缘!"

决定。

接下来,包括他见到的晴雯、黛玉等女孩子,原来都是清净神仙。妄想原本清净,不多解释了。

正嚷着,后面力士赶来,宝玉急得往前乱跑,忽见那一群女子都变作鬼怪形象,也来追扑。宝玉正在情急,只见那送玉来的和尚,手里拿着一面镜子一照,说道:"我奉元妃娘娘旨意,特来救你!"登时鬼怪全无,仍是一片荒郊。……那和尚道:"你到这里,曾偷看什么东西没有?"宝玉……便道:"我倒见了好些册子来着。"那和尚道:"可又来。你见了册子,还不解么?世上的情缘,都是那些魔障!只要把历过的事情细细记着,将来我与你说明。"说着,把宝玉狠命的一推,说:"回去罢!"宝玉站不住脚,一交跌倒,……

和尚拿镜子一照,就是觉照,所以"登时鬼怪全无"。

和尚说,你想玩神通,这也是着魔的节奏,不是告诉你了吗,世上的情缘都是魔障,你想玩神通不还是世俗情缘在作怪吗,不还是觉得那东西比地球人高明吗,不还是掉在爱恨高低的分别里面吗。

和尚又说,这次领你进来体悟一番,你要记住关键的东西,以后日常生活中善自体会,彻底翻身。

遂把神魂所历的事呆呆的细想。幸喜还记得,便哈哈的笑道:"是了,是了!"

宝玉表示,我记住了,再不会忘了。

王夫人只道旧病复发,便好延医调治,即命丫头婆子快去告诉贾政,说是:"宝玉回过来了。头里原是心迷住了,如今说出话来,不用备办后事了。"贾政听了,即忙进来看视,果见宝玉苏来,便道:"没福的痴儿!你要唬死谁么?"说着,眼泪也不知不觉流下来了。

自己知道了就知道了,且随顺世缘,该吃饭吃饭,该吃药吃药,和其光,同其尘,别人不了解内情很正常,不用满世界嚷嚷。

那时惜春便说道:"那年失玉,还请妙玉请过仙,说是'青埂峰下倚古松',还有什么'入我门来一笑逢'的话。想起来'入我门'三字,大有讲究。佛教法门最大,只怕二哥哥不能入得去。"宝玉听了,又冷笑几声。宝钗听着,不觉的把眉头儿皱揪着,发起怔来。……宝玉想"青灯古佛前"的诗句,不禁连叹几声。

爱走小路的人,您就继续走您的小路,恕不奉陪。所以宝玉冷笑,宝钗皱眉。

可是,走小路的人也值得怜悯呀,想到这里,"不禁连叹几声"。

不过要注意的是,小说这里只是比喻,咱别执著字面,瞧不起那些决定出家的人、已经出家的人,妄造恶业。

忽又想起"一床席""一枝花"的诗句来,拿眼睛看着袭人,不觉又流下泪来。

无量劫来陪伴我的情识啊,引导我沉迷、引导我觉悟的情识啊!

袭人,谢谢你,只是从此你不是我的人了。

"一床席""一枝花",非常优雅的意境,国画上有时能看到,再配上一位白胡子长者,小书童对面一坐,一张小儿,一壶小茶,惬意得很,仿佛时空在这一刻凝固。不从艺术的角度,单从佛法角度看的话,说不定还是执著清净,执著善的一面,即使生了天,也还是执迷。

袭人比喻善自护念的那一面情识,好多时候就是心灵鸡汤,所以用"一床席""一枝花"来形容她,同时也暗含了"花袭人"的谐音。

便是贾政见宝玉已好,现在丁忧无事,想起贾赦不知几时遇赦,老太太的灵柩久停寺内,终不放心,欲要扶柩回南安葬,便叫了贾琏来商议。

这就是回目说的"送慈柩故乡全孝道",明白路头,不枉了佛的苦口婆心。

那知宝玉病后,虽精神日长,他的念头一发更奇僻了,竟换了一种,不但厌弃功名仕进,竟把那儿女情缘也看淡了好些。……一日,恰遇紫鹃送了林黛玉的灵柩回来,闷坐自己屋里啼哭,想着:"宝玉无情!……只是一件叫人不解:如今我看他待袭人也是冷冷儿的,二奶奶是本来不喜欢亲热的,麝月那些人就不抱怨他么?……"正想着,只见五儿走来瞧他。……紫鹃听他说的好笑,便噗嗤的一笑,啐道:……因又笑着,拿个指头往脸上抹着,问道:"你到底算宝玉的什么人那?"那五儿听了,自知失言,便飞红了脸。

站在"字卷"的角度看,当然无法理解宝玉的冷淡。

还想做禅门五家子孙么?回头想来,真是羞人。

……只听院门外乱嚷,说:"外头和尚又来了,要那一万银子呢!……"

饥荒又来了,看来这和尚不把人逼死不干休啊!

见李贵将和尚拦住,不放他进来。宝玉便说道:"太太叫我请师父进去。"李贵听了,松了手,那和尚便摇摇摆摆的进来。

"理贵"把和尚拦住了。我仗着自己明白了,心想,您还跑来干吗呢?没事找事嘛。我这其实还是有个道理在。

我也知道,人家来,必定也有缘故,所以说是王夫人请他来的。

宝玉听来,又不像有道行的话,看他满头癞疮,浑身腌臢破烂,心里想道:"自古说'真人不露相,露相不真人',也不可当面错过。我且应了他谢银,并探探他的口气。"

我是悟道的,视钱财如空气,可眼前这位口口声声要银子,不像有道行的啊。

我是悟道的,散发着一个明白人的通达气息,再瞧瞧眼前这位呢,满头癞疮,浑身腌臜破烂,唉。

不过,有道是:"若以色见我,以音声求我,是人行邪道,不能见如来。"豁出一万银子,姑且请教一下。

我又拿出了一万分的虔诚。

便说道:"……弟子请问师父,可是从太虚幻境而来?"那和尚道:"什么'幻境'!不过是来处来,去处去罢了。我是送还你的玉来的。我且问你,那玉是从那里来的?"宝玉一时对答不来。那僧笑道:"你自己的来路还不知,便来问我!"宝玉本来颖悟,又经点化,早把红尘看破,只是自己的底里未知。一闻那僧问起玉来,好像当头一棒,便说道:"你也不用银子的,我把那玉还你罢。"那僧笑道:"也该还我了。"

我开口不客气:师父,您是过来人吗?

师父说,什么悟道,不过就这样混日子等死罢了。我且问你,你觉得自己明心见性了,你见到的性在哪?

我……

师父笑了,你自己是怎么回事,还不清楚,反倒来考问我?

对哦,我不就是一堆妄想幻化出来的吗?我还打什么妄想,觉得自己有个"悟",有个"明心见性"呢?

我说，师父，那好，我把所执著的"佛性"概念还给您，我不要了，您看行不行。

师父说，还给我吧，还给佛经。

原来，和尚为什么又来了呢？我觉得悟道了，还有个"悟"嘛。我悟了，人家没悟，我比人家高一头喽。

前次要一万赏银，是要我交出一切藏私的东西。这次要一万赏银，是要我交出对"悟"的执著。

宝玉道："你快去回太太说：不用张罗银子了，我把这玉还了他就是了。"袭人听说，即忙拉住宝玉，道："这断使不得的！那玉就是你的命，若是他拿了去，你又要病着了！"宝玉道："如今再不病的了。我已经有了心了，要那玉何用？"摔脱袭人，便想要走。袭人急的赶着嚷道：……说着，赶上一把拉住。宝玉急了，道："你死也要还！你不死也要还！"狠命的把袭人一推，抽身要走。怎奈袭人两只手绕着宝玉的带子不放，哭着喊着坐在地下。……那宝玉更加生气，用手来掰开了袭人的手。幸亏袭人忍痛不放。紫鹃在屋里听见宝玉要把玉给人，这一急比别人更甚，把素日冷淡宝玉的主意都忘在九霄云外了，连忙跑出来，帮着抱住宝玉。那宝玉虽是个男人，用力摔打，怎奈两个人死命的抱住不放，也难脱身，叹口气道："为一块玉，这样死命的不放，若是我一个人走了，你们又怎么样？"袭人、紫鹃听了这话，不禁嚎啕大哭起来。

想彻底放下一切执著,谈何容易!情识也抱住我,"字卷"也抱住我,唉!无量劫来的妄想纠缠啊!

看来,以后等待我的,是漫漫长路啊!

现在对佛性的概念执著都放不下,将来要是想像大迦叶那样,"久灭意根,圆明了知,不因心念",让"意"失踪,岂不是更难?

正在难分难解,王夫人、宝钗急忙赶来,见是这样形景,王夫人便哭着喝道:"宝玉!你又疯了!"宝玉见王夫人来了,明知不能脱身,只得陪笑道:"这当什么,又叫太太着急。他们总是这样大惊小怪。我说那和尚不近人情:他必要一万银子,少一个不能。我生气进来,拿了这玉还他,就说是假的,要这玉干什么?他见我们不稀罕那玉,便随意给他些,就过去了。"

正在感慨,说要放下佛性执著却又放不下的时候,心里的一个声音告诉我:你又在打妄想了!

对哦,哪有要放下的呢?我能放下什么呢?我又执著对佛性的那个执著了。

严阳尊者问赵州:"一物不将来时如何?"什么都不执著的时候,怎么办?赵州说,放下。严阳很奇怪,什么都不执著,哪有可放下的呢?赵州说,放不下,那就担起来。严阳大悟。

赵州跟严阳说的话,不就是王夫人骂我,说我"又疯了"吗?

明白了这个,我跟王夫人说,刚才都是闹着玩的,已经过去了。

只见宝钗走上来,在宝玉手里拿了这玉,说道:"你也不用出去,我合太太给他钱就是了。"宝玉道:"玉不还他也使得,只是我还得当面见他一见才好。"袭人等仍不肯放手。到底宝钗明决,说:"放了手,由他去就是了。"

宝钗说,放不下,那就拿着。佛性这个概念跟你有仇吗?
我说,那行,但是我还有一点疑惑,需要再向师父请教。
宝钗又明智又果断,放我出去了。

王夫人便问道:"和尚和二爷的话,你们不懂,难道学也学不来吗?"那小厮回道:"我们只听见说什么'大荒山',什么'青埂峰',又说什么'太虚境'、'斩断尘缘'这些话。"王夫人听着也不懂。宝钗听了,唬得两眼直瞪,半句话都没有了。正要叫人出去拉宝玉进来,只见宝玉笑嘻嘻的进来,说:"好了,好了!"宝钗仍是发怔。王夫人道:"你疯疯癫癫的说的是什么?"宝玉道:"正经话,又说我疯癫!那和尚与我原认得的,他不过也是要来见我一见。他何尝是真要银子呢?也只当化个善缘就是了。所以说明了,他自己就飘然而去了。这可不是好了么?"

我又出去向师父请教,师父告诉我,一切语言文字都只是工具,跟众生说话,也就是引用引用佛和祖师的东西罢了,难道咱还真想搞什么学术创新?佛教这个领域,该说的佛早都说完了,《大藏经》在那放着呢。所以王夫人说:

"和尚和二爷的话,你们不懂,难道学也学不来吗?"

师父说,大荒山上连棵草都没有,这世界本来没话好说。以情为界埂,迷情是凡夫,悟情是圣人,但是,古人所谓的悟,不光是要了却凡情,也是要了却圣情。既然是了却情,那你心里的众生概念、度人概念也得放开,所以宝钗听了这话,"半句话都没有了"。

我进一步明白了,师父这回连我以后在世上怎么玩,都指明了方向。我很开心,就说:"好了!好了!"

王夫人对我这个"明白"不放心,进一步勘验:"你疯疯癫癫说的是什么?"你不会又掉进什么执著了吧?说来听听。

有什么好说的呢?我就跟王夫人玩了个机锋,告诉妈妈,今天天气不错,大家去公园逛逛呗。

王夫人不信,又隔着窗户问那小厮。那小厮……进来回说:"果然和尚走了,说请太太们放心,我原不要银子,只要宝二爷时常到他那里去去就是了。诸事只要随缘,自有一定的道理。"王夫人道:"原来是个好和尚!你们曾问他住在那里?"小厮道:"门上的说,他说来着,我们二爷知道的。"王夫人便问宝玉:"他到底住在那里?"宝玉笑道:"这个地方儿,说远就远,说近就近。"宝钗不待说完,便道:"你醒醒儿罢!别尽着迷在里头!现在老爷太太就疼你一个人,老爷还吩咐叫你干功名上进呢。"

宝玉道:"我说的不是功名么?你们不知道'一子出家,七祖升天'!"王夫人听到那里,不觉伤起心来,说:"我们的家运怎么好!一个四丫头口口声声要出家,如今又添出一个来了。我这样的日子,过他做什么!"说着,放声大哭。宝钗见王夫人伤心,只得上前苦劝。宝玉笑道:"我说了一句玩话儿,太太又认起真来了。"王夫人止住哭声道:"这些话也是混说的么?"

  王夫人还是不放心,进一步勘验,这是祖师的常见套路。有些人仗着有两下子,关公门前耍大刀,祖师见招拆招,直到把人家逼到墙角,知道自己熊在哪才罢。不过,能跟祖师过上三五招的,一般都是高手了,最后虽然露出熊包本色,但是只要承认熊包,虚心求教,没准也能点化过来。

  我说,师父说了,不变随缘、随缘不变。我引用的是师父的话,我本人没说什么,你没把柄好抓的。

  王夫人听了,表示没问题。

  王夫人又问,圣人以何为住?快说!快说!

  我回答说,这地方说远就远,说近就近。我的意思,哪个地方不是圣人所住呢?一切现成啊!

  当我回答"说远就远,说近就近"的时候,其实不自觉又露出了马脚,我还在讲道理啊!

  宝钗比我明白些,赶紧告诉我,你又在扯了,醒醒吧,看看窗外那棵树。

  第一回合落败。

  我又玩了个机锋,逗她说,我这个彻底一无所有,正是最大的功名事业,成佛做祖的事业,天上天下第一等事业。我哪能不知道这是很低端的说法啊,故意探探风,好反客为主。

拾陆　觉悟与行愿

王夫人貌似果然上当,提醒我说,惜春的事,你还不引以为鉴吗?你又要往小路跑?

我说,到底是我执迷,还是您执迷?这么明显的低级破绽,说过了就说过了,您也当真?岂不见《维摩诘经》里,维摩诘跟须菩提说了一大堆毁三观的话,把须菩提给吓着了(他老人家演戏总是那么像),维摩诘轻轻地告诉他,言语这种东西也是空啊,说过了就说过了,何必抓住较真呢?

王夫人说,你以为我上当了?我是警告你,你在世上说的每个字,可能都会影响很多众生,你出言吐字都要小心,不能光由着自己的超脱就信口开河呀。维摩诘是维摩诘,人家经典里有密义,不要盲目效仿啊!

我……

这两个女人,是要让我穷死的节奏啊!

上无片瓦,下无立锥,苍天,苍天!

话说王夫人和宝钗不都是俗人吗?怎么忽然摇身一变,都成了大禅师了?

这些都是比喻修行人在明白以后,和光同尘,在世俗对境里打磨自己的微细执著。下面还有好多情节,与此类似。所以《悟真篇》说:

俗语常言合至道,宜向其中细寻讨。

能于日用颠倒求,大地尘沙尽成宝。

前面举过的宝积禅师经过菜市场,从屠夫的话悟道;楼子和尚经过酒楼,从流行歌词悟道,都是这种妙用。

> 正闹着,只见丫头来回说:"琏二爷回来了,颜色大变,说,请太太回去说话。"

我真的没有什么折腾的了,所以"贾琏"这个贾府办事的顶梁柱,现在"颜色大变"了。以前他是成竹在胸,现在是六神无主。

(三) 大平等

第117回的后半部分"欣聚党恶子独承家",以及第118回的前半部分"记微嫌舅兄欺弱女",是说明怨亲平等的道理。上面明白路头主要是智慧的事,现在大平等涉及到福报。

一般来说,人生在世,难免对亲人要额外亲近一些,所以叫"亲人"嘛。有了所亲的人,就有了所疏的人;反过来说,有了所疏的人,就有了所亲的人。对人是这样,对物也是这样,喜欢和讨厌总是同时出现,于是就没法平等了,于是自我执著就更坚固了,因为爱恨的标准是我定的,能满足自我执著的我才喜欢,跟自我执著相违背的我就讨厌。

这么说,是不是儒家的亲亲之道有问题呢?也没有问题。儒家叫人仁爱,先从对亲人的爱开始,最后是要扩展到天下的,而且对亲人的爱,不是掉在爱恨情绪里的那种爱,与其说是一种情,不如说更接近于智。《大学》说,"身有所忿懥,则不得其正;有所恐惧,则不得其正;有所好乐,则不得其正;有所忧患,则不得其正",掉在爱恨情绪里,心就偏了。

> 贾琏又欲托王仁照应,巧姐到底不愿意;听见外头托了芸蔷二人,心里更不受用,嘴里却说不出来。只得送了他父亲,谨谨慎慎的随着平儿过日子。

巧姐全面登场。她比喻因果不爽,巧而不巧,小说要以她为核心,来解释什么是怨亲平等。

她被托付给王仁、贾芸、贾蔷这三个人照应,后来又有贾环参与,小说称这些人为"狠舅奸兄"。外加一个她的亲祖母邢夫人,拍板拿主意,差一点害了她。

曹雪芹告诉我们:

第一,冤家迟早是要碰面的,地球太小,一万年太短。碰面了就烦恼,佛教称为"怨憎会苦"。既然迟早碰面,那么躲是躲不掉的,躲得过初一躲不过十五。所以巧姐"到底不愿意","心里更不受用,嘴里却说不出来",再不乐意也得面对。

第二,碰面的形式,可能是以亲人、同事、朋友等很近的缘分出现,也可能是以很远的缘分出现。再远的缘分,具体到那个情境当中,也成近的了,所以曹雪芹安排了身边人陷害巧姐。

第三,这些人都是亲人,曹雪芹说:亲人和外人,谁在关键时刻拉你一把或捅你一刀,说不定,因缘是极其复杂的,别根据自己的爱恨得出片面结论。

第四,所谓的"邢大舅",就是"刑大旧";"王仁""贾芸""贾蔷""假环""邢夫人"的喻意,前面都解释过了,只是再强调一点,你所面对的那些冤家,说到底是你自己心里的事,你心里有一些旧习,比如刻薄、非分之想、乱攀缘等等,这些是当下跟人家构成怨气的根本原因。

听完曹雪芹的课程,巧姐表示,好的,虽然有点怕,但是我会尽量平心静气地面对冤家,而不是仇视他们报复他们让怨结更深,我会"谨谨慎慎的随着平儿过日子"。

> 那贾蔷还想勾引宝玉。贾芸拦住道:"宝二爷那个人没运气的,不用惹他。……"

虽然冤家想来招惹,但我不以同样的怨害之意去应对。

> 时常王夫人、宝钗劝他念书,他便假作攻书,一心想着那个和尚引他到那仙境的机关,心目中触处皆为俗人。却在家难受,闲来倒与惜春闲讲。他们两个人讲得上了,那种心更加准了几分,那里还管贾环、贾兰等?

宝玉又在保任。

"保任"是禅门的一个常见术语。明白了之后,怎么在日常生活中继续明白,一切时一切处锻炼这份明白,再不迷失,就称为"保任"。

大安请教百丈,我想认得真佛,不知道真佛在哪？百丈说,简直是骑牛找牛。大安说,认得以后如何呢？百丈说,如人骑牛到家。大安说,那平常怎么保任呢？百丈说:"如牧牛人执杖视之,不令犯人苗稼。"

　　灵训请教归宗,如何是佛？归宗说,我告诉你,你信吗？灵训说,您金口玉言,我哪敢不信呢？归宗说:"即汝便是。"灵训说,怎么保任呢？归宗说:"一翳在眼,空花乱坠。"灵训明白了,但是他还有点东西,类似于《红楼梦》这里,和尚才要了第一次赏银,还有第二次登门在等着。有一天,灵训向归宗辞行,归宗问他去哪,他说我回岭中去。归宗说,你在这很多年了,要走也得隆重一点,去把行李打点好,穿得正正规规的再来,我有很上乘的佛法要告诉你。灵训就正正规规的来了,归宗说,到我面前来。灵训就往前靠近,准备聆听最上乘的秘密,想当年五祖给六祖传法,三更半夜用被子围起来在里面讲《金刚经》,如今我师父大概也是这样吧。归宗告诉他:"时寒,途中善为。"灵训一听,"顿忘前解"。

　　大安和灵训悟的是什么,保任的又是什么呢？但尽凡心,不求圣解,不用往境界上会。

　　　　所以荣府住的人虽不少,竟是各自过各自的,谁也不肯做谁的主。贾环、贾蔷等愈闹的不像事了,甚至偷典偷卖,不一而足。贾环更加宿娼滥赌,无所不为。……

　　　　邢大舅就喝了一杯,说道:"诸位听着:……土地一看,果然是一堵好墙,怎么还有失事,把手摸了一摸,道:'我打量是真墙,那里知道是个"假墙"！'"众人听了,大笑起来。贾蔷也忍不住的笑,说道:

"傻大舅!你好!我没有骂你,你为什么骂我?快拿杯来罚一大杯!"……邢大舅说他姐姐不好,王仁说他妹妹不好,都说的狠狠毒毒的。贾环听了,趁着酒兴,也说凤姐不好,怎样苛刻我们,怎么样踏我们的头。

旧习气翻腾出来,不用理会,不用拿善恶标签去取舍,只是看着,看它能怎么样。所以说"竟是各自过各自的,谁也不肯做谁的主"。

曹雪芹借邢大舅之口,说,一切的分别心、对待心,都是人自己立的界限,都是假墙。面对因果业力,还想挡一挡,这也是假墙。游戏许久,煞有介事,有朝一日发明心地,明白了,原来都是假墙,哈哈大笑。

接下来,大家聊到了贾雨村被参,不知道到底有没有罪;赖尚荣("赖上荣")贪污受贿,不知道到底会不会出事;朝廷处理一批海疆贼寇,其中有个女的被贼寇杀了,不知道是不是妙玉,等等。都是作者借这帮赌徒之口,传达的旧习了结信号。旧习可能了了,可能没了,到底了没了呢?读者善思之。

惜春听了,收了泪,拜谢了邢、王二夫人李纨、尤氏等。王夫人说了,便问彩屏等谁愿跟姑娘修行。……岂知宝玉叹道:"真真难得!"袭人心里更自伤悲。宝钗虽不言语,遇事试探,见他执迷不醒,只得暗中落泪。

惜春要出家了,带发修行。宝玉评价说"真真难得",言下之意其他人就差劲些了,这还是高下之心,有失平等,旧习复发,所以宝钗"见他执迷不醒,

拾陆 觉悟与行愿

只得暗中落泪"。

觉悟的人,对这个世界没有话说,添一笔是累赘,减一笔是累赘,管好自己的嘴,心态上不介入世间是非,才真的难得,而不是去指指点点说人家怎样才算难得。所以孟子说,"人之患,在好为人师",喜欢指导人家怎么办,没想着自己怎么办。

紫鹃道:"……如今四姑娘既要修行,我就求太太们将我派了跟着姑娘,伏侍姑娘一辈子,不知太太们准不准?若准了,就是我的造化了。"

惜春要走小路,"字卷"跟着去了。

众人才要问他时,他又哈哈的大笑,走上来道:"我不该说的。这紫鹃蒙太太派给我屋里,我才敢说:求太太准了他罢,全了他的好心。"王夫人道:"你头里姊妹出了嫁,还哭得死去活来;如今看见四妹妹要出家,不但不劝,倒说好事,你如今到底是怎么个意思?我索性不明白了。"……宝玉也不分辩,便说道:"勘破三春景不长,缁衣顿改昔年妆。可怜绣户侯门女,独卧青灯古佛旁!"李纨、宝钗听了诧异道:"不好了!这个人入了魔了。"

宝玉说,随她去吧。

王夫人说,你有什么根据?

宝玉说,她命里如此,要走这条路,有什么好拦的呢?一切随缘吧。

李纨(代表素心,不折腾)和宝钗听了诗,都感叹,惜春这是走小路的节奏啊!

字面上,李纨和宝钗感叹的是宝玉入了魔,其实"这个人"可以明指宝玉,也可以暗有所指。

王夫人回过味来,细细一想,便更哭起来道:"你说前儿是玩话,怎么忽然有这首诗?罢了,我知道了!你们叫我怎么样呢?我也没有法儿了,也只得由着你们去罢!但只等我合上了眼,各自干各自的就完了!"

王夫人说,你打了好多机锋,不掉进对待里,怎么现在遇一点事又出来讲道理了?也罢,你旧习还多得很,还有个"一切随缘"的概念,继续玩你的吧,看什么时候彻底死了心,不玩道理了吧。

紫鹃又给宝玉、宝钗磕了头,宝玉念声:"阿弥陀佛!难得,难得!不料你倒先好了!"宝钗虽然有把持,也难掌住。

宝钗说,简直受不了你了,你那份高下之心到底什么时候死透啊!

且言贾政……想到盘费算来不敷,不得已,写书一封,差人到赖尚荣任上借银五百,叫人沿途迎来,应付需用。过了数日,贾政的船才行得十数里。那家人回来迎上船只,将赖尚荣的禀启呈上,书内告了多少苦处,备上白银五十两。贾政看了大怒,即命家人立刻送还,将原书发回,叫他不必费心。……赖尚荣心下不安,立刻修书到家,回明他父亲,叫他设法告假,赎出身来。……赖家一面告假,一面差人到赖尚荣任上,叫他告病辞官。

字面上,这段情节有逻辑问题。其一,赖尚荣全靠了贾家的恩德,才能不做奴才,现在又弄个知县当当,无论如何,他不应该忘恩负义到如此地步,贾政正是知道他能拿得出来才要求的,贾政不是笨人,虽然有时刻板了点。其二,他贪污受贿,手长得很,五百两银子完全是小意思,现在却要在这个环节对一位朝廷大员如此抠门,平时想给人家行贿还怕够不着呢,现在人家来借点钱反倒推托。其三,他明知道,只要巴结贾府,以后荣华富贵享不尽,要是得罪了贾府这样的显赫世家,吃不了兜着走,既然知道,为什么还要这样呢?他父亲在贾府地位很高,他居然宁可得罪贾府,叫他父亲辞职,然后他父亲又给他写信,叫他县官也别做了,这爷俩是怎么了?完全匪夷所思。

从喻义上看,就很清楚了。这是"怨亲平等"的一个重要环节。

把"赖上荣"的心思去掉。

有个"赖",赖大了不说,还要赖上荣,以前可以,现在想怨亲平等,就得把依赖别人的心思死掉,哪怕他是我的上级。不巴结谁了,大不了我不端你的饭碗,吃人家的嘴软拿人家的手短,所以赖家父子做出了惊世骇俗的选择。

此正如苏东坡《赤壁赋》所谓:"浩浩乎,如冯虚御风,而不知其所止;飘飘乎,如遗世独立,羽化而登仙!"有一毫牵挂,就没办法遗世独立了。

这是不是忘恩负义呢？重申一遍，这部《红楼梦》都是比喻，主要是讲用心的。心里不巴结，不代表手上不感恩、不恭敬。孔子也感叹过这事，他说："事君尽礼，人以为谄也。"我对国君恭恭敬敬，礼节周到，结果就有人觉得我谄媚，没办法解释啊！

> 贾环等商议定了，王仁便去找邢大舅，贾芸便去回邢、王二夫人，说得锦上添花。……平儿心下留神打听。那些丫头婆子都是平儿使过的，平儿一问，所有听见外头的风声都告诉了，平儿便吓的没了主意。

冤业现前，着实还是有点把持不住的，所以"平儿便吓的没了主意"。

> 那外藩不知底细，便要打发人来相看。

"外藩"，就是面对世间因缘的时候，自己还有一道墙在挡着。邢大舅等人要把巧姐嫁去外藩作偏房，比喻修行人面对自己的因果业力，还有一层藩篱在。

这个"藩"，就是前面邢大舅戏说贾蔷的"假墙"。就事来说，藩篱是个好东西，老百姓有个院墙，家里得到了保护，风水说不定还能加分；曾国藩那个"藩"，保护了几千年的中华文明。就心来说，藩篱就是恐惧的表现，是解脱的障碍。王阳明有朋友闭门不出，他写诗以赠：

见说新居止隔山,肩舆晓出暮堪还。

知公久已藩篱散,何事深林尚闭关?

王阳明说,你既然早已"藩篱散"了,那还跑到深山老林里躲起来干吗呢?有所逃避,有所抗拒,不还是有个恐惧在吗?

宝玉劝道:"太太别烦恼。这件事,我看来是不成的。这又是巧姐儿命里所招,只求太太不管就是了。"王夫人道:"你一开口就是疯话!人家说定了就要接过去。若依平儿的话,你琏二哥哥不抱怨我么?别说自己的侄孙女儿,就是亲戚家的,也是要好才好。……"

宝玉说,冤业现前,别管他,认命就是了。

王夫人说,你还有个"认命"的观念,老是摆出一副什么都看破了的高姿态,残存的知解什么时候消亡呢?真正的随缘,心上不介入,手上也是可以有所作为的,不是一味地缩起头来,你懂吗?照你这么玩,将来有人给你上香磕头,求你保佑什么,你也一味缩头,不管人家的因缘?

王夫人一面接书,一面问道:"你老娘来作什么?"贾兰道:"我也不知道。我只听见我老娘说:我三姨儿的婆婆家有什么信儿来了。"……李纨看了道:"三姑娘出了门好几年,总没有来;如今要回京了,太太也放了好些心。"

"理绮"来消息了,探春也要回来了。

世间的文字,世间的道理,没有明白以前,容易成为障碍,明白以后,都可以是妙用。让咱们再温习一遍憨山大师的说法:

> 而华严五地圣人,善能通达世间之学,至于阴阳术数、图书印玺、医方辞赋,靡不该练,然后可以涉俗利生。故等觉大士,现十界形,应以何身何法得度,即现何身何法而度脱之。由是观之,佛法岂绝无世谛,而世谛岂尽非佛法哉?由人不悟大道之妙,而自画于内外之差耳。道岂然乎?……余尝以三事自勖曰:不知《春秋》,不能涉世;不知老庄,不能忘世;不参禅,不能出世。知此,可与言学矣。(《观老庄影响论》)

憨山大师说,"理绮"和探春所喻的世俗典籍,其实都是宝玉的妙用啊!

> 却说宝玉送了王夫人去后,正拿着《秋水》一篇在那里细玩。宝钗从里间走出,见他看的得意忘言,便走过来一看,见是这个,心里着实烦闷,细想:"他只顾把这些出世离群的话当作一件正经事,终久不妥!"看他这种光景,料劝不过来,便坐在宝玉旁边,怔怔的瞅着。

宝钗替宝玉捏一把汗,你什么时候才能把世法和出世法圆融起来,而不是打成两截呢?

可要点拨他,怎么开口呢?一开口就容易落在对待里。比方说,劝他要圆融世出世法？有个圆融有个法，自己都不好意思了。

宝钗道："我想你我既为夫妇，你便是我终身的倚靠，却不在情欲之私。论起荣华富贵，原不过是过眼烟云；但自古圣贤，以人品根柢为重。"

宝玉也没听完，把那本书搁在旁边，微微的笑道："据你说'人品根柢'，又是什么'古圣贤'，你可知古圣贤说过，'不失其赤子之心'？那赤子有什么好处？不过是无知，无识，无贪，无忌。我们生来已陷溺在贪、嗔、痴、爱中，犹如污泥一般，怎么能跳出这般尘网？如今才晓得'聚散浮生'四字，古人说了，不曾提醒一个。既要讲到人品根柢，谁是到那太初一步地位的？"

宝钗道："你既说'赤子之心'，古圣贤原以忠孝为赤子之心，并不是遁世离群、无关无系为赤子之心。尧、舜、禹、汤、周、孔，时刻以救民济世为心，所谓赤子之心，原不过是'不忍'二字。若你方才所说的忍于抛弃天伦，还成什么道理？"

宝玉点头笑道："尧、舜不强巢、许，武、周不强夷、齐。"

宝钗不等他说完，便道："你这个话，益发不是了。古来若都是巢、许、夷、齐，为什么如今人又把尧、舜、周、孔称为圣贤呢？况且你自比夷、齐，更不成话。夷、齐原是生在殷商末世，有许多难处之事，所以才有托而逃。当此圣世，咱们世受国恩，祖父锦衣玉食；况你自有生以来，自去世的老太太以及老爷太太视如珍宝。你方才所说，自己想一想，是与不是？"

宝玉听了,也不答言,只有仰头微笑。

宝钗因又劝道:"你既理屈词穷,我劝你从此把心收一收,好好的用用功,但能博得一第,便是从此而止,也不枉天恩祖德了!"

宝玉点了点头,叹了口气,说道:"一第呢,其实也不是什么难事。倒是你这个'从此而止','不枉天恩祖德',却还不离其宗!"

宝钗说,男女私情、荣华富贵,这些的确如你所见,都是过眼烟云。但是,你的见地还有问题,佛陀的子孙是要有清净愿力的,而不是你所理解的自己看开了就完事了。法身、般若、解脱这三样东西,少了一样,都不是如来的大般涅槃。你看开了,但是你的清净愿力呢?

宝玉说,光有个解脱不就行了吗?你说什么清净愿力,那最初的佛,还没有众生的时候,他的愿力是要度谁?

宝钗说,不扯那么久远的,就说包括释迦牟尼在内的这些近的诸佛圣人,他们不都是有清净大愿的吗?

宝玉说,有清净大愿的自然有清净大愿,可是好多古人悟道的不也貌似没有发愿吗?(这其实只是许多公案没有明写而已。)

宝钗说,你这个话更不对了,如果不发愿的人是对的,那为什么诸佛菩萨各有各的愿,千秋万代众生顶礼无尽、皈依无尽呢?况且你拿你所理解的不发愿的人为标准,更不像话。有些只是公案上没有记载而已,有些虽然得了解脱但是他并不究竟,不发愿说不定跑到外道二乘去了。如今你各种因缘具备,要佛经有佛经,要善根有善根,要三宝护念有三宝护念,为什么不发愿呢?

宝玉理屈词穷。

拾陆 觉悟与行愿

宝钗说,赶紧发愿吧,百尺竿头更进一步,哪怕这回到头了,也不辜负三宝和世间的大恩了。

宝玉点了点头,发个愿呢,也不是难事。倒是你说的"从此而止","不枉天恩祖德",确实没有偏离根本见地,是啊,虽然发愿但是不执著愿,虽然报恩但是不执著恩。

宝钗未及答言,袭人过来说道:……宝玉听了,低头不语。袭人还要说时,只听外面脚步走响,隔着窗户问道:"二叔在屋里呢么?"……宝玉接在手中看了,便道:"你三姑姑回来了?"贾兰道:"爷爷既如此写,自然是回来的了。"宝玉点头不语,默默如有所思。

袭人的劝说,比喻修行人进一步反思发愿的问题,怎么发愿呢?

这时候贾兰来了,他比喻的是种下清净善因,将来必得善果。他带来了探春回来的消息。OK,对于宝玉来说,知道下一步了。

宝玉仍坐在原处,贾兰侧身坐了。两个谈了一回文,不觉喜动颜色。

通过从上以来的解读,我们可以知道,曹雪芹的愿力,就是通过文字传播正法。

愿这个东西,可多可少,因人而异。阿弥陀佛有四十八大愿,药师佛有十二大愿。笔者认识的一位前辈,他说他的愿力,是希望每位见到他的众生都能欢喜。有人可能会奇怪，他为什么不是希望每位见到他的众生都能觉悟呢，就欢喜这么简单？这也很有意思。

> 这里宝玉和贾兰讲文，莺儿沏过茶来。

莺儿比喻让众生欢喜，黄莺的歌声是大家都喜欢的。

> 那宝玉看着书子，笑嘻嘻走进来递给麝月收了，便出来将那本《庄子》收了，把几部向来最得意的，如《参同契》《元命苞》《五灯会元》之类，叫出麝月、秋纹、莺儿等都搬了搁在一边。宝钗见他这番举动，甚为罕异，因欲试探他，便笑问道："不看他倒是正经，但又何必搬开呢？"宝玉道："如今才明白过来了：这些书都算不得什么。我还要一火焚之，方为干净。"宝钗听了，更欣喜异常。只听宝玉口中微吟道："内典语中无佛性，金丹法外有仙舟。"宝钗也未甚听真，只听得"无佛性""有仙舟"几个字，心中转又狐疑，且看他作何光景。
>
> 宝玉便命麝月、秋纹等收拾一间静室，把那些语录名稿及应制诗之类都找出来搁在静室中，自己却当真静静的用起功来。宝钗这才放了心。

宝玉的见地，终于接近圆满了。宝钗不放心，问道，讲解脱的那些书，你不看就是了，何必收起来呢？宝玉说，烧了也罢，过了河就不用背着筏子了。

宝钗非常欣慰,没想到宝玉又来了句"内典语中无佛性,金丹法外有仙舟",理论概念又出来了。宝钗继续观察,看到宝玉没话说了,闷头行愿了,这才放心。

袭人道:"……我想倒茶弄水,只叫莺儿带着小丫头们伏侍就够了,不知奶奶心里怎么样?"宝钗道:"我也虑的是这个,你说的倒也罢了。"从此,便派莺儿带着小丫头伏侍。

没有别的妄想,一心行愿,为众生做事,令众生欢喜。

莺儿忽然想起那年给宝玉打络子的时候,宝玉说的话来,便道:"真要二爷中了,那可是我们姑奶奶的造化了!……如今二爷可是有造化的罢咧。"宝玉听到这里,又觉尘心一动,连忙敛神定息,微微的笑道:"据你说来,我是有造化的,你们姑娘也是有造化的;你呢?"

为众生做事,令众生欢喜,免不了会有很多赞叹,刚开始免不了让人"尘心一动"。这时候一"敛神定息",也就不动心了,一切如此而已。

第119回,"中乡魁宝玉却尘缘,沐皇恩贾家延世泽",了却尘缘,但是不离三界,后福无穷。

话说莺儿见宝玉说话,摸不着头脑,正自要走,只听宝玉又说道:"傻丫头,我告诉你罢!你姑娘既是有造化的,你跟着他,自然也是有造化的了。你袭人姐姐是靠不住的。只要往后你尽心伏侍他就是了。日后或有好处,也不枉你跟着他熬了一场!"

为众生讲法,引导他们学会慈悲,培养福报,不再追随情识("你袭人姐姐是靠不住的")。

宝玉说,"日后或有好处,也不枉你跟着他熬了一场",拉开了这一回"延世泽"(后福无穷)的序幕。

只见宝玉一声不哼,待王夫人说完了,走过来给王夫人跪下,满眼流泪,磕了三个头,说道:"母亲生我一世,我也无可答报。只有这一入场,用心作了文章,好好的中个举人出来,那时太太喜欢喜欢,便是儿子一辈子的事也完了。一辈子的不好,也都遮过去了。"

修心一场(王夫人喻心王),到头来只是"了"心而已,所以宝玉说"无可答报"。从此默然行愿("举人"是提携众生的意思),再不生枝节,远离颠倒梦想,那个"意"不再胡乱攀缘,所以说"一辈子的事也完了。一辈子的不好,也都遮过去了"。

王夫人听了,更觉伤心,便道:"你有这个心,自然是好的,可惜你老太太不能见你的面了!"一面说,一面哭着拉他。那宝玉只管跪着,不肯起来,便说道:"老太太见与不见,总是知道的,喜欢的。既能知道了,喜欢了,便是不见也和见了的一样。只不过隔了形质,并

拾陆 觉悟与行愿

非隔了神气啊。"

王夫人考验说,你默然行愿,可惜从此跟"三宝"这个概念远离了。

宝玉说,世法脚下行,佛祖心头坐,开眼闭眼、举手投足莫不见佛。三世诸佛为我灌顶,十方菩萨伴我同行。

李纨见王夫人和他如此,一则怕勾起宝玉的病来,二则也觉得光景不大吉祥,连忙过来说道:……李纨见天气不早了,也不肯尽着和他说话,只好点点头儿。

李纨(素心)一看,又要玩理论了吗?我不跟你说了,快走吧。下面宝钗的表现,也是类似,字面上宝钗很伤心,喻意上是提醒宝玉别玩理论了,快点走。

回头见众人都在这里,只没惜春、紫鹃,便说道:"四妹妹和紫鹃姐姐跟前,替我说罢。他们两个横竖是再见的。"

走小路的,玩文字的,那些人我是不会扔下不管的,再会。

独有王夫人和宝钗娘儿两个倒像生离死别的一般,那眼泪也不知从那里来的,直流下来,几乎失声哭出。但见宝玉嘻天哈地,大有疯傻之状,遂从此出门而去。正是:"走来名利无双地,打出樊笼第一关。"

悲耶？喜耶？

"走来名利无双地"，成佛乃是大丈夫事业，第一等事业。"打出樊笼第一关"，解脱了，这是打破第一关，无尽的行愿在后面等着。

且说贾环见他们考去，自己又气又恨，便自大为王，说："我可要给母亲报仇了！家里一个男人没有，上头大太太依了我，还怕谁！"想定了主意，跑到邢夫人那边请了安，说了些奉承的话。那邢夫人自然喜欢，……

再回来面对从前欠下的业债。

接下来，以平儿和刘姥姥为核心，王夫人为拍板决定者，巧妙解决了这一场危机。比喻只要平心静气（平儿），就能知道怎么办（王夫人），配合上长久以来积累的福报（刘姥姥比喻对众生好，这自然是福报），就能安然度过。这个安然度过，关键是心上的，从始到终不会纠结在得失里，至于说事情能不能安然度过，就很难一概而论了。历史上，个别禅师被人杀掉的也有，他知道那是偿还业债，没有怨言，也没有慌张，一期肉身的消亡就跟蜕了一次皮一样，也是一种"安然度过"。

家人明知此事不好，又都感念平儿的好处，所以通同一气，放走了巧姐。

家人的这些表现，都是刘姥姥的喻象所包含的。

那外藩听了，知是世代勋戚，便说："了不得！这是有干例禁的，几乎误了大事！况我朝觐已过，便要择日起程。倘有人来再说，快快打发出去！"……唬得王仁等抱头鼠窜的出来，埋怨那说事的人，大家扫兴而散。

藩篱一散（外藩马上要"择日起程"），赤裸裸面对世间因果业力，反倒没什么好怕的。

只见王夫人怒容满面，说："你们干的好事！如今逼死了巧姐和平儿了。快快的给我找还尸首来完事！"两个人跪下。贾环不敢言语。

王夫人在演戏。

放开了，没有得失挂碍了，就自如了，面对世间因缘，该唱红脸唱红脸，该唱黑脸唱黑脸，其实心里清楚得很。

贾兰道："……我们两个人一起去交了卷子，一同出来，在龙门口一挤，回头就不见了。我们家接场的人都问我。李贵还说：'看见的，相离不过数步，怎么一挤就不见了？'现叫李贵等分头的找去。我也带了人，各处号里都找遍了，没有，我所以这时候才回来。"王夫人是哭的一句话也说不出来；宝钗心里已知八九……

贾兰说，同样的做事，世俗的做事是掉在事里，宝玉的做事是做完了就放下了。所以说"在龙门口一挤，回头就不见了"，"龙门口"是考场门口，进士及第登龙门的地方，宝玉在那里登了龙门了。登了什么龙门呢？出入有无、鬼神莫测之门，即老子所说的"玄之又玄，众妙之门"。

你说他有，他失踪了。你说他无，他过段时间又冒出来给贾政磕了一次头。

在哪里找他呢？在道理里找是找不到的，所以李贵（"理贵"）没办法。在世间牢笼里找是找不到的，所以说"各处号里都找遍了，没有"，"号"是监牢的意思。

王夫人没有一个字可说，宝钗心里明白。

到了明日，果然探春回来。众人远远接着，见探春出挑得比先前更好了，服采鲜明。……还亏得探春能言，见解亦高，把话来慢慢儿的劝解了好些时，王夫人等略觉好些。

现在再来玩世间文字，当然是"出挑得比先前更好了，服采鲜明"，"见解亦高"。

那人道："中了第七名举人。"王夫人道："宝玉呢？"家人不言语。王夫人仍旧坐下。探春便问："第七名中的是谁？"家人回说："是宝二爷。"正说着，外头又嚷："兰哥儿中了！"那家人赶忙出去，接了报单回禀,见贾兰中了一百三十名。李纨心下自然喜欢,但因不见了宝玉,不敢喜形于色。

宗教里面,"七"一般意味着一个周期。宝玉中了第七名举人,他的喻象这一期的使命已经完成。贾兰也中了,但是落得很远,比喻修行人后面的路根本没有终点,觉悟无尽,众生无尽,行愿无尽,所以李纨"不敢喜形于色"。

次日,贾兰只得先去谢恩,知道甄宝玉也中了,大家序了同年。

与"真宝玉"同行。

皇上圣心大悦,命九卿叙功议赏,并大赦天下。

"大赦",就是"大色",亦是"大空"。再没有色和空的对立,《心经》所谓"色不异空,空不异色,色即是空,空即是色。受想行识,亦复如是"。

不多一时,贾兰进来,笑嘻嘻的回王夫人道:"太太们大喜了。甄老爷在朝内听见有旨意,说是大爷爷的罪名免了;珍大爷不但免了罪,仍袭了宁国三等世职。荣国世职,仍是爷爷袭了,俟丁忧服满,仍升工部郎中。所抄家产,全行赏还。……"

大色大空,真即是假假即是真,所以贾赦和贾珍都官复原职。

刘老老早看出他的心事来,便说:"你的心事我知道了,我给你们做个媒罢。"周妈妈笑道:"你别哄我。他们什么人家,肯给我们庄家人?"刘老老道:"说着瞧罢。"

又是刘姥姥,又是周妈妈,为众生行愿上的周全。没有高下之心,只有周到成全。

贾琏进去,见邢夫人也不言语,转身到了王夫人那里,跪下磕了个头,回道:"姐儿回来了,全亏太太周全!环兄弟也不用说他了。只是芸儿这东西,他上回看家,就闹乱儿;如今我去了几个月,便闹到这样。回太太的话:这种人,撵了他,不往来也使得的!"王夫人道:"王仁这下流种子为什么也是这样坏!"贾琏道:"太太不用说了,我自有道理。"

该发落的习气,自己发落。

(四) 大结局

第 120 回,"甄士隐详说太虚情,贾雨村归结红楼梦",袭人嫁人,香菱回家,大结局。但是曹雪芹说,请读者不要执著这本书里讲的东西,看的时候笑一笑也就算了,看完了不用多想,120回都是"假语村言",只当他啥也没说。

原来袭人模糊听见说,宝玉若不回来,便要打发屋里的人都出去,一急,越发不好了。

袭人还在得失里计较,底下嫁人也是,左思右想,各种犹豫,终于还是心甘情愿地跟了蒋玉函。情识嫁给"将玉函",不乱跑了。

贾政……一日,行到毗陵驿地方,那天乍寒下雪,泊在一个清静去处。……写到宝玉的事,便停笔。抬头忽见船头上微微的雪影里面一个人,光着头,赤着脚,身上披着一领大红猩猩毡的斗篷,向贾政倒身下拜。贾政尚未认清,急忙出船,欲待扶住问他是谁。那人已拜了四拜,站起来打了个问讯。贾政才要还揖,迎面一看,不是别人,却是宝玉。

"毗陵"就是常州。到了常州,能见宝玉一面。常州在哪呢?诸佛如来大般涅槃,"常乐我净"之地。虽"常"但不执著"常",所以曹公用了常州的别名,滴水不漏。这个地方不是死水一潭,所以叫"驿";清凉之极,所以叫"乍寒下雪","清静去处"。

"光着头,赤着脚,身上披着一领大红猩猩毡的篷",以空为体,以色为用。"向贾政倒身下拜",诸佛如来视众生如父母,慈悲得很,不是高高在上的心态。

> 贾政吃一大惊,忙问道:"可是宝玉么?"那人只不言语,似喜似悲。贾政又问道:"你若是宝玉,如何这样打扮,跑到这里来?"宝玉未及回言,只见船头上来了两人,一僧一道,夹住宝玉道:"俗缘已毕,还不快走?"说着,三个人飘然登岸而去。贾政不顾地滑,疾忙来赶,见那三人在前,那里赶得上?只听得他们三人口中不知是那个作歌曰:
>
> 我所居兮,青埂之峰;我所游兮,鸿蒙太空。谁与我逝兮,吾谁与从?渺渺茫茫兮,归彼大荒!
>
> 贾政一面听着,一面赶去,转过一小坡,倏然不见。

后人想要追寻大般涅槃,怎么追呢?越有心追,越"那里赶得上"。不过,曹雪芹说,不妨按照《维摩诘经》上说的"不尽有为,不住无为"("一僧一道,夹住宝玉")去体会,向六祖说的"本来无一物,何处惹尘埃"(所唱的歌)去体会。

> 薛蟠自己立誓说道:"若是再犯前病,必定犯杀犯剐!"……
>
> 大家又将贾政书内叫家内不必悲伤,原是借胎的话解说了一番:"……这佛是更难成的!太太这么一想,心里便开豁了。"……
>
> 王夫人听薛姨妈一番言语说得极有理,……想了一回,也觉解了好些。……

拾陆 觉悟与行愿

那宝钗却是极明理,思前想后:"宝玉原是一种奇异的人,夙世前因,自有一定,原无可怨天尤人。"更将大道理的话告诉他母亲了。……

　　袭人本来老实,不是伶牙俐齿的人,薛姨妈说一句,他应一句,……薛姨妈听他的话,"好一个柔顺的孩子!"心里更加喜欢。宝钗又将大义的话说了一遍,大家各自相安。

所有的纠结,再见。

　　圣上称奇,旨意说:宝玉的文章固是清奇,想他必是过来人,所以如此,若在朝中,可以进用;他既不敢受圣朝的爵位,便赏了一个"文妙真人"的道号。

过来人玩文字,可不是"文妙真人"么?

　　正说着,丫头回道:"花自芳的女人进来请安。"

六尘本来清净,本来自芳,不招惹了,袭人要嫁了。

　　且说那贾雨村犯了婪索的案件,审明定罪,今遇大赦,递籍为民。雨村因叫家眷先行,自己带了一个小厮,一车行李,来到急流津觉迷渡口。只见一个道者,从那渡头草棚里出来,执手相迎。雨村认得是甄士隐，也连忙打恭。

上次见面，仗着自己有点本事，居高临下。这次见面，远离贪瞋痴，恭而有礼。

甄士隐道："前者老大人高官显爵，贫道怎敢相认？原因故交，敢赠片言，不意老大人相弃之深！……"

上次诚言相告，奈何你那时一身本事目中无人啊。

雨村便请教仙长超尘始末。……士隐道："非也！这一段奇缘，我先知之。昔年我与先生在仁清巷旧宅门口叙话之前，我已会过他一面。"雨村惊讶道："京城离贵乡甚远，何以能见？"士隐道："神交久矣。"雨村道："既然如此，现今宝玉的下落，仙长定能知之？"士隐道："宝玉，即宝玉也。那年荣、宁查抄之前，钗、黛分离之日，此玉早已离世：一为避祸，二为撮合。从此夙缘一了，形质归一。又复稍示神灵，高魁贵子，方显得此玉乃天奇地灵锻炼之宝，非凡间可比。前经茫茫大士、渺渺真人携带下凡，如今尘缘已满，仍是此二人携归本处：便是宝玉的下落。"

怕有些读者看不懂《红楼梦》，曹雪芹借甄士隐之口，又把这本书的基本线索理了一遍。

曹公说,这本书是讲"仙长超尘始末"的,是谈修真的。这是大旨。

甄士隐跟贾宝玉,本来就不是两个人,这本书里的主角,都是同一个人自己的心理侧面,所以说"神交久矣"。

甄士隐说,贾宝玉,就是那块石头,是经过多劫修行后修行人的"意"。钗、黛分离,试图让自己死心;荣、宁查抄,全面检讨心行;这都是要让自己无立锥之地,是"意"的出尘。出离是非,是为"避祸";死心行愿,是为"撮合"。这些还不够,光是初步明白,还没有脚踏实地,于是,接下来是解脱,入不二法门。又接下来,是行愿,内外圆明,才见得佛法非是凡夫外道所比。当初一念,历凡修行;如今梦醒,本来如是。雨村兄,明白了吗?

雨村听了,虽不能全然明白,却也十知四五,便点头叹道:"原来如此,下愚不知!但那宝玉既有如此的来历,又何以情迷至此,复又豁悟如此?还要请教。"士隐笑道:"此事说来,先生未必尽解。太虚幻境,既是真如福地。两番阅册,原始要终之道,历历生平,如何不悟?仙草归真,焉有'通灵'不复原之理呢?"

雨村说,我虽然不大懂,但愿意谦虚求教。你说那宝玉大有来头,怎么他显得那么情迷呢,小说里说了好多他对女孩子的用心,好像很好色似的,这样的人怎么最后又觉悟了呢,我实在看不懂呀!我是不是也可以疯狂把妹,说自己是在修行啊?

甄士隐一笑,你都在字面上转,当然看不懂啦。我再提示一下那些女孩子的喻意,你别当成真的女孩子了。小说先头不是说了吗,有个太虚幻境,那个是比喻真如福地、本地风光的,一切妄情都是从那里化现出来的。宝玉第一次阅册子,明白了有哪些主要的妄情需要勘破;第二次再阅,明白了那些妄情原本清净不用细究;这两次之间,都是他在跟自己的妄情打交道,观察它们,解脱它们,你怎么能往好色上面理解呢?妄情归真了,一切就回归本来了呗,山是山水是水。

雨村听着,却不明白,知是仙机,也不便更问。因又说道:"宝玉之事,既得闻命。但敝族闺秀,如是之多,何元妃以下,算来结局俱属平常呢?"士隐叹道:"老先生莫怪拙言!贵族之女,俱属从情天孽海而来。大凡古今女子,那'淫'字固不可犯,只这'情'字也是沾染不得的。所以崔莺、苏小,无非仙子尘心,宋玉、相如,大是文人口孽。但凡情思缠绵,那结局就不可问了!"

雨村表示,好吧,我自己多用功体悟体悟,不能指望你都告诉我,那样就不好玩了,自己摸出来的才是切身的。那你告诉我,世间众生一般有那么多的苦,苦从何来呢?

士隐说,情迷呗。往往都知道"色字头上一把刀""万恶淫为首",却不知道日常生活中的各种迷情,哪怕再冠冕堂皇的情,也都是执迷啊,都是苦恼的根源啊。

雨村听到这里,不觉捋须长叹。因又问道:"请教仙翁:那荣、宁两府,尚可如前否?"士隐道:"福善祸淫,古今定理。现今荣、宁两府,善者修缘,恶者悔祸,将来兰桂齐芳,家道复初,也是自然的道理。"

雨村低了半日头,忽然笑道:"是了,是了!现在他府中有一个名兰的,已中乡榜,恰好应着'兰'字。适间老仙翁说'兰桂齐芳',又道'宝玉高魁贵子',莫非他有遗腹之子,可以飞黄腾达的么?"士隐微微笑道:"此系后事,未便预说。"

雨村说,众生可悯啊!也罢,回到小说上来,你告诉我,小说最后的结局还有吗,贾府最后怎么样了呢?我这人没别的爱好,就是爱读小说,一直到水落石出为止。可是看这部《红楼梦》,最后也没个明确的结局,你就直接告诉我嘛。

士隐说,这还用得着问吗?因果不爽,改恶修善,后事自然是好的啦。

雨村闷头猜了半天,在电脑上画出了各种可能的贾府结局,突然笑道,对了,他家后来如何如何了。

士隐说,放着重点不研究,使劲猜这个,累不累?

雨村还要再问,士隐不答,便命人设具盘飧,邀雨村共食。

别打妄想了,吃饭。

食毕,雨村还要问自己的终身。士隐便道:"老先生草庵暂歇。我还有一段俗缘未了,正当今日完结。"

雨村说,我想靠《红楼梦》把自己整明白。士隐说,各人生死各人了,曹雪芹是他的人生,他的修行路线,你怎么玩,自己摸索去,还打算全靠别人?别人可以替你出主意,能替你吃饭吗?

士隐说着,拂袖而起。雨村心中恍恍惚惚,就在这急流津觉迷渡口草庵中睡着了。

醒的人在做梦,睡的人梦醒了。

那僧道说:"情缘尚未全结,倒是那蠢物已经回来了。……"士隐听了,便拱手而别。那僧道仍携了玉到青埂峰下,将"宝玉"安放在女娲炼石补天之处,各自云游而去。从此后:

天外书传天外事,两番人作一番人。

菩萨不尽有为,不住无为,路漫漫其修远兮,行愿无尽。石头回来了,明白本来了,后面还怎么玩呢?别人就猜不出来了,所以叫"天外书传天外事"。

这一日,空空道人又从青埂峰前经过,……想毕,便又抄了,仍袖至那繁华昌盛地方遍寻了一番。不是建功立业之人,即系糊口谋衣之辈,那有闲情去和石头饶舌?直寻到急流津觉迷渡口草庵中,睡着一个人,因想他必是闲人,便要将这抄录的《石头记》给他看看。那知那人再叫不醒。空空道人复又使劲拉他,才慢慢的开眼坐起。便接来草草一看,仍旧掷下道:……

空空道人传抄石头记,比喻真正的那个作者,他根据自己的回忆,记录这辈子的心路旅程。

"不是建功立业之人,即系糊口谋衣之辈,那有闲情去和石头饶舌",再次传达了本书修真的信号。

在过来人看来,谈玄说妙惊天动地,不过如此,所以雨村懒得起来,硬拽起来浏览一下,又"仍旧掷下"。

那雪芹先生笑道:"说你空空原来肚里果然空空!既是假语村言,但无鲁鱼亥豕以及背谬矛盾之处,乐得与二三同志,酒余饭饱,雨夕灯窗,同消寂寞,又不必大人先生品题传世。似你这样寻根究底,便是刻舟求剑、胶柱鼓瑟了!"

曹雪芹说,这本书看完了就放下,既然是空的,还有什么好较真的呢?

后人见了这本传奇,亦曾题过四句偈语,为作者缘起之言更进一竿云:

说到辛酸处,荒唐愈可悲。

由来同一梦,休笑世人痴!

世人情迷是"痴",有个"真"可修,也是痴啊!哈哈!

红楼梦。

附录

《红楼梦》回目与本书章节对照表

《红楼梦》原文	禅　解
	一、《红楼梦》总说 / 001
	（一）《红楼梦》的基本套路 / 003
	（二）谁在写谁？/ 008
	（三）《红楼梦》的修行门槛 / 013
	（四）解谜太虚幻境 / 016
	二、前世今生 / 023
第1回/甄士隐梦幻识通灵　贾雨村风尘怀闺秀	（一）说来话长 / 025
第2回/贾夫人仙逝扬州城　冷子兴演说荣国府	（二）今生立志 / 030
	（三）知命，皈佛 / 034
	（四）昧真禅，求古董 / 038
	（五）拿什么修，修什么？/ 042
	三、大体次第：显→密→显 / 059
第3回/托内兄如海荐西宾　接外孙贾母惜孤女	（一）谨言慎行 / 061
	（二）选择大乘 / 064

第4回/薄命女偏逢薄命郎　葫芦僧判断葫芦案	（三）以素报冤 / 068
第5回/贾宝玉神游太虚境　警幻仙曲演红楼梦	（四）本地风光 / 074
第6回/贾宝玉初试云雨情　刘老老一进荣国府	
第6回/贾宝玉初试云雨情　刘老老一进荣国府	（五）度众生：理想与现实 / 093
第7回/送宫花贾琏戏熙凤　宴宁府宝玉会秦钟	

四、欲海情浓 / 101

第7回/送宫花贾琏戏熙凤　宴宁府宝玉会秦钟	（一）故乡的迷失 / 103
	（二）淫欲 / 106
	（三）"我"没事？/ 108
第8回/贾宝玉奇缘识金锁　薛宝钗巧合认通灵	（四）钱欲 / 110
	（五）"入世"的名义 / 112
	（六）酒肉之欲 / 115
	（七）情欲 / 119

五、了情 / 123

第9回/训劣子李贵承申饬　嗔顽童茗烟闹书房	（一）自我提醒 / 125
	（二）情与欲的交织 / 127
	（三）猛然一惊 / 132
第10回/金寡妇贪利权受辱　张太医论病细穷源	（四）回到得失上 / 134
第10回/金寡妇贪利权受辱　张太医论病细穷源	（五）亲近善知识 / 136
第11回/庆寿辰宁府排家宴　见熙凤贾瑞起淫心	

第12回/王熙凤毒设相思局　贾天祥正照风月鉴	（六）勘破色欲和情欲 / 141
第13回/秦可卿死封龙禁尉　王熙凤协理宁国府	
第14回/林如海灵返苏州郡　贾宝玉路谒北静王	
第15回/王凤姐弄权铁槛寺　秦鲸卿得趣馒头庵	
第16回/贾元春才选凤藻宫　秦鲸卿夭逝黄泉路	

六、从头开始 / 169

第17回/大观园试才题对额　荣国府归省庆元宵	（一）认路 / 171
第18回/皇恩重元妃省父母　天伦乐宝玉呈才藻	（二）人伦义务 / 191
第19回/情切切良宵花解语　意绵绵静日玉生香	（三）随缘而进 / 195
第20回/王熙凤正言弹妒意　林黛玉俏语谑娇音	（四）自立自强 / 205

七、走火入魔 / 211

第21回/贤袭人娇嗔箴宝玉　俏平儿软语救贾琏	（一）细节上的开端 / 213
第22回/听曲文宝玉悟禅机　制灯谜贾政悲谶语	（二）妄念本空 / 219
第23回/西厢记妙词通戏语　牡丹亭艳曲警芳心	（三）想入非非 / 226
第24回/醉金刚轻财尚义侠　痴女儿遗帕惹相思	（四）心态扭曲 / 234
第25回/魇魔法叔嫂逢五鬼　通灵玉蒙蔽遇双真	
第25回/魇魔法叔嫂逢五鬼　通灵玉蒙蔽遇双真	（五）五阴大劫 / 241

附录　《红楼梦》回目与本书章节对照表

第 25 回 / 魇魔法叔嫂逢五鬼　　通灵玉蒙蔽遇双真	八、回归日常 / 249
第 26 回 / 蜂腰桥设言传心事　　潇湘馆春困发幽情	（一）偷心 / 251
第 27 回 / 滴翠亭杨妃戏彩蝶　　埋香冢飞燕泣残红	
第 27 回 / 滴翠亭杨妃戏彩蝶　　埋香冢飞燕泣残红	（二）开卷有益 / 262
第 28 回 / 蒋玉函情赠茜香罗　　薛宝钗羞笼红麝串	（三）错过禅机 / 267
	（四）打妄语 / 272
	（五）热闹场里练定力 / 275
第 29 回 / 享福人福深还祷福　　多情女情重愈斟情	（六）男女双修，延年益寿？/ 279
第 30 回 / 宝钗借扇机带双敲　　椿龄画蔷痴及局外	
第 31 回 / 撕扇子作千金一笑　　因麒麟伏白首双星	
第 32 回 / 诉肺腑心迷活宝玉　　含耻辱情烈死金钏	
第 32 回 / 诉肺腑心迷活宝玉　　含耻辱情烈死金钏	（七）困惑中寻找出路 / 296
第 33 回 / 手足眈眈小动唇舌　　不肖种种大承笞挞	（八）不孝不弟，我真不是人 / 301
第 34 回 / 情中情因情感妹妹　　错里错以错劝哥哥	（九）亲情的回归 / 309
第 35 回 / 白玉钏亲尝莲叶羹　　黄金莺巧结梅花络	（十）世路不好走 / 315
第 36 回 / 绣鸳鸯梦兆绛芸轩　　识分定情悟梨香院	（十一）本分 / 320
第 37 回 / 秋爽斋偶结海棠社　　蘅芜院夜拟菊花题	（十二）放开情怀 / 324
第 38 回 / 林潇湘魁夺菊花诗　　薛蘅芜讽和螃蟹咏	
第 39 回 / 村姥姥是信口开河　　情哥哥偏寻根究底	
第 40 回 / 史太君两宴大观园　　金鸳鸯三宣牙牌令	（十三）初习布施 / 332
第 41 回 / 贾宝玉品茶栊翠庵　　刘老老醉卧怡红院	
第 42 回 / 蘅芜君兰言解疑癖　　潇湘子雅谑补余音	

九、两种"情" / 341

第43回/闲取乐偶攒金庆寿　不了情暂撮土为香	（一）庆生，念死 / 343
第44回/变生不测凤姐泼醋　喜出望外平儿理妆	（二）为什么会吃醋 / 348
第45回/金兰契互剖金兰语　风雨夕闷制风雨词	（三）人伦与超越 / 351
第46回/尴尬人难免尴尬事　鸳鸯女誓绝鸳鸯偶	（四）坚定道心 / 356
第47回/呆霸王调情遭苦打　冷郎君惧祸走他乡	（五）藕虽断，丝尚连 / 359
第48回/滥情人情误思游艺　慕雅女雅集苦吟诗	（六）苦志学诗 / 361
第49回/琉璃世界白雪红梅　脂粉香娃割腥啖膻	（七）晴明世界，朗朗乾坤 / 365
第50回/芦雪庭争联即景诗　暖香坞雅制春灯谜	（八）才华大爆发 / 369
第51回/薛小妹新编怀古诗　胡庸医乱用虎狼药	（九）直觉 PK 情识 / 374

十、正视现实 / 383

第52回/俏平儿情掩虾须镯　勇晴雯病补孔雀裘	（一）烦恼通吃 / 385
第53回/宁国府除夕祭宗祠　荣国府元宵开夜宴	（二）默然如此行去 / 392
第54回/史太君破陈腐旧套　王熙凤效戏彩斑衣	（三）佛教徒的孝 / 396
第55回/辱亲女愚妾争闲气　欺幼主刁奴蓄险心	（四）正邪较量 / 402
第56回/敏探春兴利除宿弊　贤宝钗小惠全大体	（五）真宝玉现身 / 405
第57回/慧紫鹃情辞试莽玉　慈姨妈爱语慰痴颦	（六）如果就这样？ / 408
第58回/杏子阴假凤泣虚凰　茜纱窗真情揆痴理	（七）现实很骨感 / 410
第59回/柳叶渚边嗔莺咤燕　绛芸轩里召将飞符	

第60回/茉莉粉替去蔷薇硝　玫瑰露引出茯苓霜	（八）好心办坏事 / 416
第61回/投鼠忌器宝玉瞒赃　判冤决狱平儿行权	
第62回/憨湘云醉眠芍药裀　呆香菱情解石榴裙	
第62回/憨湘云醉眠芍药裀　呆香菱情解石榴裙	（九）难得糊涂 / 421

十一、纳妾真的好玩吗? / 425

第63回/寿怡红群芳开夜宴　死金丹独艳理亲丧	（一）生死之门 / 427
第64回/幽淑女悲题五美吟　浪荡子情遗九龙佩	（二）干柴烈火 / 432
第65回/贾二舍偷娶尤二姨　尤三姐思嫁柳二郎	（三）好事？/ 435
第66回/情小妹耻情归地府　冷二郎一冷入空门	（四）死心 / 438
第67回/见土仪颦卿思故里　闻秘事凤姐讯家童	（五）了结风波 / 442
第68回/苦尤娘赚入大观园　酸凤姐大闹宁国府	
第69回/弄小巧用借剑杀人　觉大限吞生金自逝	
第70回/林黛玉重建桃花社　史湘云偶填柳絮词	（六）恢复生机 / 449

十二、怎么摆平世界 / 455

第71回/嫌隙人有心生嫌隙　鸳鸯女无意遇鸳鸯	（一）是非心露头 / 457
第72回/王熙凤恃强羞说病　来旺妇倚势霸成亲	（二）亏本买卖 / 463
第73回/痴丫头误拾绣春囊　懦小姐不问累金凤	（三）我真愚痴 / 467
第74回/惑奸谗抄检大观园　避嫌隙杜绝宁国府	（四）进一步检讨 / 471
第75回/开夜宴异兆发悲音　赏中秋新词得佳谶	（五）灰心丧气 / 474

第 76 回 / 凸碧堂品笛感凄清 凹晶馆联诗悲寂寞	（六）体会"不平"背后的"平" / 481
第 77 回 / 俏丫鬟抱屈夭风流 美优伶斩情归水月	（七）清理内心 / 484
第 78 回 / 老学士闲征姽婳词 痴公子杜撰芙蓉诔	（八）红尘不过游戏 / 488

十三、世法：进无可进 / 491

第 79 回 / 薛文起悔娶河东狮 贾迎春误嫁中山狼	（一）禅病 / 493
第 80 回 / 美香菱屈受贪夫棒 王道士胡诌妒妇方	
第 81 回 / 占旺相四美钓游鱼 奉严词两番入家塾	（二）第一义谛不离世谛 / 499
第 82 回 / 老学究讲义警顽心 病潇湘痴魂惊恶梦	
第 82 回 / 老学究讲义警顽心 病潇湘痴魂惊恶梦	（三）关于死心那些事 / 506
第 83 回 / 省宫闱贾元妃染恙 闹闺阃薛宝钗吞声	
第 83 回 / 省宫闱贾元妃染恙 闹闺阃薛宝钗吞声	（四）善和不善两头难 / 511
第 84 回 / 试文字宝玉始提亲 探惊风贾环重结怨	（五）对世俗的态度转变 / 514
	（六）逃避因果 / 523
第 85 回 / 贾存周报升郎中任 薛文起复惹放流刑	（七）因果挡不住 / 525
第 86 回 / 受私贿老官翻案牍 寄闲情淑女解琴书	（八）人天善法靠不住 / 530

十四、出世法：退无可退 / 537

第 86 回 / 受私贿老官翻案牍 寄闲情淑女解琴书	（一）佛法难知 / 539
第 87 回 / 感秋声抚琴悲往事 坐禅寂走火入邪魔	
第 87 回 / 感秋声抚琴悲往事 坐禅寂走火入邪魔	（二）对打坐的重新评估 / 542

第88回/博庭欢宝玉赞孤儿　正家法贾珍鞭悍仆	（三）回到现实 / 546
第89回/人亡物在公子填词　蛇影杯弓颦卿绝粒	（四）妄想不安 / 551
第89回/人亡物在公子填词　蛇影杯弓颦卿绝粒	（五）尝试对"法"死心 / 553
第90回/失绵衣贫女耐嗷嘈　送果品小郎惊叵测	
第90回/失绵衣贫女耐嗷嘈　送果品小郎惊叵测	（六）面子：放下与捡起 / 556
第91回/纵淫心宝蟾工设计　布疑阵宝玉妄谈禅	
第91回/纵淫心宝蟾工设计　布疑阵宝玉妄谈禅	（七）对禅的进一步认识 / 560
第92回/评女传巧姐慕贤良　玩母珠贾政参聚散	（八）游戏红尘的要领 / 565
第93回/甄家仆投靠贾家门　水月庵掀翻风月案	（九）一个仆人的崛起 / 569
第94回/宴海棠贾母赏花妖　失宝玉通灵知奇祸	（十）玉的丢失 / 575
第95回/因讹成实元妃薨逝　以假混真宝玉疯癫	
第96回/瞒消息凤姐设奇谋　泄机关颦儿迷本性	（十一）不著佛求，不著法求 / 583
第97回/林黛玉焚稿断痴情　薛宝钗出闺成大礼	
第98回/苦绛珠魂归离恨天　病神瑛泪洒相思地	
第99回/守官箴恶奴同破例　阅邸报老舅自担惊	

十五、一系列检讨 / 593

第99回/守官箴恶奴同破例　阅邸报老舅自担惊	（一）学会妥协 / 595
第100回/破好事香菱结深恨　悲远嫁宝玉感离情	（二）对文字的反思 / 600
第101回/大观园月夜警幽魂　散花寺神签惊异兆	（三）对"观心"的反思 / 602
第102回/宁国府骨肉病灾祲　大观园符水驱妖孽	（四）留心起心动念 / 610
第103回/施毒计金桂自焚身　昧真禅雨村空遇旧	（五）"金贵"之死 / 612

第 104 回 / 醉金刚小鳅生大浪	痴公子余痛触前情	——（六）全面检讨心行 / 619
第 105 回 / 锦衣军查抄宁国府	骢马使弹劾平安州	
第 106 回 / 王熙凤致祸抱羞惭	贾太君祷天消祸患	
第 106 回 / 王熙凤致祸抱羞惭	贾太君祷天消祸患	——（七）福报从心量中来 / 629
第 107 回 / 散余资贾母明大义	复世职政老沐天恩	
第 107 回 / 散余资贾母明大义	复世职政老沐天恩	——（八）随缘消旧业 / 632
第 108 回 / 强欢笑蘅芜庆生辰	死缠绵潇湘闻鬼哭	
第 109 回 / 候芳魂五儿承错爱	还孽债迎女返真元	
第 109 回 / 候芳魂五儿承错爱	还孽债迎女返真元	——（九）接下使命 / 637
第 110 回 / 史太君寿终归地府	王凤姐力诎失人心	
第 110 回 / 史太君寿终归地府	王凤姐力诎失人心	——（十）"我"开始坍塌 / 642
第 111 回 / 鸳鸯女殉主登太虚	狗彘奴欺天招伙盗	——（十一）不攀圣人，不攀凡夫 / 646
第 112 回 / 活冤孽妙姑遭大劫	死雠仇赵妾赴冥曹	
第 112 回 / 活冤孽妙姑遭大劫	死雠仇赵妾赴冥曹	——（十二）消业的效验 / 650
第 113 回 / 忏宿冤凤姐托村妪	释旧憾情婢感痴郎	
第 114 回 / 王熙凤历幻返金陵	甄应嘉蒙恩还玉阙	——（十三）仁德的回归 / 654

十六、觉悟与行愿 / 661

第 115 回 / 惑偏私惜春矢素志	证同类宝玉失相知	——（一）抛弃"悟性"执著 / 663
第 115 回 / 惑偏私惜春矢素志	证同类宝玉失相知	——（二）明白路头 / 670
第 116 回 / 得通灵幻境悟仙缘	送慈柩故乡全孝道	
第 117 回 / 阻超凡佳人双护玉	欣聚党恶子独承家	

第 117 回 / 阻超凡佳人双护玉　欣聚党恶子独承家 ——（三）大平等 / 687

第 118 回 / 记微嫌舅兄欺弱女　惊谜语妻妾谏痴人

第 119 回 / 中乡魁宝玉却尘缘　沐皇恩贾家延世泽

第 120 回 / 甄士隐详说太虚情　贾雨村归结红楼梦 ——（四）大结局 / 709